TOD AN DER AURACH

Henning Mützlitz, geboren 1980, stammt aus dem nordhessischen Battenberg/Eder. Er studierte Politikwissenschaft in Marburg und ist seit einem Volontariat als freier Journalist und Schriftsteller tätig. Er lebt mit seiner Familie in Herzogenaurach.

Bernd Greber, geboren 1974, kommt aus der fränkischen Universitätsstadt Erlangen. Der gelernte Buchhändler hat sich 2015 nach einem fünfzehnjährigen Ausflug in die IT einen Traum erfüllt: Gemeinsam mit seiner Frau führt er eine kleine Buchhandlung mit Café-Betrieb in Herzogenaurach.

HENNING MÜTZLITZ/BERND GREBER

TOD AN DER AURACH

Franken Krimi

emons:

Bibliografische Information der Deutschen Nationalbibliothek
Die Deutsche Nationalbibliothek verzeichnet diese Publikation in der Deutschen Nationalbibliografie; detaillierte bibliografische Daten sind im Internet über http://dnb.d-nb.de abrufbar.

Umschlagmotiv: mauritius images/blickwinkel/Olaf Protze
Umschlaggestaltung: Nina Schäfer, nach einem Konzept von Leonardo Magrelli und Nina Schäfer
Umsetzung: Tobias Doetsch
Gestaltung Innenteil: César Satz & Grafik GmbH, Köln
Lektorat: Lothar Strüh
Druck und Bindung: CPI – Clausen & Bosse, Leck
Printed in Germany 2018
ISBN 978-3-7408-0297-4
Franken Krimi
Originalausgabe

Für Amélie, Sophie und Lena

Prolog

Der Mann stürzte ins Gras.

Eine Hand um den Hals verkrampft, zuckte sein Körper wild hin und her, versuchte sich gegen das Unvermeidliche zu stemmen, doch diesen Kampf konnte er nicht gewinnen. Seine Lunge füllte sich mit Flüssigkeit. Ein Gurgeln entrang sich seinem Mund und schleuderte eine Fontäne Blut in den Nachthimmel. Er bäumte sich noch einmal auf, sackte dann aber zurück und rührte sich nicht mehr. Das Letzte, was er wahrnahm, war das Glimmen der Sterne. Sein Herz hörte auf zu schlagen und wurde Teil der Stille, die ihn umgab.

Doch lange war ihm kein Frieden beschieden. Auf welchen Weg auch immer sich seine Seele gemacht hatte, sein Körper trat kurz nach dem Tod eine andere Reise an.

Die Gestalt, die das Schauspiel die ganze Zeit über stumm betrachtet hatte, packte die Leiche und wuchtete sie hoch. Sie mühte sich mit dem Gewicht ab, schaffte es aber schließlich, die Leiche zu einem Auto zu schleppen, das am Rand der Wiese stand. Das Blut des Toten tränkte die Kleidung des Unbekannten, woran er sich allerdings nicht störte.

Der Kofferraum des Wagens stand offen. Darin lag eine Decke, auf der der leblose Körper eine weitere vorübergehende Ruhestätte fand. Die Augen starrten ins Leere, und es war nicht darin zu erkennen, was der Tote im Augenblick seines Ablebens empfunden haben mochte.

Der Mann betrachtete die Leiche, und ein spöttischer Ausdruck umspielte seine Mundwinkel. Die Worte, die über seine Lippen kamen, waren nur für ihn zu hören.

»Du drohst mir? Du willst mich fertigmachen? Das hast du jetzt davon.«

Er rückte die Gliedmaßen des Toten zurecht und schloss vorsichtig die Kofferraumklappe.

Der Augenblick der Befriedigung, das überlegene Triumphgefühl, sich Gerechtigkeit verschafft zu haben, wich allerdings bald der Erkenntnis, dass er sich schon viel zu lange an diesem Ort aufhielt. Von der Straße aus war die Kiesfläche zwar nicht einsehbar, aber völlig geschützt war der kleine Parkplatz ebenfalls nicht.

War da nicht ein Geräusch gewesen?

Mit einer fahrigen Bewegung blickte sich der Mann um und wischte die blutverschmierten Hände an den Oberschenkeln ab, wie ein Kind, das heimlich Schokolade genascht hatte und von der Mutter erwischt worden war. Als er endlich sicher war, dass ihn niemand beobachtete, beschloss er aufzubrechen.

»Was mache ich mit dir?«, murmelte er, während er die Fahrertür öffnete. »Was zur Hölle mache ich mit dir?«

Der Mann umfasste mit verkrampften Händen das Lenkrad und rüttelte daran, als ob ihm der Wagen eine Antwort auf seine Frage geben könnte. Doch die Limousine hatte ebenso wenig wie er geahnt, mit welch blutigem Problem sie sich in der lauen Sommernacht würde auseinandersetzen müssen.

»Keiner hat was mitbekommen. Du wirst die Leiche los und fährst nach Hause. Dann legst du dich ins Bett, und es wächst Gras über die Sache.«

Aber wohin mit dem Toten? Der Mann dachte nach, doch die Bilder im Kopf lähmten seine Gedanken, sodass er immer unruhiger wurde, während das vertraute Brummen des Turbodiesels einsetzte und er langsam über den Schotterparkplatz rollte.

»Denk nach!«, forderte er sein Bild im Rückspiegel auf, bevor er die Staatsstraße erreichte.

Die Lichter der Kleinstadt um ihn herum bildeten einen warmen Kontrast zu dem dunklen Geschehen, das sich in ihrer Mitte abgespielt hatte, doch sie wirkten auf den Mann alles andere als beruhigend.

Als er sicher war, dass kein anderes Auto kam, bog er ab und schaltete erst nach wenigen hundert Metern das Licht an.

Er blieb nicht lange auf der Staatsstraße, immer wieder

zwang er sich, nicht zu viel Gas zu geben und sich nicht ständig umzuschauen, ob ihm jemand folgte.

Während er durch die Nebenstraßen und Wohngebiete fuhr, rasten seine Gedanken, ohne jedoch zu einem Ergebnis zu führen oder eine Lösung für sein blutiges Dilemma anzubieten.

Irgendwann fuhr er wie auf Autopilot, hielt sich ohne nachzudenken an die Geschwindigkeitsbegrenzungen, brach aber bei den wenigen entgegenkommenden oder hinter ihm auftauchenden Scheinwerfern in kalten Schweiß aus. Seine Gedanken waren längst zu den Ereignissen eine Viertelstunde zuvor zurückgewandert, durchlebten das Geschehen wieder und wieder. Das Hochgefühl, das ihn dabei erfüllt hatte, wollte sich jedoch nicht erneut einstellen.

Dennoch musste er zu einer Entscheidung gelangen. Fuhr er zu lange im Kreis durch die Gegend, erregte er erst recht Aufmerksamkeit. Was er überhaupt nicht gebrauchen konnte, war eine Routinekontrolle der Polizei.

Ein letztes Mal bog er von der Straße im Tal ab, denn endlich hatte er die Lösung gefunden, wo er die Leiche ohne Aufwand und großen Zeitverlust abladen konnte.

Nachdem er längere Zeit bergan durch ein Wohngebiet gefahren war, erblickte er das Ende der Siedlung mit dem daran angrenzenden Wald. Die Bäume lagen wie eine undurchdringliche schwarze Wand vor ihm.

Seine Entscheidung war gefallen. Dies war der richtige Ort.

In der Nähe waren keine Scheinwerfer zu sehen, ebenso wenig Fußgänger oder Radfahrer, soweit er erkennen konnte. Er löschte die Lichter des Wagens, drosselte die Geschwindigkeit und fuhr weiter geradeaus. Die Straße wandelte sich bald zu einem Waldweg, der nur mit Schotter befestigt war.

Links und rechts um ihn erstreckte sich nichts als Finsternis, nur da und dort die aufblitzenden Augen eines nachtaktiven Tiers oder was auch immer dort die kaum wahrnehmbaren Lichtreflexe aussandte. In Schrittgeschwindigkeit rollte er über den Schotter.

Endlich passierte er eine Kreuzung mitten im Wald. Hier musste er sein, der alte Rückeweg, der ihm schon unten im Tal in den Sinn gekommen war. Bald hielt er an, stieg aus und öffnete die Kofferraumklappe.

Mit einem Ruck hob er den Toten aus dem Wagen und schleppte ihn den Weg hinunter. Erst als er die Umrisse von größerem Buschwerk am Wegesrand ausmachen konnte, legte er die Leiche ab.

Der Mann schwitzte und zitterte, gleichermaßen vor Anstrengung wie vor Aufregung. Er holte eine Taschenlampe hervor, verschaffte sich einen groben Überblick über die Umgebung und raffte herumliegendes Unterholz, Laub und Gestrüpp zusammen, um den Körper notdürftig zu bedecken.

Alles andere als zufrieden mit dem Ergebnis kehrte er zum Wagen zurück und entfernte sich ebenso langsam und vorsichtig, wie er gekommen war.

Sein Problem war gelöst.

Vorerst.

Die Finsternis von Herzogenaurach hatte sich des Toten angenommen.

Ein Fund im Dohnwald

Montagmorgen, acht Uhr. Wenn der Großteil der Bürgerinnen und Bürger Herzogenaurachs auf dem Weg zur Arbeit war, die Geschäfte der Altstadt sich auf die Ladenöffnung vorbereiteten oder die Kinder gerade in die städtischen Erziehungseinrichtungen gebracht wurden, begann auch für Hans-Joachim Schröck der Tag. Wie bei vielen Rentnern folgte dieser einem peniblen Ablauf, der sich nicht sonderlich von den Arbeitnehmern in den Geschäften und Firmen der mittelfränkischen Kleinstadt im Aurachtal unterschied.

Auf das frühmorgendliche Aufstehen, ein Zeitfenster für Frühstück (zwei Scheiben Bauernbrot mit Wurst- und Käseaufschnitt hiesiger Produktion) sowie das Schmökern in den beiden lokalen Tageszeitungen folgte der Gang an die frische Luft.

Zufrieden registrierte Hajo, wie Schröck gemeinhin von Familie und Freunden genannt wurde, das Erklingen der Glocken zur vollen Stunde der evangelischen Kirche aus dem Tal. Gemeinhin gestattete er sich Kulanzzeiten von etwa fünf Minuten, darüber hinausgehende Abweichungen erforderten eine Neujustierung seines täglichen Koordinatensystems aus festen Tätigkeiten zu bestimmten Zeiten und wurden von dem Frührentner deshalb nach Möglichkeit vermieden.

Drei, vier Schritte hinunter in den Vorgarten, ein kurzer Blick auf das Auto seiner Hausverwalterin Frau Batz, die ihren alten Opel Corsa wie immer sehr unvorteilhaft in der Einfahrt geparkt hatte, dann trat Hajo auf den Bürgersteig der Adalbert-Stifter-Straße. Der Parkplatz ihm schräg gegenüber war leer, und allgemein lag bereits Ruhe über dem Wohnviertel am Rande des im Südwesten von Herzogenaurach gelegenen Dohnwalds.

Er wandte sich nach links und bemerkte sofort, dass ein Auto unrechtmäßig gegenüber seiner Garageneinfahrt geparkt hatte. Da stand weithin sichtbar ein Schild, das jegliches Halten unter ein absolutes Verbot stellte, und man musste schon bösartig oder ein Ignorant sein, um es zu übersehen. Es schien Hajo wie ein Wunder, dass Frau Batz, die sich allgemein recht ungeschickt hinsichtlich der Beherrschung ihres Fahrzeugs anstellte, ohne größere Katastrophen hatte einparken können. Unter Berücksichtigung dieser zweifelhaften Umstände konnte Hajo über die fragwürdige Ausrichtung des Opels in der Einfahrt ausnahmsweise hinwegsehen. Allerdings würde das widerrechtlich geparkte Fahrzeug die Hausverwalterin vor eine schier unlösbare Aufgabe stellen, wollte sie sein Grundstück später wieder verlassen. Denn wenn man schon davon sprechen musste, dass Ilse Batzens Fahrkünste im Vorwärtsgang stark verbesserungsbedürftig waren, dann war ihr Handwerk hinsichtlich einer rückwärtigen Fahrweise schlichtweg als skandalös zu bezeichnen.

Hajo verharrte einen Augenblick, unschlüssig, wie er diese vor allem ja für Frau Batz ausweglose Situation zur Zufriedenheit aller und ohne weiteren unnötigen Zeitverlust lösen sollte. Er entschied sich für einen schriftlichen Hinweis an den offenbar ortsunkundigen Fahrzeughalter, der sich ebenso offenbar trotz des einheimischen ERH-Kennzeichens nicht um die diffizilen Räumlichkeitsverhältnisse im oberen Bereich der Adalbert-Stifter-Straße scherte. Hajo konnte ein Lied von millimetergenauen Manövern mit seiner eigenen Limousine singen und wollte den Anwohnern gern ähnliche Maßarbeit ersparen – erst recht Frau Batz.

Zu seinem Unmut stellte er fest, dass er keinen Kugelschreiber bei sich hatte. Also kehrte er stante pede um, nur um in weniger als einer Minute mit Zettel und Stift bewaffnet zurückzukehren. Hastig kritzelte er einen Hinweis an den Fahrer darauf und klemmte ihn hinter den Scheibenwischer des seiner Meinung nach sittenwidrig teuren Schlittens einer süddeutschen Marke.

Mit unverständlichen Kommentaren bezüglich des Gebarens mancher Besitzer derartiger Protzkarren, die für ihn jedes vermeintliche Klischee als offenkundige Tatsache entlarvten, setzte er seinen Weg in den Wald fort. Ein Blick auf die Junghans am Arm verriet: erst vier Minuten nach acht. Die Latenzzeiten waren trotz der Ordnungswidrigkeit eingehalten worden, was seinen Unmut rasch verfliegen ließ. Dennoch schritt er ein wenig schneller aus als gewohnt.

Hajo hatte vor, seine übliche Runde zu drehen, die morgendliche Waldluft zu genießen und danach seinen Freund Alfons in der Stadt auf einen Frühschoppen zu treffen. Das war zwar erst in einer Stunde, doch nur in ordentlichem Tempo konnte er pünktlich sein. Auch Alfons war da sehr genau, stand er doch unter dem Regime einer Gattin, die dem Pensionär genau vorgab, wann, wie und wo er das Essen einzunehmen hatte, das sie den halben Vormittag vorbereitete.

Hajo litt nicht unter derartigen Beschränkungen, stattdessen erlegte er sich diese selbst auf. Dass er mehr als ein Jahrzehnt vor dem üblichen Renteneintrittsalter den Ruhestand angetreten hatte, musste ja nicht bedeuten, künftig in den Tag hineinzuleben und sich bereits im Frühherbst seines Lebens gehen zu lassen, als wäre er ein Student.

Zumal er sich nicht als Rentner verstand. Mittags würde Frau Batz ihm eine Bolognese auftauen, und beim gemeinsamen Essen sprachen sie dann über die Aktualitäten des Tages, die das Anstellungsverhältnis der Verwaltungsfachangestellten mit sich brachte. Hajo besaß ein Dutzend Wohnungen im Niedersächsischen, und Frau Batz erledigte als Hausverwalterin die administrativen Dinge, die solch ein Immobilienbesitz mit sich brachte. Er hatte es nach dem Tod seines Vaters längst nicht mehr nötig, in einem Anstellungsverhältnis tätig zu sein, sondern lebte wunderbar von den Mieterlösen.

Hajo querte hinüber zur Schlaffhäusergasse, ließ das Wohngebiet hinter sich und war bald von Bäumen umgeben. Auf dem fast weißen Kiesweg verkehrten zu früher Stunde allenfalls Jogger, die auch den nahen Trimm-dich-Pfad nutzten, sowie der eine oder andere Forstangestellte und Jäger. Auch am heutigen Morgen hallte ein Schuss durch den Wald, als Hajo an der ersten Abzweigung vorbeikam, an der sich rechts zwei steinerne Grabsteine befanden. Wahrscheinlich ging man wieder auf Schwarzkittel, die sich in den letzten Jahren zu einer regelrechten Plage ausgeweitet hatten und den Vorgarten manch braven Herzogenauracher Bürgers bedrohten.

Hajo nickte ein, zwei Läufern zu, die ihm entgegenkamen, von oben bis unten in knallbunte Funktionsmontur von einem der beiden ortsansässigen und miteinander verwandten Sportartikelhersteller gehüllt. Natürlich in diejenige des falschen. Hajo hatte zuvor lange im Außendienst für den Mitbewerber gearbeitet und betrachtete die Produkte des Konkurrenten aus ideologischen Gründen mit Geringschätzung, wenngleich er sich mit seinen mehr als fünfzig Lebensjahren ohnehin als zu alt für die neonfarbenen Plastikklamotten hielt, die man neuerdings wieder auftrug, wenn man es mit der körperlichen Fitness ernster meinte als Otto Normalbürger. Oder wenn man so tun wollte, als ob.

Hajo passierte die Abbiegung und setzte seinen Weg in den Wald hinein fort. Er verlor sich gerade in Gedanken über die Marktveränderungen in seiner alten Berufsbranche, als er einen Steinwurf entfernt einen Mann erblickte, der auf der Höhe des Wegekreuzes rechter Hand aus einem Waldweg herausgerannt kam und stehen blieb. Er sah sich hektisch um, entdeckte Hajo und winkte.

»Hierher! Helfen Sie mir!«, rief er. »Schnell!«

Der Mann schien nicht verletzt zu sein, und auch sonst erkannte Hajo keine Gefahr im Verzug, dennoch beschleunigte er die Schritte, ohne jedoch in einen Laufschritt zu verfallen.

An der Kreuzung angekommen, erkannte er, dass der Mann neben schulterhohem Strauchwerk auf ihn wartete. Ein Schäferhund zerrte an etwas herum, und der korpulente Bartträger hatte alle Mühe, das Tier ruhig zu halten.

»Kommen Sie! Hier liegt jemand.«

Hajo runzelte die Stirn, folgte aber der Aufforderung und trat zu dem jungen Kerl, der offenbar mit der Situation überfordert war, so aufgeregt, wie er pausenlos unverständliches Zeug vor sich hin stammelte.

Tatsächlich bedurfte es keines zweiten Blickes, um zu sehen, dass unter dem Strauch ein Körper lag. Hajo rieb sich dennoch die Augen, denn wider Erwarten handelte es sich nicht um einen Trunkenbold, der am Abend zuvor falsch abgebogen war und die Nacht auf dem Waldboden verbracht hatte. Hajos Herz begann wild zu klopfen, denn die Tatsache, dass der Mann in einer Lache von eingetrocknetem Blut lag, reichte aus, um zu wissen, dass kein Leben mehr in ihm steckte.

Schlimmer noch – Hajo erkannte den Mann, der so tot im Gebüsch lag wie ein Singvogel, den eine Katze erwischt hatte. Er kannte die Schuhe, ebenfalls das falsche Fabrikat, allerdings in dezenten Khakifarben, und er erkannte die Jacke, einen leichten Blouson, den der Mann gern in den Sommermonaten getragen hatte.

Hajo hielt sich die Hand vor den Mund. Das Lamentieren des jungen Hundehalters hörte er kaum noch.

Gott im Himmel, das ist Hermann!

Die Erkenntnis war schon vor einigen Augenblicken in sein Bewusstsein durchgedrungen, aber er hatte sie nicht zugelassen.

Hermann! Der gute Hermann!

Hajo beugte sich vor, fasste dem Bekannten vorsichtig an die Schulter und rüttelte daran. Er wusste, dass er es sich sparen konnte, aber vielleicht war das Mitglied der unregelmäßigen Kartelrunde, die sich gern mittwochs im Gasthaus Heller traf, ja doch nicht tot.

»Hermann!«

Hajo spürte etwas Klebriges an der Hand, und als er den Körper ein Stück zu sich drehte, sah er, warum. Der Oberkörper des Toten war von Blut getränkt, das zum größten Teil eingetrocknet war. Es war offenbar aus einem riesigen Schnitt gelaufen, der in Hermann Glockers Hals klaffte.

Hajo erschrak, ließ die Leiche los und sprang zurück. Er

musste damit kämpfen, sich nicht zu übergeben, so schnell schoss die Übelkeit in ihm hinauf. Schweiß trat auf seine Stirn, und seine Hände begannen zu zittern.

Seine Knie wurden weich, und er konnte sich nicht dagegen wehren, dass die Umgebung vor seinen Augen verschwamm.

»Das ist doch schrecklich! Was machen wir denn jetzt? Was sollen wir denn bloß tun?«

Das Jammern neben ihm holte Hajo in die Wirklichkeit zurück. Er musste einen klaren Kopf bewahren, denn der junge Mann, der Hermann zuerst entdeckt hatte, schien allen rationalen Denkens beraubt.

Jemand hat Hermann umgebracht!

Die mit Verzögerung einsetzende Erkenntnis des Offensichtlichen traf Hajo wie ein Blitzschlag. Endgültig waren alle Zeitpläne, Falschparker oder merkwürdig gekleideten Jogger vergessen.

Wir müssen die Polizei verständigen!

Hajo blickte den Hundehalter an. Der Mann vermochte es endlich, den Hund an der Leine von der Leiche wegzuzerren. Hatte etwa das Tier den harmlosen Hermann auf dem Gewissen? Hajo wich einen Schritt zurück. Der Hund schien jedoch vielmehr aufgeregt als aggressiv zu sein. Tatsächlich kannte er Tier und Halter zumindest vom Sehen von seinen Spaziergängen, und er konnte sich nicht entsinnen, dass der Schäferhund jemals auffällig gewesen wäre. An solche Dinge erinnerte sich Hajo.

Und nein, das in Hermanns Hals war keine Bisswunde, sondern der Schnitt einer Klinge. Um das zu erkennen, musste man kein Kriminalist sein, der Eindruck aus den zwei Sekunden, die Hajo darauf gestarrt hatte, reichte dafür aus.

»Der ist … der ist tot!«, stammelte der Hundebesitzer und starrte abwechselnd auf den Körper und zu Hajo.

»Der ist tot, ja«, murmelte Hajo und schluckte.

»Frodo hat ihn entdeckt, kurz bevor ich Sie gerufen habe. Wer weiß, wie lange der schon da liegt?«

»Noch nicht allzu lange. Gestern wahrscheinlich noch nicht, sonst hätte ja Ihr Hund oder der eines anderen darauf angeschlagen.« Hajo rieb sich am Kinn. »Er kann eigentlich erst seit heute Nacht hier liegen.«

»Was machen wir denn jetzt?«

Hajo sah, wie der Mann zitterte, und auch der Hund wurde wieder unruhig. Vermutlich spürte er, wie aufgewühlt sein Herrchen war.

»Das Einzige, was man tun kann: Wir rufen die Polizei, was sonst?«, erwiderte Hajo, darum bemüht, in ruhigem Ton zu sprechen, obwohl in ihm das Chaos herrschte. »Und bis die hier ist, rühren wir ihn nicht an.«

Der junge Mann wollte etwas sagen, rang aber vergeblich nach Worten.

»Ich verständige die Beamten. Hermann kann jetzt nichts mehr passieren. Tot ist er ja schon«, sagte Hajo, seufzte schwer und holte sein Handy aus der Gürteltasche hervor. Gut, dass er sich angewöhnt hatte, das Gerät immer dabeizuhaben. Es war zu teuer dafür gewesen, es zu Hause zu vergessen oder nicht einmal anzuschalten, wie es ihm in den ersten Jahren ständig passiert war.

Er tippte schnell die 110 – das erste Mal seit vielen Jahren, dass er den Notruf wählte, wie ihm auffiel. Obwohl er intuitiv die normale Nummer des Herzogenauracher Polizeireviers hatte wählen wollen, die er ebenfalls auswendig wusste. Nach kurzer Zeit meldete sich die Leitstelle.

»Wir haben eine Leiche gefunden, im Dohnwald, hier in Herzogenaurach. Fahren Sie die Schlaffhäusergasse komplett durch bis in den Wald hinein. Etwa vierhundert Meter weiter wird Sie jemand empfangen.«

Hajo legte auf und verstaute das silberne Nokia 6310i wieder in der transparenten Handytasche, die er eigens für das Kommunikationsgerät angeschafft hatte. Nicht jeder ging so umsichtig mit seinen elektronischen Geräten um, damit sie so lange hielten, das wusste Hajo. Er pflegte seines seit Jahren. Im Zweifel war man sonst im Notfall damit aufgeschmissen, denn nur ein einsatzbereites Mobiltelefon brachte den vollen Nutzen, wie wieder einmal unter Beweis gestellt worden war.

Die Leitstelle würde sicher seine Freunde der Herzogenauracher Polizeistreife vorbeischicken. Waren diese sofort verfügbar, sollte es keine fünf Minuten dauern, bis sie hier eintrafen.

Zu Hajos Unmut erschienen aber zunächst weitere Spaziergänger am Fundort der Leiche. Ein Ehepaar, sicher an die achtzig, starrte völlig entsetzt auf den Körper, während eine Mutter mit ihrem etwa dreijährigen Kind sofort wieder Reißaus nehmen wollte, der Junge sich aber mehr für den Schäferhund interessierte als für den Toten. Das Tier hatte Streicheleinheiten nach der Aufregung bitter nötig und genoss die Aufmerksamkeit des Kleinen.

Wenig später tauchte auch noch Verena auf.

»Was ist denn hier los?«

Hajos Nichte war außer Atem und ziemlich verschwitzt. Offenbar war sie auf ihrer morgendlichen Joggingroute auf die Ansammlung aufmerksam geworden.

»Hermann. Tot«, antwortet Hajo lapidar und wies mit einer knappen Handbewegung auf den Körper.

»Ach du Scheiße!« Verena zog die futuristisch wirkenden Stöpsel aus den Ohren und hantierte an einem Armband mit Digitaldisplay herum. Sie wischte die blonden Haare an der kurz rasierten rechten Schläfe zurück und betrachtete den Körper genauer. »Wer ist Hermann? Und was ist mit ihm passiert?«

»Hermann ist ein Skatbruder. Wir wissen nicht, was passiert ist, aber mir fallen zwei, drei Möglichkeiten ein, wenn ich bedenke, dass ein langer Schnitt in seinem Hals klafft.«

»Puh, der ist aber ganz schön zugerichtet worden. Da ist ja alles voller Blut!«, stellte Verena fest.

»Schlimma Sach!«, bekräftigte der Achtzigjährige. »A ganz a schlimma Sach. Und des bei uns im scheena Herziaura!«

Der Hundebesitzer nickte und wischte sich ebenfalls den

Schweiß von der Stirn, obwohl er sich im Unterschied zu Verena in den letzten Minuten nahezu nicht bewegt hatte.

»Haben Sie vorhin auch die Schüsse gehört?«, fragte die Mutter, die sich nun damit abgefunden hatte, dass ihr Sohn sich für den Hund interessierte.

»Waren ja kaum zu überhören«, sagte Verena. »Das habe ich schon von unten von der Lenzenmühle aus mitbekommen. Wer knallt denn am helllichten Morgen jemanden im Wald ab?«

»Vielleicht ein Unfall«, vermutete der Hundebesitzer. »Das passiert doch immer wieder mit den Jägern und allen.«

»Unsinn!«, winkte Hajo ab. »Sieht Hermann aus, als hätte ihn jemand erschossen?«

»Liegt tot unter 'nem Strauch, es läuft Blut aus ihm heraus, und jemand ballert im Wald herum – da kommt man natürlich nur schwerlich auf den Gedanken, dass der gute Mann erschossen wurde!«, warf Verena sarkastisch ein. »Was ist denn stattdessen mit ihm passiert? Wurde er vielleicht vom Trecker überfahren?«

»Nein, ihm wurde der Hals aufgeschlitzt, und ich verbitte mir, dass du Witze darüber reißt, sonst …« Hajo wurde von einem sich rasch nähernden Motorengeräusch unterbrochen.

Ein BMW Kombi der örtlichen Polizei bog in den Holzweg ein und kam wenige Meter neben ihnen zum Stehen.

»Wir sollten es vielleicht ab jetzt den Profis überlassen, mehr herauszufinden, anstatt weitere Vermutungen anzustellen«, sagte Verena.

»Profis …«, murmelte Hajo. »Ich lach mich … ähm …«

»Tot?« Verena grinste hämisch.

»Guten Morgen«, begrüßte eine Polizistin die Anwesenden.

Der Hundebesitzer deutete nur auf die Leiche, anscheinend unfähig, einen Ton gegenüber den Gesetzeshütern herauszubringen.

Die Polizistin ging in die Knie und betrachtete den Körper von allen Seiten. Dann zog sie sich einen Gummihandschuh über, griff seine Hand und suchte nach einem Puls. Sie wartete einen Augenblick, dann stellte sie noch einmal das Offensichtliche fest. »Tot.« Sie nickte ihrem Kollegen zu, der zum Wagen lief und offenbar per Funk die Meldung über die Leiche durchgab.

Die Polizistin wandte sich an die Umstehenden. »Wer von Ihnen hat die Leiche entdeckt?«

»I… ich«, stotterte der Dicke. »Also eigentlich Frodo.«

»Frodo?«

»Mein Hund.«

»Ach so.«

»Dabei hatte er eigentlich nach dem Ring der Macht gesucht«, sagte Verena und erntete lediglich von dem Dicken ein anerkennendes Lächeln, während Hajo sie warnend anstarrte. Das war jetzt keine Zeit für dumme Sprüche, er würde dem Mädchen nachher ein paar Takte zu ihrem Verhalten sagen.

»Wer hat uns angerufen?«, fragte der Polizist.

»Das war ich«, sagte Hajo.

»Herr Schröck«, seufzte die Polizistin. »Guten Morgen. Wir werden jetzt Ihre Personalien aufnehmen. Von Ihnen allen. Und bis die Kriminalpolizei und Spurensicherung aus Erlangen eintrifft, werden Sie mir genau erzählen, was sich hier zugetragen hat.«

»Sich zugetragen hat?«, fragte Hajo. »Das klingt doch schon wieder eine Spur zu suggestiv, Frau Wachtmeisterin. Hier hat sich sicher etwas zugetragen, aber nicht mit unserer Beteiligung. Sie wollen uns doch nicht etwa unterstellen, etwas mit …«

»Ich unterstelle Ihnen gar nichts«, unterbrach ihn die Polizistin. »Aber wir müssen Aussagen von allen Zeugen aufnehmen. Es wird nicht lange dauern.« Sie blickte ernst in die Runde. »Es sei denn, einer von Ihnen hat uns etwas zu erzählen, das über die Entdeckung der Leiche hinausgeht.«

»Das meinte ich, und das ist eine Unverschämtheit!« Hajo zog die Stirn kraus.

»Also, Sie haben die Leiche zuerst entdeckt. Dann gehen

Sie mal zu meinem Kollegen, denn der wird aufnehmen, wie sich das Ganze zugetragen hat.«

»Glauben Sie mir, Frau Wachtmeisterin, der wird sich einiges anhören können«, versicherte Hajo ihr. Er hatte gerade erst damit begonnen, sich aufzuregen.

Ein verdächtiger Waffennarr

Es war schon nach zehn, als Verena nach Hause zurückkehrte. Sie war bei der Vernehmung durch die Polizisten als Letzte an der Reihe gewesen, und obwohl sie fast nichts zur Sache beitragen konnte, hatte es eine Zeit gedauert, bis ihre Personalien und ihre Zeugenaussage aufgenommen worden waren. So hatte sie immerhin noch mitbekommen, wie die ersten Experten der Kriminalpolizei und Spurensicherung aus Erlangen am Fundort der Leiche eingetroffen waren.

Verena öffnete die Haustür, in einer Hand das Smartphone, um einigen Freunden von den Ereignissen zu berichten. Sie ärgerte sich fast, nicht ein paar Fotos von der Leiche gemacht zu haben, schalt sich aber innerlich sofort für diesen pietätlosen Gedanken.

Wie wahrscheinlich für die meisten anderen Zeugen auch war dies die erste Leiche gewesen, die sie in ihrem Leben erblickt hatte – zumindest eine, die gewaltsam zu Tode gekommen war. Sie konnte nicht sagen, dass sie deswegen besonders schockiert war, dennoch war sie dankbar dafür, dass sie den Toten nur von hinten gesehen hatte. Die Wunde, an der der Mann offenbar gestorben war, war ihr erspart geblieben. So war sie halbwegs sicher, dass der Anblick sie nicht in ihren Alpträumen verfolgen würde.

Ihre Mutter war nicht zu Hause, sondern erledigte Besorgungen. Ihr Vater war auf der Arbeit. Also konnte sie niemandem von den Ereignissen berichten. Blieben ihr für ihr Mitteilungsbedürfnis nur die Freunde.

Verena lief nach oben, schmiss die verschwitzten Klamotten in die Wäsche und duschte.

Als sie fertig war, hatten ihre Freunde schon geantwortet und wollten natürlich alles wissen, was sie in der ersten Nachricht nur angedeutet hatte. Zweien schrieb sie ausführlicher zurück, mit der dritten verabredete sie sich zum Kaffee in der

Uni in Erlangen, um ihr alles im Detail zu erzählen. Sie war ohnehin zu spät dran, denn sie musste dringend ins Labor, um einen Versuch vorzubereiten. Verena stand kurz vor ihrem Abschluss zum Master in Mikrobiologie, hatte aber noch einige Versuchsnachweise und -berichte einzureichen, um zu den Prüfungen zugelassen zu werden. Diese liefen oft über mehrere Tage, und wenn sie nicht bald zu Potte kam, konnte sie sich die Examensanmeldung für das kommende Semester abschminken.

Als sie nach unten lief, um sich eine Banane für den Weg einzupacken, stiegen die Bilder von diversen Nachtschichten im Labor vor ihrem geistigen Auge auf, die ihr unweigerlich bevorstanden, wenn sie alle Ergebnisse rechtzeitig beisammenhaben wollte. Allein die Vorstellung tötete ihre Motivation auf der Stelle.

Dennoch suchte sie ihre Schlüssel zusammen, schnappte sich die Umhängetasche mit Laptop, Blöcken und Fachbüchern und lief zum Auto. Beim Fahren aß sie die Banane. Um sich nicht mit Gedanken an komplizierte Versuchsberichte herunterzuziehen, dachte sie darüber nach, was sie in dieser Geschichte wohl noch erwartete. Die Polizei hatte ihr gesagt, dass ihre erste Aussage die Grundlage für die Befragung durch die Kriminalpolizei bilden und man sich bald bei ihr melden würde. Verena verspürte wenig Lust, dort anzutanzen und stundenlang zu warten, um dann lediglich die Nichtigkeiten zu wiederholen, die sie bereits zum Besten gegeben hatte. Sie konnte ja im Gegensatz zu Hajo nahezu nichts zur Sache beitragen.

Beim Gedanken an ihren Onkel runzelte sie die Stirn. Der Bruder ihrer Mutter hatte ernsthaft betroffen gewirkt. Das war nicht nur seine übliche Wichtigtuerei gewesen, mit der er die Familie und alle anderen Leute gern in Atem hielt. Verena wusste zwar, dass Hajo gefühlt jeden über fünfzig in Herzogenaurach kannte, zu allen eine Meinung hatte und diese entweder in den höchsten Tönen lobte oder über sie schimpfte, aber dieser Hermann schien ihm näher gewesen zu sein als die übrigen Kohorten von Rentnern und Pensionären, die er ihr im Laufe der vergangenen Jahre vorgestellt hatte.

Nachdem sie ein paar Ampeln passiert hatte und während sie nun zwischen den Aurachwiesen und den Parkdecks der Schaeffler-Werke hindurch in Richtung Erlangen fuhr, schwante ihr, dass Hajo die Sache nicht einfach so auf sich beruhen lassen würde. Mit den Beamten von Polizei und Stadtverwaltung schien ihn ohnehin so etwas wie eine Hassliebe zu verbinden, und ihr taten schon jetzt die Polizisten der Kripo leid, die ihn zu interviewen hatten und nicht ahnten, was dabei auf sie zukam.

In Niederndorf stand Verena wie immer viel zu lange an der Ampel, bevor es endlich weiterging, doch heute war es ihr einerlei. Auf ein paar Minuten kam es auch nicht mehr an, so spät, wie es bereits war.

Auf dem weiteren Weg nach Erlangen, vorbei an Frauenaurach, über den Main-Donau-Kanal, die Regnitz und schließlich quer durch die Stadt die Paul-Gossen-Straße hinunter, kreisten ihre Gedanken schon wieder um den Toten. Wie lange hatte der Mann wohl schon dort gelegen? Wie war er gestorben? Besaß er eine Familie, die ihn bereits vermisst hatte und nun die schreckliche Nachricht von der Kriminalpolizei erhielt? Und zu guter Letzt: Wer hatte ihn umgebracht?

Gab es in Herzogenaurach etwa einen kaltblütigen Mörder, der frei herumlief, nachdem er solch eine grausame Tat begangen hatte? Was mochte ihn zu solch einem Gewaltverbrechen veranlasst haben?

Verena schluckte. Was alles an einer solchen Sache dranhing, wenn man mal genauer darüber nachdachte! Sie wusste nicht viel darüber, was man bei der Aufklärung eines Mordes alles zu bedenken hatte, bezweifelte aber nicht, dass da sehr viele Dinge mit hineinspielten. Vielleicht sollte sie mit ihren Eltern künftig öfter den »Tatort« im Fernsehen schauen oder sich ein paar Folgen davon in der Mediathek ansehen, obwohl Krimis auf ihrer persönlichen Skala von Unterhaltungsformaten in etwa auf der Höhe von Rosamunde-Pilcher-Verfilmungen und Talkrunden rangierten.

Als die Studentin endlich im östlichen Teil von Erlangen angelangt war und ihren Wagen im Parkhaus des Biologikums auf dem Campusgelände am Röthelheimgraben parkte, wusste sie, dass sie diese Fragen in nächster Zeit wohl noch etwas beschäftigen würden.

Die Sonne verkroch sich allmählich hinter den Häusern. Es war nach sieben, als Verena zurückkehrte. Der Benz ihres Vaters stand bereits in der Einfahrt, demnach war er heute mal zur eigentlich üblichen Arbeitszeit heimgekehrt und machte keine Überstunden.

»Hallo, ich bin wieder da!«, rief sie den Flur in Richtung Küche hinab, in der sie ihre Mutter mit Töpfen klappern hörte.

»Prima, es gibt gleich Essen. Papa ist auch schon zu Hause«, kam es zurück.

»Ich weiß.« Verena stellte die Tasche auf der Treppe ab, warf ihre Chucks in die Ecke und lief ins Wohnzimmer. Ihr Vater hatte es sich auf dem Sofa bequem gemacht und schaute eine Vorabendserie. Er trug einen Kapuzenpullover seiner alten Universität in Würzburg, den er sich erst vor Kurzem zugelegt hatte und mit dem er sich wahrscheinlich noch jünger fühlte als ohnehin schon. Das hieß, er war entspannt, wie Verena zufrieden feststellte. Wenn er nämlich gestresst war, bedeutete das Diskussionen am Familientisch, und darauf hatte sie heute überhaupt keine Lust.

»Hi«, grüßte sie und ließ sich neben ihn auf das Polster fallen. Sie gab ihrem Vater einen Kuss und betrachtete eine Weile stirnrunzelnd das Geschehen auf dem Fernseher. Ein dicker Polizist versuchte einen Wildschweinfrischling in einem Maisfeld zu fangen, während drei Frauen mittleren Alters Anweisungen vom Rand des Feldes hineinriefen.

»Was ist denn das wieder für ein Mist?«, fragte Verena.

»Soko Oberfranken«, gab ihr Vater zurück. Das Grinsen

auf seinem Gesicht verriet, dass er die Szene ziemlich amüsant fand.

»Und der Polizist ist der Vater von dem Wildschwein?«

Ein irritiertes Kopfschütteln reichte als Antwort.

»Nein, falsch, eher der Vater von der mittleren Drallen – und gleichzeitig ihr Onkel«, spottete sie weiter.

»Hau bloß ab!« Diesmal bekam sie ein Kissen ins Gesicht, das sie abwehrte. Sie lachte, sprang auf und wich einem weiteren Kissen aus, das in der Topfpflanze im Wohnzimmereck landete und ein Blatt abknickte. Währenddessen entkam das Wildschwein.

»Kommt ihr?«, rief die Mutter, während sie eine dampfende Auflaufform auf dem Esstisch drapierte.

»Klar, ich hab total Hunger«, sagte Verena. »Und dann muss ich euch unbedingt was erzählen!«

Auch ihr Vater ließ sich trotz der Soko nicht lange bitten. Es kam nicht so oft vor, dass sie unter der Woche gemeinsam aßen. »Ich auch! Aber erst wird gegessen.«

Ihre Mutter lud ihnen reichlich auf, und Verena wartete nicht, bis sich alle genommen hatten, als sie die Gabel in den Mund schob.

»H... h... heiß!«, schnaufte sie und spülte die ersten Bissen mit Wasser hinunter.

»Du sollst nicht so schlingen!«, ermahnte ihre Mutter sie. »Es ist genug für alle da. Mehr als genug.«

»Was ... ist das eigentlich?«, fragte ihr Vater vorsichtig, während er die grünbraune Masse mit der Käsekruste betrachtete, die vor ihm auf dem Teller lag.

»Gemüselasagne«, erwiderte die Mutter und nahm ihrerseits den ersten Bissen zu sich.

»Gemüse? Das heißt: ohne Fleisch?« Verenas Vater stocherte in dem Auflauf herum, offenbar unschlüssig, ob er ihn tatsächlich essen konnte.

»Ist doch egal, Hauptsache, Futter«, sagte Verena und schob sich noch mehr in den Mund. »Schmeckt gut!«

»Du isst wie 'ne Sau!«, schimpfte die Mutter.

»Ich weiß nicht, ob … also, das ist ja gar keine richtige Lasagne!«, kam es hingegen von rechts.

»Ach was, das schmeckt schon. Ist heiß, aber gut!« Verena stieß lautlos auf. »Wir hatten doch gesagt, dass wir etwas leichter und mit weniger Fleisch essen wollen, weil du zu fett bist.«

»*Du* hast das gesagt!«, gab er zurück.

»Ich bin ja ebenfalls zu fett, kann nicht schaden.«

»Verena, rede nicht so dummes Zeug!« Ihre Mutter zog eine Gewittermiene und starrte auf den Teller. »*Fett!* Wenn ich das höre. Du bist dürr wie ein Straßenköter.«

»Könntest wieder mehr trainieren, dann kannste essen, was du willst«, gab der Vater zu bedenken.

»Hab ich doch letzte Woche wieder mit angefangen. Ist aber jetzt egal, ich muss euch fei endlich erzählen, was mir passiert ist!« Verena kaute schnell den Rest und leerte den Mund. »Im Dohnwald lag ein Toter! Stellt euch das mal vor! Und wisst ihr, wer ihn gefunden hat?«

»Hajo«, erwiderte die Mutter.

»Mist, du weißt das ja schon.«

»Er hat heute Vormittag auf den Anrufbeantworter gesprochen. Ich hab ihn dann zurückgerufen, er kam gerade von der Polizei.«

»Schlimme Sache«, murmelte der Vater, während er die ersten Bissen zu sich nahm. Wider Erwarten schien es ihm doch zu schmecken, und er schaufelte sich eine Gabel nach der anderen in den Mund. »Eine schlimme Sache«, schmatzte er zwischen zwei Bissen. »Und das bei uns in Herziaurach.«

»Also, es macht keinen Spaß, mit euch zu essen! Das ist ja schrecklich!«, beschwerte sich die Mutter.

»Ich hab seit heute Morgen nichts gegessen!«, kam es zweistimmig zurück. Verena und ihr Vater grinsten sich an.

»Hallo? Wozu gibt es eine Kantine? Eine Mensa?«

»Kein Geld.«

»Keine Zeit.«

»Rena, wozu überweise ich dir jeden Monat so viel?«

»Starbucks.«

»Vielleicht sollte ich das mal was kürzen. Du wolltest dir doch eh einen Nebenjob suchen, oder? Was ist denn aus der Anfrage beim Müller unten geworden? Die suchen doch immer jemand für die Kasse oder um Waren einzuräumen.«

»Können wir bitte beim Thema bleiben?«, gab Verena zurück. »Wir haben es hier in Herzi mit einem ausgewachsenen Mord zu tun, einem Gewaltverbrechen – und du machst dir Gedanken über einen Minijob, den ich sowieso nicht will.«

»Nicht will? Ich dachte …«

»Nur gut, dass sie den Mörder wohl schon erwischt haben«, unterbrach ihr Vater.

Verena war überrascht. »Tatsächlich? Wer ist es denn?«

»Die Polizei war heute Nachmittag bei uns in der Firma. Ein Mitarbeiter aus dem Vertrieb für Nordamerika wurde festgenommen. Den haben sie wohl morgens im Dohnwald erwischt, das Gewehr noch in der Hand.«

»Gewehr? Hajo hat doch gesagt, man hätte dem Opfer die Kehle durchgeschnitten, oder hab ich da was falsch verstanden?«

»Dieser Ami muss da heute Morgen im Wald herumgeballert haben wie ein Idiot. Hatte wohl Liebeskummer, die Nacht durchzecht und wollte sich abreagieren. Keine Jagdlizenz, kein Waffenschein, nichts. Wie und warum er diesen Toten mit 'ner Kugel erwischt hat, weiß ich nicht. So was sagen sie einem ja nicht. Sie wollten nur den Arbeitgeber informieren, dass er sich in ihrem Gewahrsam und in Untersuchungshaft befindet. Die Tage werden sie bei uns noch ein paar Leute befragen, die mit ihm zusammenarbeiten.«

»Dich auch?«

»Nein, glaube nicht. Ich kannte den kaum. Der Kelch geht zum Glück an mir vorüber.«

»An mir nicht«, sagte Verena. »Weil ich ebenfalls Zeugin des Fundes war, wollen sie mich noch mal ausfragen. Aber ich kann eigentlich gar nichts dazu sagen. Ich hab ja nur gesehen, dass dort jemand lag und rundherum Blut war. Alles andere weiß ich von Hajo, aber es kann natürlich sein, dass er wieder

Bullshit von sich gegeben hat. Die Schüsse habe ich heute Morgen jedenfalls auch gehört. Ich geh ja wieder auf die große Laufrunde.«

»Schön, dass du wieder Spaß am Laufen hast«, sagte ihr Vater und lächelte.

»Halbmarathon in drei Monaten, Baby«, erwiderte Verena lächelnd und ließ ihre Oberarmmuskeln spielen.

Verenas Mutter machte ein besorgtes Gesicht. »Da schießt dieser Waffennarr einfach so am helllichten Morgen im Wald umher – er hätte genauso gut dich treffen können!«

»Ach, Gschmarri ...«, sagte Verena. So weit hatte sie noch gar nicht darüber nachgedacht. Bislang hatten ihre Überlegungen dem Toten gegolten und nicht dem Bekloppten, der den Dohnwald für Klein-Montana hielt. Beim Gedanken daran wurde ihr etwas mulmig.

»Ich will, dass du nicht mehr dort entlangjoggst, Rena!«

»Unsinn!«, sprang ihr Vater ihr bei. »Kann sein, dass es nicht ungefährlich war, was der Kerl gemacht hat, aber selbst wenn er Passanten gefährdet hat, ist die Sache jetzt wohl erledigt. Es taucht ja nicht morgen der nächste Hobbyschütze auf und legt auf Spaziergänger an.«

»Es ist bestimmt kein Zufall, dass genau dann ein Toter gefunden wird, nachdem dort kurz zuvor jemand herumgeballert hat. Ganz gleich, was Hajo wieder behauptet.« Ihre Mutter schien nicht von dem Gedanken abzubringen sein.

»Ich wäre mir da nicht so sicher, das kam mir heute früh anders vor«, merkte Verena an. »Das eine hat mit dem anderen vielleicht wirklich nichts zu tun.«

Bevor sie weitere Überlegungen anstellen konnte, klingelte es an der Haustür.

»Wer ist denn das noch um diese Zeit?«, wunderte sich die Mutter, während ihr Vater aufstand und zur Tür lief.

»Wahrscheinlich Hajo, der uns allen brühwarm erzählen will, was er der Polizei für Theorien aufgetischt hat«, vermutete Verena und leerte ihren Teller.

»Guten Abend. Kriminalpolizei Erlangen«, hörte sie es

kurz darauf vom Eingang. »Wir haben da einige Fragen an Sie, Herr Schmied. Dürfen wir kurz reinkommen?«

Verena und ihre Mutter starrten sich an, dann erschienen auch schon ein Mann und eine Frau in Zivil im Esszimmer.

»Grüß Gott, die Damen. Hauptkommissar Ritzmann, das ist die Kommissarin Schmidt-Pölzig. Entschuldigen Sie die Störung, aber Sie haben vielleicht schon von den Ereignissen erfahren, weswegen wir einige Auskünfte von Ihrem Gatten benötigen.«

»N... nur zu«, stammelte Verenas Mutter und wies auf das Sofa, auf dem der Vater schnell ein paar Kissen halbwegs ordentlich drapierte. »Möchten Sie etwas trinken?«

»Danke vielmals«, winkte der Polizist ab und ließ sich auf dem Sofa nieder.

»Sie sind Rainer Schmied? Neunundvierzig Jahre, hier an dieser Adresse wohnhaft?«, fragte die junge Kommissarin, ohne weitere Worte zu verlieren.

Man musste keine besondere Menschenkenntnis besitzen, um zu erkennen, dass sie lieber Feierabend gemacht hätte, anstatt um diese Uhrzeit noch Leute zu befragen, dachte Verena, während die weiteren Personalien aufgenommen wurden.

Nachdem sie damit durch waren, kamen die Beamten zum interessanten Teil, und Verena hörte wieder aufmerksamer zu, gab jedoch acht, dass sie nicht zu auffällig lauschte. Solange sie niemand aufforderte zu gehen, saß sie am Esstisch und starrte angestrengt auf den »Fränkischen Tag«.

»Wie Sie sicherlich mitbekommen haben, befindet sich Ihr Mitarbeiter Malcolm McKinney seit dem Vormittag in unserem Gewahrsam. Er ist dringend verdächtig, mit dem heute Morgen im Dohnwald gefundenen Toten zu tun zu haben. Man hat ihn wenig später mit einer Waffe im Wald angetroffen, Zeugen wollen zudem Schüsse gehört haben.«

»Ich habe davon gehört, ja«, bestätigte Verenas Vater. »Man hat ja heute bei uns in der Firma angerufen und uns mitgeteilt, dass er festgenommen wurde.«

»Wir sind gerade dabei, das Umfeld des Verdächtigen zu

untersuchen, dazu gehört auch seine betriebliche Umgebung. Wenn wir richtig informiert sind, sind Sie der Vorgesetzte des Mannes?«

»Formal ja, allerdings drei Ebenen darüber. Ich bin zwar seiner Abteilung gegenüber weisungsbefugt, allerdings habe ich im täglichen Umgang fast ausschließlich mit seiner Abteilungsleiterin Doris Torrence zu tun.«

»Also kennen Sie Herrn McKinney gar nicht persönlich?«, hakte Kommissar Ritzmann ein.

»Nein, eigentlich nur vom Sehen. Ich grüße ihn oder wünsche auch schon mal ein schönes Wochenende, doch abseits davon habe ich vielleicht drei Sätze mit ihm gesprochen.«

»Aber als Vorgesetzter – wenn auch einige Ebenen höher – kennen Sie doch sicher seine Personalakte, haben vielleicht sogar seine Einstellung mit abgesegnet?«

»Ja, natürlich ist seine Akte schon mal über meinen Tisch gewandert. McKinney kam damals aus den USA im Zuge der Neuausrichtung der Entwicklungsabteilung zu uns ins Headquarter. Bei uns angestellt ist er schon erheblich länger.«

»Wann war das?«

»Das müsste so vor fünf Jahren gewesen sein«, überlegte Verenas Vater. »Ich kann es gern nachschlagen, wenn Sie möchten.«

»Nicht nötig. Interessanter ist für uns, ob Sie uns etwas über sein Verhalten erzählen können. Gab es Auffälligkeiten, die disziplinarische Maßnahmen nach sich zogen? Wissen Sie vielleicht von Problemen mit Kollegen oder der Abteilungsleitung?«

»Puh, da fragen Sie mich zu viel. Soweit ich mich erinnere, ist mir nie etwas Derartiges begegnet. Als wir heute die Nachricht von seiner Festnahme und den Vorwürfen bekamen, ist der Flurfunk natürlich angesprungen, aber allgemein war eher Verwunderung festzustellen, dass ausgerechnet er so etwas getan haben soll. Keiner konnte sich das so wirklich erklären, McKinney galt bei den Kollegen als unauffällig und war eigentlich nur mit den Native Speakern besser bekannt. Wie ich erfahren habe, pflegte er im Privaten vor allem Umgang mit der amerikanischen Community der Region. Alles Weitere müssen Sie Frau Torrence fragen, fürchte ich. Sie dürfte ihn weitaus besser kennen, da sie täglich mit ihm zusammengearbeitet hat und auch gemeinsam mit ihm auf Reisen in den von ihnen betreuten Ländern gewesen ist.«

Verena schielte immer mal wieder zu den Polizisten hinüber. Kommissarin Schmidt-Pölzig machte sich fortlaufend Notizen, während Ritzmann ein wenig gelangweilt im Wohnzimmer umherschaute, als habe er schon erwartet, hier nichts Wesentliches zutage zu fördern.

Natürlich, dachte Verena, die Kriminalpolizei ist entgegen Hajos Ansicht ja auch nicht blöd. Die müssen das gesamte Umfeld durchleuchten, wer weiß, ob da nicht doch etwas ans Tageslicht kommt, das bisher unbekannt war. Aber das geschah wohl in den wenigsten Fällen.

»Ach ja, was ich gehört habe«, fiel Verenas Vater plötzlich ein. »McKinney gilt als ziemlich konservativ. Man meint ja nicht, dass es so etwas geben kann, aber er ist wohl tatsächlich ein Trump-Fan.«

»Das wissen wir«, bestätigte die Polizistin. »Bei der Durchsuchung seines Hauses haben wir diverse Devotionalien des Wahlkampfs gefunden … und noch ein wenig mehr.«

»Was heißt denn ›ein wenig mehr‹?«, fragte Verena. Es war einfach aus ihr herausgeplatzt. Eigentlich hatte sie sich nicht ins Gespräch einmischen wollen.

Schmidt-Pölzig blickte sie stirnrunzelnd an. »Sie sind?«

»Sorry, dass ich mich eingemischt habe«, erwiderte Verena kleinlaut. Dennoch stand sie auf und lief ins Wohnzimmer hinüber. »Ich bin Verena Schmied, die Tochter.«

»Verena Schmied …« Die Beamtin schaute in ihre Unterlagen. »Ach ja, Sie wollten wir ja auch noch zur Sache im Dohnwald befragen.«

»Jederzeit«, sagte sie lächelnd und zuckte gleichzeitig mit den Schultern. »Ich kann aber wahrscheinlich nicht mehr beitragen, als Sie ohnehin schon wissen.«

»Das sehen wir ja dann«, sagte Schmidt-Pölzig. »Aber was haben Sie denn nun dort gefunden?«

»Das geht Sie eigentlich nichts …«

»Schon gut«, winkte Ritzmann ab. »Es hat sich gezeigt, dass die politischen Ansichten von McKinney ein wenig weiter gingen als bekannt. Einige Plakate und Unterlagen deuten darauf hin, dass er mit der Aryan Nation in Verbindung steht, einer extrem rassistischen Gruppierung in den Vereinigten Staaten.«

Verena runzelte die Stirn. »Das Opfer war aber kein Schwarzer. Ich habe doch helle Haut gesehen, das war ein Skatkumpel von meinem Onkel. Was passt denn noch so in das Beuteschema von so einem Typen? War der Mann vielleicht Jude? Moslem? Oberpfälzer?« Verena biss sich auf die Unterlippe, weil sie sich die letzte Bemerkung wohl besser verkniffen hätte. »Es tut mir leid. Ich wollte nicht …«

»Nein, nichts von dem Genannten«, unterbrach Schmidt-Pölzig ihren zögernd vorgetragenen Entschuldigungsversuch. »Bislang gibt es da keinen Zusammenhang.«

»Der Tote ist ja eh ned erschossen worden«, gab Verena zusätzlich zu bedenken.

»Dann setzen Sie sich doch bitte zu uns, und wir nehmen Ihre Beobachtungen dann ganz offiziell auf, damit hier nichts verloren geht«, wies Ritzmann sie an.

Verena nickte und kam der Aufforderung nach.

Wieder fragte die Kommissarin die Personalien ab, die bereits am Morgen von der Streifenpolizei aufgenommen worden waren. »Sie sind also Verena Schmied, geboren am 17.11.1993, Studentin der Biologie an der Universität Erlangen-Nürnberg.«

»Korrekt.«

»Dann erzählen Sie uns doch noch mal, wie Sie die Situation im Dohnwald heute Morgen wahrgenommen haben.«

»Ich bin um drei viertel acht zum Joggen aufgebrochen. Seit einiger Zeit laufe ich wieder eine große Runde, das heißt mindestens eine Stunde, weil ich an einem Halbmarathon im September teilnehmen möchte. Die Runde führt auch durch den Dohnwald, in den ich unten aus Richtung Falkendorf komme. Heute Morgen bin ich in den Waldweg eingebogen, da habe ich schon Schüsse gehört.«

»Wie viele? Wissen Sie das noch?«, fragte Ritzmann.

»Zwei, vielleicht drei«, antwortete Verena. »Ich habe mir nichts dabei gedacht, da man ja im Wald öfter mal den einen oder anderen Schuss hört.«

»Aber doch nicht werktags am helllichten Morgen!«, wandte Schmidt-Pölzig ein.

»Sie würden sich wundern, wann und wie oft hier irgendwer im Wald rumballert«, entgegnete Verena. »Wer weiß, vielleicht war das ja auch sonst immer Ihr Amerikaner, der da rund um Herzi seine Schießübungen abgehalten hat, oder irgendwelche Jäger dehnen ihre Jagdzeiten aus. Ich bin in der Waffenszene nicht so bewandert, müssen Sie wissen.«

»Und dann? Sind Sie weitergelaufen?«

»Ja, natürlich. Ich habe sie eh nur leise gehört, weil ich Musik auf den Ohren hatte. Die Schüsse kamen wohl aus größerer Entfernung, das hallt sehr durch den Wald. Ich habe mich nicht wirklich erschrocken und bin ganz normal weitergelaufen. Vielleicht zwei, drei Minuten später habe ich schon die Leute gesehen, die da zusammenstanden. Ich habe mich gewundert, weil es frühmorgens eigentlich nie derartige Ansammlungen im Wald gibt. Rentner und Spaziergänger mit ihren Hunden sind dort unterwegs, daneben Jogger und Mountainbiker.«

»Wer war dort alles? Und standen sie alle um den Toten herum?«, fragte Ritzmann.

»Hm, mal nachdenken.« Verena versuchte sich das Bild vom Morgen wieder vor das geistige Auge zu holen. »Also, da war mein Onkel Hajo Schröck, daneben stand der dicke Nerd mit seinem Schäferhund. Dann war da noch ein älteres Ehepaar, ach ja, und eine Mutter mit einem kleinen Jungen. Das müsste es gewesen sein. Und ja, die standen im Halbkreis um die Leiche herum und haben auf die Polizei gewartet. Hat jedenfalls mein Onkel gesagt.«

»Wie haben Sie die Situation wahrgenommen? Waren die Leute aufgeregt, verängstigt – irgendwas in der Art?«

»Ich hab schon gesehen, dass ihnen nicht wohl bei der Sache war. Alle waren ziemlich schockiert. Sie haben die Leiche ja wahrscheinlich selbst gesehen. Da war alles voller Blut, da war sicher allen klar, dass sie es nicht mit einem morgendlichen Unfall beim Walken zu tun hatten, der Mann war ein Gewaltopfer, das sah man gleich. Mein Onkel hat mir dann noch verraten, dass dem Mann die Kehle durchgeschnitten wurde.«

»Sie selbst haben das aber nicht gesehen?«, fragte Schmidt-Pölzig.

»Nein, die Leiche lag mit dem Rücken zum Weg. Ich fand das schon schrecklich genug, da musste ich mir nicht noch die Details anschauen.«

»Kam Ihnen einer der anderen Zeugen merkwürdig vor? Hat sich jemand ungewöhnlich verhalten?«

»Nein, eigentlich nicht. Na ja, gut, wenn Sie so fragen: Mein Onkel Hajo verhält sich immer etwas merkwürdig, der hat halt einen Sockenschuss, aber das ist ja bekannt.«

»Verena!«, schallte aus dem Hintergrund die Stimme ihrer Mutter. Sie hatte offenbar die ganze Zeit gelauscht.

»Na ja, ich denke, hier soll man die Wahrheit sagen, oder?«, rief sie in Richtung Küche. »Sie dürfen das gern zu Protokoll nehmen: Ganz knusprig in der Birne ist der nicht.« Ihr Grinsen bestätigte hoffentlich, dass sie es nicht bierernst meinte. Sie würde allerdings schon gern Hajos Reaktion miterleben, wenn die Polizei ihn mit dieser Aussage konfrontierte.

Kommissarin Schmidt-Pölzig notierte sich jedenfalls irgendetwas eifrig.

»Sonst ist Ihnen also nichts aufgefallen?«, fragte Ritzmann noch einmal.

»Nein.« Verena schüttelte den Kopf. »Ich denke, alle schwankten zwischen Schock und Ratlosigkeit, ging mir selbst ja genauso.«

»Gut, dann sind wir hier fürs Erste fertig«, sagte Ritzmann

und erhob sich. »Wenn Ihnen doch noch etwas einfällt, das in dieser Sache von Belang sein könnte, lassen Sie es uns bitte umgehend wissen. Auch Kleinigkeiten, die einem vielleicht zunächst unwichtig erschienen sind, können manchmal helfen.« Er reichte Verenas Vater seine Visitenkarte.

Dieser nickte und geleitete die beiden Polizisten zur Tür.

»Dann noch einen schönen Abend, Herr Schmied.«

»Vielleicht haben Sie noch etwas davon, es ist im Moment ja sehr angenehm abends«, gab ihr Vater ihnen mit auf den Weg.

»Mein Abend findet erst mal auf der Autobahn statt. Ich muss nachher noch auf eine Familienfeier«, sagte Kommissarin Schmidt-Pölzig. »In die Oberpfalz.«

Verena wusste nicht, was schlimmer war. Der hämische Blick ihres Vaters oder die Scham, die sie empfand, als die Beamten ins Auto stiegen und losfuhren.

Ein Besuch auf dem Revier

Am nächsten Morgen schlug Hajo wie immer seine Zeitungen auf, und erwartungsgemäß bestimmte der grausige Fund im Wald die Schlagzeilen in den Lokalteilen. Ein Bild des abgesperrten Fundorts der Leiche im Dohnwald nahm den größeren Teil eines halbseitigen Artikels ein, während der Text nicht mehr aussagte, als ihm ohnehin schon bekannt war. Tatsächlich hatte er der Reporterin der Nordbayerischen Nachrichten ausführlich Rede und Antwort gestanden, und er stellte zufrieden fest, dass sein Bericht wortgetreu niedergeschrieben war.

»Das darf doch nicht wahr sein!«, entfuhr es ihm dennoch, als er feststellte, dass man seinen Namen falsch geschrieben, schlimmer noch, auf groteske Weise verzerrt hatte: »Hans-Dietrich Schröck«, stand dort.

»Hans-Dietrich Schröck und sein Bruder im Geiste Hans-Joachim Genscher, natürlich«, murmelte er in sich hinein, während er Stift und Briefpapier hervorholte, um einen geharnischten Leserbrief an die Damen und Herren von der Journaille zu verfassen. Derartige Nachlässigkeiten waren ihm schon manches Mal aufgefallen, doch bislang hatte er darüber hinwegsehen können. Jetzt allerdings war er selbst von einem solchen Fauxpas betroffen, und da hörte der Spaß auf.

Hajo saß gerade an den letzten Zeilen seines Briefes, als Frau Batz die Haustür aufschloss.

»Grüß Godd, Herr Schrögg!«, grüßte sie und schleppte zwei voll bepackte Tüten in die Küche. Mit einem für Hajos Empfinden zu lauten Geräusch ließ sie diese auf die Arbeitsplatte neben dem Herd fallen und begann auszuräumen.

»Haben Sie alles bekommen, Frau Batz?«

»Freili, Herr Schrögg. Alles, wie Sie's wolldn.«

»Und die Quittung?«

»Ich hobb nadürli den Kassnzeddl aufghom, ich dus glei verrechna, is sogar nu aweng a Geld übri.«

»Sie waren hoffentlich nicht wieder in einem dieser Ramschmärkte, Frau Batz. Sie wissen, dass ich dieses abgepackte Hackfleisch halb und halb ganz schlecht vertrage. Ich hatte doch damals die Gastritis.«

Es klapperte in der Küche, erst nach einer Weile kam die Antwort. »Des waaß i doch, Herr Schrögg. Bloß des gude Hackfleisch vom Mezger. Die schlachdn ja vor Ord.«

»Halb und halb?«

»Halb und halb, wie immer, Herr Schrögg.«

Hajo las seine Beschwerde an die NN noch einmal durch, setzte dann seinen Friedrich-Wilhelm unter den Brief und packte ihn in einen Umschlag. Das gleichmäßige Geräusch aus der Küche verriet, dass Frau Batz bereits die Zwiebeln klein schnitt.

»Sie können die Bolognese ruhig ein wenig kräftiger ansetzen, Frau Batz. Letztes Mal war sie mir zu lasch. Da kann ein wenig mehr Pfeffer hinein.«

»Obber gern, Herr Schrögg.«

Hajo suchte seinen Schlüssel. »Ich gehe in die Stadt, werde dort mittags eine Kleinigkeit zu mir nehmen und erst am Nachmittag zurückkehren. Wie lange sind Sie heute da, Frau Batz?«

Die korpulente Hausverwalterin erschien in der Küchentür, die Hände voller rohem Hackfleisch, in das sie Zwiebelstücke eingeknetet hatte. Abgesehen davon, dass sie schwitzte wie ein Ochse, da es trotz der frühen Tageszeit schon recht warm war, liefen ihr vom Zwiebelschneiden auch noch Tränen durchs Gesicht. Sie sah aus, als habe sie gerade einen Marathon absolviert und sei nun tief betrübt, dass sie den Weltrekord knapp verfehlt hatte. »Lossns mi amol kurz überlegn. Heid Middoch muss i nu die Nebmkosdnabrechnunga machen, des dauerd. Nudln kochne, Bolonees osetzn … Obm müsserdn die Fensder amol widder pudzd wern – die sind dodal verschmierd –, des mach ich eds glei als Erschdes, des middn Essen lefft dann ja neberher.«

»Aber nicht, dass das Hackfleisch anbrennt!«, ermahnte Hajo sie.

»Naa, freili ned. Do kenners mer verdraua, Herr Schrögg! Dann nu alles in die Düdn und eifriern – als bis zwaa bin i sicher do. Allmechd, hoffendlich werds ned widder so haas!«

»Und machen Sie die Tür vom Eisschrank richtig zu! Am besten fest andrücken. Wir hatten neulich fast ein Grad Temperaturunterschied zum Nominalwert.«

»Des lichd obber a o dera Hidsn draußn.«

»Das kostet ja bares Geld, Frau Batz! Bares Geld!«

»Ich muss erschd amol segn, dass überhaubt nu genuch Blads in der Kühldruha is – da lichd ja nu der ganze Spargel drin.«

»Da hat sich ja viel getan in der Kühltechnologie in den letzten Jahren. Was früher Energieklasse A hatte, ist heute D.«

»Sie müssen a amol vo den Spargel essen, der kummt ja vo den Spargelhof in ... no, wie hassds denn ... ich kumm nedd drauf. No halld vo um die Eggn. Mir ham ja subber Spargel bei uns do.«

»Und dann haben sie das A Plus eingeführt. Und dann Doppelplus und Dreifachplus.«

»Ewich kommer den ja a ned aufhebm.«

»Wenn die so weitermachen, bekommt man Geld zurück, sobald man das Gerät anschließt.«

»Ich konn Ina nu a scheena Soß Hoolondääs machen. Schingn hob i a kafft, der is ganz mocher.«

»Und das rechnet sich dann auch bei einem hohen Anschaffungspreis.«

»No freili. Sie wissen ja, wos der Spargel außerhalb vo der Säsong kosst.«

»Bares Geld kann man da sparen, Frau Batz! Bares Geld!«

Damit verabschiedete sich Hajo, nahm seinen leichten Sommerhut und ließ Frau Batz mit dem Hackfleisch halb und halb allein.

Hajo hatte es nicht eilig, hinunter in die Stadt zu kommen. Er schlenderte gemütlich die Adalbert-Stifter- und die Sandstraße hinunter und querte unten die Hans-Maier-Straße. Nach einem Schlenker an der Aurach entlang, an der er gern den einen oder anderen Reiher oder Storch beobachtete, die jedoch heute nicht zugegen waren, überquerte er das Flüsschen über die neue Fußgängerbrücke, um über die Schütt bis nach vorne zum Redaktionsgebäude der Lokalzeitung zu gelangen. Hier war alles neu gemacht, und die Straße gab durchaus ein schmuckes Bild ab, das musste selbst Hajo zugeben. Es war noch nicht lange her, dass der Baulärm der von Grund auf sanierten Straße, die parallel zur Fußgängerzone zwischen dem Altstadtkern und der Aurach verlief, ihm jedweden Spaziergang verleidet hatte. Ebenso klangen ihm die Beschwerden der Kaufleute sowie einiger seiner Bekannten in den Ohren, die unmittelbar von der Großbaustelle betroffen gewesen waren. Zeitweise war die Straße sogar komplett gesperrt gewesen. Sein Freund Hermann hatte nicht zuletzt stetig dafür eingestanden, die Position der Stadt zu vertreten und den Unmut abzumildern.

Beim Gedanken an den Toten verdüsterten sich Hajos Gedanken von einem auf den anderen Moment. Bislang war es ihm den Morgen über gelungen, sich auf andere Dinge zu konzentrieren. Vielleicht hatte er sich mit dem Brief an das Lokalblatt auch von dem schlechten Gefühl ablenken wollen, das ihn ergriffen hatte, seit die Sache mit dem Mord richtig bei ihm eingesickert war.

Jemand hatte Hermann umgebracht!

Auf eine grausame, kaum vorstellbare Art, wie man sie allenfalls in Gegenden erwartete, die sich nach Ansicht der meisten rechtschaffenen Bürger in zivilisatorischem Rückstand gegenüber der Heimat befanden.

Hajo schluckte den Kloß hinunter, der sich in seinem Hals bildete, und warf eher beiläufig den Brief bei der Zeitungsredaktion ein.

Als er auf den Postkasten starrte und einen Augenblick dort verharrte, kam er sich lächerlich vor. Hermann war Opfer eines heimtückischen Verbrechens geworden, und er echauffierte sich über falsch geschriebene Namen in der Tageszeitung!

Er schüttelte den Kopf und verließ den Eingangsbereich des Gebäudes.

Stattdessen kam ihm bald ein anderer Gedanke in den Sinn, während er die Straße nahe dem Kreisel ein paar Meter weiter überquerte. Dieser war wie üblich stark befahren, wenngleich das vormittägliche Verkehrsaufkommen nichts gegenüber dem Chaos am Nachmittag war, das regelmäßig im Feierabendverkehr hier ausbrach und auch die benachbarten Straßen blockierte.

Rechter Hand befand sich in der Mitte des Kreisels der große Fußball von Adidas, rundherum zweigten vier weitere Straßen ab. Gegenüber freuten sich einige Kinder über das Eis, das ihnen die Mutter bereits am Vormittag spendiert hatte, andere Flaneure kehrten zu einem vormittäglichen Kaffee in der Eisdiele ein.

Auch Hajo dachte kurz daran, besann sich dann aber eines Besseren, denn diese Richtung hatte er aus einem anderen Grund eingeschlagen. Quasi zwischen der Zeitungsredaktion und der Eisdiele, sozusagen am Zugang zur Altstadt, befand sich das Polizeirevier von Herzogenaurach. Wenn es irgendwo etwas Neues zu den Ereignissen zu erfahren gab, dann sicher dort. Er überquerte schnell die Straße und trat in das Gebäude.

Weit kam er nicht. Gleich links fand sich lediglich eine Scheibe, hinter der eine Angestellte saß. Im Hintergrund war ein Beamter zu erkennen, der geistesabwesend etwas tippte und so tat, als bemerke er gar nicht, was sich vorne im Eingangsbereich abspielte. Wurde man hier nicht durchgewinkt, kam man nicht weiter, denn Zwischentüren in die weiteren Bereiche des Gebäudes verhinderten aus Sicherheitsgründen ein unrechtmäßiges Eindringen.

Nach einer Weile kam er an die Reihe.

»Schröck ist mein Name. Ich habe ein Anliegen bezüglich der Leiche im Dohnwald. Ich war dort Zeuge. Es hat nicht unbedingt Zeit.«

Die Empfangsdame runzelte die Stirn, enthielt sich jedoch

eines Kommentars und wandte sich an den Kollegen, ohne dass Hajo verstand, was sie sagte.

Nach einem Augenblick wurde er hineingewinkt.

Der Beamte, der ihn am Tresen erwartete, bemühte sich gar nicht erst, das Missfallen zu verbergen, das ihn offenbar überkam, als er Hajo erkannte. »Der Herr Schröck. Was ist es denn diesmal? Hat ein Hund wieder sein Geschäft irgendwo mitten auf dem Bürgersteig verrichtet?«

»Guten Morgen, Herr Wachtmeister«, grüßte Hajo und unterdrückte eine scharfe Entgegnung. Die konnte er auch später noch anbringen. Er war hier, um Informationen zu erlangen, da konnte er nicht sofort ein Streitgespräch beginnen. Aus gesprächstaktischen Erwägungen verzichtete er also darauf. Manchmal besaß er ein Gespür für solche Dinge. Darauf war er stolz und klopfte sich innerlich auf die Schulter, als er dem Polizisten gegenübertrat.

»Sie haben sicher von dem Mord gestern gehört.«

»Natürlich. Gibt wohl niemanden in der Stadt, der das nicht hat.«

»Gut. Vielleicht wissen Sie auch, dass ich Zeuge des Vorgangs war.«

»Des Mordes?«

»Nein, des Leichenfunds. Ich hatte ja gestern ein Gespräch mit Herrn Kommissar Ritzmann diesbezüglich.«

»Soso. Ist Ihnen noch etwas zur Sache eingefallen? Dann sollten Sie Herrn Ritzmann anrufen, ich kann Ihnen gern seine Nummer geben.«

»Nein, die habe ich ja. Ich wollte Ihnen stattdessen meine Hilfe anbieten.«

»Hilfe anbieten?« Der Unglaube des Polizisten war so echt wie zuvor seine Antipathie.

»Ebendiese. Ich bin gut mit dem Opfer bekannt gewesen und sehr betrübt über diese Sache, glauben Sie mir das bitte. Gleichwohl kenne ich eine Menge Leute in der Stadt, komme hierhin und dorthin, und mir fallen Dinge auf, die andere nicht sehen.«

»Das ist uns ja schon länger bekannt ...«, murmelte der Beamte.

»Kurzum, Sie sollten nicht darauf verzichten, jemanden aus dem Umfeld des Opfers heranzuziehen, wenn es darum geht, dem Mordbuben auf die Spur zu kommen.«

»Ja, das haben Sie schön gesagt, Herr Schröck. Was glauben Sie denn, warum die Kriminalpolizei zuerst die Zeugen und dann das nähere Umfeld des Toten befragt? Sind Sie vielleicht schon mal auf die Idee gekommen, dass die nicht auf den Kopf gefallen sind und so etwas nicht zum ersten Mal machen?«

»Na ja ... dass man sich schon so früh auf diesen Amerikaner versteift, spricht ja nicht unbedingt dafür, dass man hier mit angemessenem Sachverstand vorgeht, wenn ich das mal so ...«

»Woher haben Sie das denn schon wieder gehört?«

»Sie wissen schon, das ist Herzi. Die Leute reden.«

Der Polizist seufzte. »Was verleitet Sie denn zu der Annahme, dass Kommissar Ritzmann diese Sachen in Zusammenhang miteinander bringt? Glauben Sie nicht, dass wir in der Lage sein könnten, die tatsächlichen Umstände sachlich herzuleiten und daraus die nächsten Schlüsse zu ziehen, wie weiter vorzugehen ist?«

»Doch, eigentlich schon, aber ...«

»Eben, und das ist der Unterschied zwischen Profis, die seit vielen Jahren mit diesen Dingen betraut sind, und Ihnen. Ihr Engagement in allen Ehren, und ausnahmsweise erscheinen Sie hier mit einem Anliegen, das grundlegend gar nicht zu verurteilen ist. Dennoch sind Sie lediglich Zeuge dieser Angelegenheit und zudem emotional betroffen, was Ihre, entschuldigen Sie die Offenheit, ohnehin nicht besonders ausgeprägte Empathie zusätzlich beeinträchtigen dürfte.«

Hajo kniff die Augen zusammen. Hatte er das gerade richtig gehört? »Das ist ja wohl ...«

Doch wieder wurde er unterbrochen. »Ich rate Ihnen nur eines, Herr Schröck: Lassen Sie die Kriminalpolizei ihre Arbeit machen. Die wissen, was sie tun. Ganz abgesehen davon haben wir hier sowieso nichts mehr mit der Sache zu tun – oder wollen Sie zusätzlich noch darauf hinweisen, dass irgendwo in der Stadt eine Mülltonne zu weit auf dem Bürgersteig steht?«

»Machen Sie sich nicht über so etwas lustig! Denken Sie an die Frau mit Kinderwagen!«

»Gehen Sie nach Hause, Herr Schröck!«

»Die alte Dame mit Gehhilfe? Den Rentner im Rollstuhl? Den Leistungssportler mit Kreuzbandriss?«

»Guten Tag, Herr Schröck!«

Hajo zog eine Gewittermiene. Ihm war klar, dass dem Mann nicht mit gesundem Menschenverstand beizukommen war, aber das war er ja von diesen grün-beige gewandeten Ordnungshütern gewohnt. Andererseits hatte der Beamte natürlich recht mit dem Einwand, dass die Kripo Erlangen mit dem Fall betraut war und nicht das Revier in Herzogenaurach.

Draußen zündete er sich ein Zigarillo an, was er eigentlich nie vor dem Mittagessen tat, aber heute benötigte er etwas zur Beruhigung. Das Gefühl der Machtlosigkeit im Angesicht des Mordes an Hermann nagte schlimmer an ihm als die Trauer um den Freund. Mit dem war er zwar recht gut bekannt gewesen, hatte ihm aber nicht außerordentlich nahegestanden.

Hajo lehnte sich an die Regenrinne, die vom Dach des Polizeigebäudes hinunter zum Boden führte, und genoss den milden Vanilletabak. An der rechten Seite der Hausfront verlief eine Rampe für Rollstuhlfahrer und Kinderwagen, um einen barrierefreien Zugang zum Revier zu ermöglichen. Er blickte zu den Autos, die um den Kreisel fuhren, und wog seine Optionen ab, doch noch etwas zur Aufklärung des Mordes beizutragen.

Es dauerte nicht lange, bis zwei Uniformierte erschienen, die scherzend die Treppenstufen hinunter zu ihrem vor der Rampe geparkten Streifenwagen liefen. Natürlich bemerkten sie ihn umgehend.

»Waren Sie nicht gerade eben beim Kollegen? Sie hängen ja

immer noch hier herum, Herr Schröck.« Die Polizisten runzelten die Stirn und gingen zu ihrem Einsatzfahrzeug.

»Eigentlich verständlich, nicht wahr? Ich warte ja auch immer noch auf Antworten.«

Der Polizist auf der Fahrerseite seufzte. »Wir haben Ihnen doch gesagt, dass wir mit den Ermittlungen nichts zu tun haben. Das ist längst Sache der Kriminalpolizei, so viel sollten Sie doch als Laienschnüffler wissen. Gucken Sie mal einen Krimi im Fernsehen, selbst dort hält man sich des Öfteren an diese Aufgabenverteilung.«

»Die Schweine haben mir ja das Fernsehen abgedreht«, murmelte Hajo.

»Wie bitte?«

»Schon gut, Herr Nachwuchswachtmeister. Dann werde ich mal die Kollegen von der Mordkommission behelligen. Dieser Kommissar Ritzmann schien mir ja ein ganz umgänglicher Zeitgenosse zu sein. Überarbeitet sah er aus, das hat man auf den ersten Blick gesehen. Da wird er den einen oder anderen wertvollen Hinweis zu schätzen wissen.«

»Da gebe ich Ihnen den guten Tipp, genau das bleiben zu lassen. Auch das könnten Sie wissen: Zum Stand der Ermittlungen wird keine Auskunft erteilt. Da wird auch Hauptkommissar Ritzmann keine Ausnahme machen. Und wenn wir mal ehrlich sind: Der Fall, so tragisch er auch ist, ist fei bald abgeschlossen, man hat den Täter doch wahrscheinlich gefunden.«

»Ihr ›wahrscheinlich‹ überzeugt mich aber leider überhaupt nicht«, gab Hajo zurück. »*Wahrscheinlich* klappern auch morgen wieder die Störche auf dem Rathausdach, aber können Sie mir das garantieren?«

»Es hat ja wie immer keinen Sinn, mit Ihnen zu diskutieren. Ich habe eigentlich keine Lust, unsere Zeit weiter mit Ihnen zu verschwenden«, sagte der Polizist und blickte seine Kollegin an, die einen ziemlich genervten Gesichtsausdruck zur Schau trug. »Wir haben uns um Wichtigeres zu kümmern.«

Hajo deutete hinüber zum südlich der Aurach gelegenen

Stadtteil. »Zum Beispiel mal um die Falschparker drüben in der Adalbert-Stifter! Ist Ihnen eigentlich aufgefallen, dass dort immer gegenüber von Einfahrten geparkt wird? Handwerker, Sozialdienste, Helikoptereltern – gelten für die andere Regeln als für Otto Normalbürger? Da ist Halteverbot!«

»Herr Schröck, wir können ja nicht überall gleichzeitig sein. Melden Sie das der Stadt«, bat ihn die Polizistin und setzte sich in den Streifenwagen.

»›Der Stadt, der Stadt‹! Ich hör immer nur ›der Stadt‹! Sehe ich die mal oben in den Wohngebieten? Nein! Aber sobald man am Rathaus oder an der Schütt mal zehn Minuten seinen Parkschein überzieht, hagelt es Knöllchen! Verkaufen Sie mich doch bitte nicht für dumm, Frau Wachtmeister...in!«

Die Polizistin schüttelte nur den Kopf.

Im selben Augenblick öffnete sich die Tür, und eine Frau mit Rollstuhl verließ mit ihrer Begleitung das Polizeirevier. Ihr Begleiter schob sie vorsichtig die Rampe hinunter, auf der Hajo stand. Da er nur geringfügig an die Wand zurückwich und dabei aufreizend lang an seinem Zigarillo zog, hatten die beiden alle Mühe, an ihm vorbeizukommen, zumal er sie beim Ausatmen mit blauem Dunst einnebelte.

»Jetzt machen Sie doch mal den Weg frei, Herr Schröck! Das ist ja unmöglich!«, ermahnte ihn der Polizist. »Wenn Sie hier noch lange den Zugang blockieren, erhalten Sie ein Platzverbot!«

Hajo winkte ab und kam die Rampe zu dem Wagen hinunter, ohne die Rollstuhlfahrerin noch eines Blickes zu würdigen. »Das war mir ja klar. Mit einem Platzverbot sind Sie wieder schnell bei der Hand, aber wenn ich nachher nicht aus meiner Ausfahrt komme, wo sind Sie dann?« Er rümpfte die Nase. »Einen schönen guten Tag!«

Ein bunter Kessel Mahnungen

Verenas Tagesrhythmus war völlig durcheinandergeraten. Sie hatte den halben Vormittag geschlafen und sich danach eine Strafpredigt ihrer Mutter anhören dürfen, in der etwas von »erwachsen werden«, »Verantwortungsgefühl entwickeln« und »Geld kürzen, wenn du nicht bald Examen machst« vorgekommen war.

Sie hatte dieser Art von Vorträgen schon öfter gelauscht und gab nicht viel darauf, wenngleich der letzte Hinweis schon ein wenig an ihr nagte. Die Eltern wussten, dass sie nach bald fünf Jahren Studium auf die Prüfungszulassung zum Master zusteuerte. Diesen zusätzlichen Druck konnte sie nicht wirklich brauchen, wenn ihre Noten bei den letzten Versuchsreihen, die sie im Labor durchführte, halbwegs in Ordnung sein sollten.

Da ihr aktueller Versuch rund sechsunddreißig Stunden laufen musste, um ein valides Ergebnis zu erzielen, hatte es keinen Sinn, schon mittags ins Biologikum zu fahren. Seminare gab es Ende August ohnehin keine. Also hatte sie noch etwas länger herumgegammelt, ein wenig »Halo« auf der Xbox gespielt und war dann Laufen gegangen. Sie änderte ihre übliche große Runde ab, um nicht den Waldweg mit der Leiche entlanglaufen zu müssen, obschon dort wahrscheinlich alle Spuren längst beseitigt waren. Sie befand sich schon auf dem Rückweg, als die Musik, die sie zum Laufen über das Smartphone hörte, von dem befremdlichen Geräusch einer SMS unterbrochen wurde.

Irritiert blieb sie stehen, aber eigentlich wusste sie schon, wer es war, denn es kam nur einer in Betracht, der sich der althergebrachten Textnachrichten bediente, anstatt WhatsApp zu benutzen. Beim Blick auf das Display wurde sie bestätigt.

»KOMM VORBEI MÜSSEN UNS UNTERHALTEN HAJO«.

Verena schüttelte den Kopf und lief weiter. Zum Glück war sie nicht allzu weit von Hajos Bleibe entfernt. Ein paar Meter mehr würden ihrer etwas eingerosteten Ausdauer sicher ganz guttun.

Keine fünf Minuten später hatte sie das Doppelhaus oben in der Nähe des Turnerschaft-Sportplatzes erreicht.

Verena wartete für ihren Geschmack viel zu lange, bis Hajo endlich an der Haustür erschien. Sie wollte lieber nach Hause und duschen, anstatt sich mit ihm über irgendwelche Hirngespinste zu unterhalten. Es konnte ja eigentlich nur um den Mord gehen, allerdings bestand durchaus die Aussicht, von ihm etwas Neues zu erfahren.

»Da bist du ja endlich. Komm rein«, empfing Hajo sie.

»Warm ist es«, stellte Verena fest und wedelte mit ihrem T-Shirt am Bauch, um sich Luft zuzufächeln.

»Schwarzes T-Shirt, kein Wunder. Ich weiß ja nicht, was euch Jungvolk immer reitet, bei fünfundachtzig Grad im Schatten noch in der Gegend herumzurennen, weil ihr meint, ihr seid zu dick.«

»Ich mach das nicht, weil ich zu dick bin, sondern damit ich fit werde. Daneben bekomme ich dadurch den Kopf frei, wenn ich die ganze Woche in diesem Kacklabor hocken muss.« Sie machte eine Pause. »Außerdem bin ich wirklich zu fett.«

Hajo lachte auf, sein trockenes, leicht bitteres Lachen, wie stets mehr von Spott als von Freude getränkt. »Ich dachte bislang, dass du dich nicht um solchen Quatsch kümmerst. Du bist doch ein Strich in der Landschaft.« Er betrachtete sie von oben bis unten, was ihr etwas merkwürdig vorkam. »Hast doch gar nicht nötig, dich solchen Oberflächlichkeiten zu unterwerfen. Aber davon mal abgesehen – warum hast du eigentlich keinen Freund? Wir hätten uns früher darum gerissen, eine wie dich zu bekommen. Wenn ich mir diese Bemerkung erlauben darf.«

»Darfst du nicht! Das geht dich nämlich überhaupt nichts an.« Verena verzog das Gesicht und lief ins Esszimmer, dessen

Tisch von oben bis unten mit Zeitungen, Papieren, Werbeblättchen und geöffneter Post bedeckt war. »Wie sieht's denn hier aus?«

»Das hat alles seine Ordnung.«

»Chaos ist noch untertrieben als Bezeichnung dafür.«

»Dann lass dir gesagt sein, dass das einer sehr komplexen Sortierung unterliegt, die für Menschen wie dich, die sich keine Gedanken über so etwas machen, natürlich nicht nachvollziehbar ist.«

Verena fischte ein Schreiben hervor, dessen Logo eindeutig zu erkennen war. »Was ist denn das? Die GEZ will sage und schreibe achthundert Euro von dir?«

Hajo sprang heran und riss ihr das Schreiben aus der Hand. »Ich lass mir doch von denen nicht vorschreiben, wie viel ich für Rentnerunterhaltung und Fußball bezahlen muss.«

»Aber du bist doch Rentn…«

»Frührentner!«

»Na gut, Frührentner. Wo ist da der Unterschied?«

»Ich befinde mich in der Blüte meines Lebens und benötige noch kein Schunkelprogramm, nachdem mich die Schwester mit dem Rollstuhl ins Fernsehzimmer gekarrt hat.«

»Also hast du einfach gar nichts gezahlt?«

»Nein, ich habe immer nur so viel überwiesen, wie die Qualität des gebotenen Programms hergab. Auf den vollen Betrag bin ich selten gekommen, das kannst du dir denken. Das ist aber nicht meine Schuld, denn ich habe mehrmals schriftlich angemahnt, dass ich mit dem Programm nicht zufrieden bin. Sogar Verbesserungsvorschläge habe ich eingereicht.«

»Und?«

»Nicht mal eine Antwort haben sie mir zukommen lassen, diese Ausbeuter!«

Verena schlug die Hand vor die Stirn und machte dann die Haarspange fest, die die blonden Strähnen an der nicht rasierten Schläfenseite im Zaum hielt.

Kurz darauf hörte sie Gepolter von oben. Eine korpulente Frau erschien auf der Treppe und kam die Stufen hinunter.

»Hallo, Frau Batz«, begrüßte Verena Hajos Hausverwalterin, als diese in der Tür zum Esszimmer erschien.

»Servusla, Verena«, erwiderte die klatschnass geschwitzte Frau. Der Schweiß lief ihr in Strömen das Gesicht hinunter, und das ohnehin zu enge hellgrüne Oberteil klebte am Körper, sodass jedes Gramm zu viel doppelt betont wurde.

»Sag mal, lässt du die Frau Batz bei der Hitze oben arbeiten?«, fragte Verena ungläubig.

Hajo unterhielt im Obergeschoss unter der Dachschräge seiner Doppelhaushälfte ein kleines Büro, in dem Frau Batz die Verwaltung für seine Mietshäuser in Celle erledigte.

»Die geht ja kaputt da drin! Da ist doch nicht mal 'ne Klimaanlage!«

»Klimaanlage! Man braucht doch keine Klimaanlage, um ein bisschen am Rechner zu arbeiten.«

Frau Batz wischte sich den Schweiß aus dem Gesicht. »Herr Schrögg, die Badderie is scho widder gor.« Sie hielt einen winzigen Handventilator in die Höhe, der aussah, als entstamme er einem Überraschungsei.

»Oh, natürlich, Frau Batz, ich habe noch Knopfbatterien, glaube ich.«

»Das ist ja wohl nicht dein Ernst!«, echauffierte sich Verena. »Frau Batz, lassen Sie sich doch nicht so abspeisen. Sie sind seine Angestellte, Sie haben ein Anrecht auf eine Klimaanlage am Arbeitsplatz bei diesen Temperaturen!«

»Klimaanlage, Klimaanlage«, äffte Hajo sie nach. »Die holt sich doch den Tod mit einer Klimaanlage, die Frau Batz! Da holt sich die Frau Batz doch sofort einen Zug!«

»So etwas wie einen Zug gibt es nicht, höchstens Viren, die dann … ach, vergiss es«, winkte Verena ab. »Dann setz sie wenigstens mit dem Laptop in den Keller, die Frau Batz. Da oben unterm Dach sind es doch sicher fünfzig Grad.«

»Ich besitze keinen tragbaren Rechner für die Frau Batz. Und ich schleppe sicher nicht den Computer nebst schwerem Monitor in den Keller!«

»Dann kauf eben ein Laptop! So ein Ding fürs Office ist

nicht teuer, vierhundert Euro vielleicht. Und bevor du dich aufregst: Natürlich kannst du das Teil dann auch absetzen als Betriebsmittel für die Frau Batz.«

»Da ist dann sicher dieses Tatsch-Windows drauf, nicht wahr? Das ist nichts für die Frau Batz, die kommt mit Windows 98 prima zurecht.«

Verena sah ihn entgeistert an. »Windows ... 98?«

»*Zweite* Edition«, ergänzte Hajo, offenkundig stolz darauf, sich in derartigen Details auszukennen. »Mit Office-Paket für die Frau Batz.«

»Sagen Sie, Frau Batz, vielleicht sollten Sie das mal der Gewerkschaft melden oder jemand anderem. Das ist ja unmöglich.«

»Also, ich ...« Frau Batz kam nicht dazu, zu antworten.

»Papperlapapp! Die fühlt sich sehr wohl bei mir, die Frau Batz! Eine Angestellte alter Schule ist sie nämlich noch, die Frau Batz. Da wird sich nicht ständig beschwert über dies, über das, weil es zu warm, zu kalt, die Luft zu gut oder schlecht oder der Rechner zu alt ist. Da wird gearbeitet, da wird geschafft, nicht immer dieser alberne Firlefanz nebenbei betrieben, der mit der eigentlichen Aufgabe gar nichts zu tun hat.«

»Was ist denn an einer Klimaanlage ›alberner Firlefanz‹?« Verena fand Hajos Verhalten unmöglich.

»Firlefanz, nichts anderes ist das! Es ist Sommer. Da ist es warm, da schwitzt man eben. War früher so, ist heute so, hat noch niemandem geschadet. Hier, ich schwitze auch.« Hajo rieb sich über die Stirn und hielt Verena die schweißglänzende Hand hin.

Sie wich angewidert zurück. »Du regst dich über die GEZ auf, dabei bist du ein mindestens genauso schlimmer Ausbeuter.«

»Das ist eine Unverschämtheit.«

»Nein, die Wahrheit.«

Verena und Hajo starrten sich an.

»Also, wenns mir edserdla die Baddrie gebm dädn, kennerdi

weidermachn mit die Abrechnunga«, durchbrach Frau Batz die Stille.

»Natürlich«, sagte Hajo und tätschelte ihr die Schulter. Er ging zu einer Schublade und fischte eine Packung Knopfbatterien heraus. »Da sind sie, die 2031er, nicht wahr, Frau Batz?«

»Des sinds«, stimmte die Hausverwalterin zu und trat den Rückweg in das Obergeschoss an.

Verena fürchtete, dass Frau Batz bereits unterwegs einen qualvollen Hitzetod sterben könnte, als sie sich die Stufen hinaufwuchtete, wurde jedoch nicht darin bestätigt.

»Siehst du, Mädchen, auf den Punkt, die Frau Batz. Da wird nicht lamentiert, da wird die Aufgabe erfüllt, die gestellt wurde.«

Verena seufzte und ließ sich dann auf einem Stuhl nieder. »Warum hast du mich jetzt hierherzitiert? Doch bestimmt nicht, um mich zur Zeugin deiner Sklavenhaltermentalität zu machen, oder?«

Hajo runzelte die Stirn. »Manchmal frage ich mich schon, wer dir diese Frechheiten in den Kopf setzt.«

»Wenn du nicht bald damit rausrückst, geh ich wieder. Im Gegensatz zu dir genieße ich die Hitze nämlich nicht und will noch duschen, um später nicht völlig verschwitzt im Labor zu arbeiten.«

»Jaja, schon gut. Du hast doch sicher von der Festnahme gehört, nicht wahr?«

»Von diesem Ami, der bei Papa arbeitet?«

»Ja, genau von dem.«

»Die Polizei war gestern Abend noch bei uns und hat uns dazu befragt. Also vor allem Papa, denn ich kenn den ja nicht. Mich haben sie allerdings noch mal zum Fund der Leiche ausgehorcht. Und da ist mir eingefallen, dass du doch gesehen hast, dass dein Bekannter nicht erschossen wurde, sondern ihm jemand ...«

»... den Hals durchgeschnitten hat.«

»Ja, ebendas. Ich habe die Kommissare ja darauf hingewiesen. Nur weil einer im Wald herumballert und an einer anderen Stelle ein Toter liegt, muss ja kein Zusammenhang bestehen. Wobei es schon ein großer Zufall ist, dass sich diese beiden Dinge nahezu gleichzeitig ereignen.«

»Eben nicht!«, winkte Hajo ab. »Die Leiche lag ja schon länger dort. Die war ja ganz ausgeblutet. Das ist in der Nacht zuvor passiert.«

»Ja, aber das wird die Polizei doch auch längst wissen, oder? Wenn du das als Laie siehst, hat die Gerichtsmedizin sicher schon lange den Todeszeitpunkt bestimmt.«

»Ach, die grenzen das doch nur ungefähr ein. Da heißt es dann: ›Zwischen zweiundzwanzig und vierundzwanzig Uhr am vorherigen Abend‹ oder so ähnlich. *Danke, Herr Wachtmeister, das habe ich mit bloßem Auge erkennen können.*«

»Ja, aber worauf willst du jetzt eigentlich hinaus?«

»Haben die dir gegenüber erläutert, wie sie sich das Mordgeschehen abseits eines schießwütigen Yankees vorstellen?«

»Nein, natürlich nicht.«

»Mir gegenüber nämlich auch nicht, weder bei der Befragung als Zeuge noch bei unseren Gesprächen auf der Wache.«

»Haben die dich noch mal geladen? Das wusste ich gar nicht.«

»Nein, ich war unten auf der Wache am Kreisel, um meine Hilfe anzubieten.«

Verena riss die Augen auf. »Nicht ernsthaft, oder?«

»Natürlich. Ich kannte die Leiche ... ähm, also den Hermann, kann eins und eins zusammenzählen, kenne in der Stadt sehr viele Leute. So ein Erlanger Kommissar kann doch froh sein, wenn er einen ortsansässigen Gehilfen bekommt, der Vater Staat nicht mal einen Pfennig kostet, weil er ein persönliches Interesse an der Aufklärung der Sache hat.«

»Und völlig überraschend verzichten sie auf deine Hilfe.«

»Ja, unglaublich, oder? Und ich weiß ganz genau, woran das liegt. Die werden das hier stiefmütterlich behandeln, denn die haben so viel anderes zu tun, als einem unbescholtenen Bürger, der plötzlich tot im Wald liegt, etwas Gerechtigkeit angedeihen zu lassen.«

»Das scheint mir ein wenig übertrieben zu sein«, entgegnete Verena. »Dass die viel zu tun haben, ist klar, aber die vernachlässigen doch diesen Fall nicht, nur weil sie dir am nächsten Tag nicht gleich einen Täter präsentieren oder dich dazu einladen, bei ihren Ermittlungen mitzuwirken.«

Hajo schnaubte und lief einige Schritte im Raum hin und her. »Das Problem ist …«

»Ja?« Es schien ihm tatsächlich etwas mehr auf der Seele zu liegen als nur sein übliches Dauerbeleidigtsein. »Sprich dich ruhig aus – aber mach jetzt mal hin, ich will heim.«

»Man kann überhaupt nichts tun.« Hajo blickte sie an, und die Hilflosigkeit in seinem Blick überraschte Verena.

»Du meinst, *du* kannst nichts tun?«

»Da liegt dein Freund tot im Wald, und du kannst partout nichts dazu beitragen, um diese unglaubliche Schweinerei aufzuklären. Du sitzt da und musst dir von den Aushilfssheriffs sagen lassen, dass du deine Nase nicht in ihre Nachforschungen stecken sollst.« Hajo verzog das Gesicht und schlug mit der Faust auf den Tisch, woraufhin ein Stapel Papiere zu Boden fiel.

»Ich glaube, ich weiß, was du meinst«, sagte Verena und nickte. Es schien Hajo tatsächlich wehzutun, aber in seiner üblich knorrigen Art war er nicht in der Lage, seine Gefühle zu artikulieren. »Natürlich kannst du die polizeilichen Ermittlungen nicht unterstützen, vor allem nicht, als wärst du jetzt der Ehrenschnüffler der Erlanger Kripo, der für sie die Mordfälle im Aurachtal aufklärt.«

»Siehst du, das ist genau, was ich meine«, gab er zurück.

»Aber das heißt ja nicht, dass du der Polizei nicht anders behilflich sein kannst. Die sind jetzt dabei, das Umfeld der Betroffenen zu untersuchen, und wenn man die Sache mit dem Ami mal außen vor lässt, was sie mit Sicherheit mittlerweile ebenfalls tun, werden sie ja anfangen, die Lebensumstände deines Freunds Hermann unter die Lupe zu nehmen.«

»Ja, und davon haben sie doch überhaupt keine Ahnung.«

»Na ja, und jetzt besitzt *du* einen Vorteil: Du weißt doch, wen er kennt, in welchen Kreisen er sich bewegt hat, wen man zuerst fragen muss. Hat er Familie? Wer waren seine Freunde, seine Feinde, was hat er privat getrieben, von dem man öffentlich gar nichts weiß? Diese ganzen Fragen wird die Kripo jetzt abklappern. Sie haben dir ja nicht verboten, in den Kreisen, in denen du ohnehin unterwegs bist, mal ein paar Fragen zu stellen. Der Mord wird doch eh Dauergespräch an den Stammtischen und bei den Klüngelrunden innerhalb der Stadt sein. Und wenn du dabei tatsächlich auf irgendwas stößt, das wertvoll für die Polizei sein könnte, weist du sie eben darauf hin.«

Hajo überlegte einen Augenblick. »Das ist gar nicht so dumm, was du sagst.«

»Natürlich nicht.«

»Aber sie werden mich erneut abwimmeln. Woher weiß ich denn, ob sie mir tatsächlich zuhören? Der Wachtmeister am Empfang unten im Revier würde mich doch schon am liebsten rausschmeißen, sobald ich das Gebäude betrete.«

»Du kommst eben vorher zu mir, und dann besprechen wir, ob es wirklich wichtig ist und nicht deinen üblichen Verschwörungstheorien entspricht.«

»Übliche Verschwörungstheorien? Also, Mädchen, ich bitte dich!«

»Ich würde dir darüber hinaus raten, mal einen Gang zurückzuschalten, was deine Beschwerden, Petitionen, Leserbriefe, Anzeigen und mit was du dir noch so deinen Frührentneralltag vertreibst, betrifft. Dass sie dich nicht ernst nehmen bei der Polizei, hast du dir ja schon im Vorfeld erarbeitet.«

Hajo murmelte etwas wie »Sollen doch mal sehen, was sie davon haben, wenn niemand mehr auf Missstände hinweist …«

Verena ignorierte die Beschwerde. »Mach dir mal Gedanken, wer wissen könnte, was Hermann am letzten Wochenende getan hat, bevor er umgekommen ist. Das heißt: Du selbst weißt das nicht zufällig sowieso?«

»Nein«, erwiderte Hajo. »Ich bin ja nicht ganz auf den

Kopf gefallen. Ich habe ihn seit letztem Dienstag nicht gesehen. Was weiß ich, was der am Wochenende vorhatte, mir ist er ja keine Rechenschaft schuldig. Bin ja nicht seine Frau.«

»Hatte er denn eine Frau?«

»Nein. Nie, soweit ich weiß. Glücklicher Junggeselle, so wie ich. Der hatte auch so genug zu tun mit seinem Grillverein, der Modelleisenbahn und allem.«

Verena konnte ein Grinsen nicht unterdrücken. »Modelleisenbahn ... Ganz ehrlich, manchmal entsprecht ihr so derartig dem Klischee, dass es einem keiner abnehmen würde, dass es solche Leute tatsächlich noch gibt.«

»Der hatte Ahnung davon, der Hermann! Er war sogar immer als Fachbesucher in Nürnberg auf der Spielwarenmesse. Weißt du, was das für ein Riesenmarkt ist? Sammler bezahlen Höchstpreise für begehrte Stücke.«

Verena winkte ab und wandte sich zum Gehen. »Diesen Vortrag werde ich mir jetzt ersparen. Überleg einfach, von wem du was erfahren kannst, und gib mir Bescheid, wenn es was zu bereden gibt. Adela.«

»Wiedersehen«, brummte Hajo.

Verena kehrte in die stickig-heiße Luft zurück und zwang sich, in einen lockeren Laufschritt zu verfallen, nachdem sie das Gartentürchen verschlossen hatte. So neugierig sie war, was die Aufklärung des Mordes betraf, wusste sie nicht, ob sie sich mit den Vorschlägen und Ideen für Hajo einen Gefallen getan hatte.

Zwischenspiel

Enrico verließ die Spielhalle an der Bieg – wie fast jeden Abend glücklos. Wieder einmal hatte er rund zweihundert Euro verzockt, dabei war er sicher gewesen, dass sich das Blatt bald wenden würde. So viel Pech konnte man einfach nicht haben, als dass beim Einarmigen Banditen immer die falschen Symbole erschienen.

Wütend kickte er einen Stein auf die Straße.

Er zündete sich eine Zigarette an. Es war längst dunkel, kurz vor vierundzwanzig Uhr. Natürlich war es wieder viel zu spät geworden. Eigentlich egal, denn er musste ja am nächsten Tag nicht früh aufstehen. Schon seit Monaten musste er das nicht mehr.

Wahrscheinlich stapelt jetzt ein Flüchtling oder ein anderer Schmarotzer die Waren im Baumarkt, dachte er, als ihn erneut die Wut überkam, dass ihm das Schicksal so übel mitspielte.

Enrico lief ein paar Meter in Richtung Altstadt, und es dauerte nicht lange, bis er die Verfolger bemerkte. Er lief schneller und sah sich um, als könnte es doch Einbildung sein.

Nein, er hatte sich nicht getäuscht!

Zwei Männer waren nicht weit hinter ihm. Als sich ihre Augen trafen, beschleunigten sie ihren Schritt. Enrico begann zu rennen, den Kopf noch immer gedreht, doch schon warf ihn ein fürchterlicher Schlag von vorne zu Boden. Er prallte mit dem Kopf auf den Bürgersteig. Blitzende Sterne ersetzten das klare Firmament des Sommerabends, das sich über ihm erstreckte und nur langsam wieder erkennbar wurde.

Noch bevor sich seine Sinne klärten, riss ihn jemand am Kragen hoch.

Schemenhaft beugten sich drei Gestalten über ihn, vielleicht vier.

»Chast du das verdammte Geld?«

Der osteuropäische Akzent des Mannes ließ Enricos Herz

einen Moment lang aussetzen. Sie hatten nicht auf ihn gewartet – sie waren nach Herzogenaurach gekommen.

»Verstehst du mich nicht, du Wichser?«

Dann ein Schlag ins Gesicht. Seine Lippe platzte auf, er spuckte Blut aufs Pflaster.

»D… doch.«

»Warum antwortest du dann nicht? Sprichst du kein Deutsch?«

»Doch … natürlich«, hustete Enrico. Er war kurz davor, sich zu übergeben.

»Dann antwortete, oder das war erst der Anfang, du Chund!«

»Ich … ich habe das Geld nicht.«

Wieder ein Schlag, heftiger diesmal, sodass er erneut zu Boden geworfen wurde.

Sofort zogen sie ihn wieder hoch. Der Mann, der ihn gepackt hielt, presste das Gesicht vor seins, doch durch den Schleier aus Blut und Schmerzen konnte Enrico ihn nicht erkennen.

»Was hast du gesagt?«

»*Noch* nicht … Ich habe es *noch* nicht, meinte ich.«

»Warum nicht?«

»Ihr … man hat mir gesagt, ich soll es bis Ende des Monats heranschaffen. Das sind noch einige Tage.«

»Zwei Tage hast du. Wo zur Hölle willst du so schnell so viel Geld herbekommen, wenn du noch nichts hast, du Ratte?«, zischte der Mann.

»Ich … ich bekomme das Geld bald. Es ist versprochen, das könnt ihr Ewgen…«

Ein neuerlicher Hieb ins Gesicht unterbrach ihn.

»Keine Namen!«

»Sag… sagt das eurem … Chef. Ich schaffe das Geld rechtzeitig ran.«

»Du hast zwei Tage. Wenn du die Kohle dann nicht hast, machen wir dich kaputt, hast du verstanden?«

»Ja …«

Mit einem Tritt wurde Enrico ein letztes Mal zu Boden geschickt.

Als er sich wieder so weit erholt hatte, dass er sich hinsetzen konnte, waren die Männer verschwunden. Doch er wusste, wer sie waren. Nicht nur, dass er Schulden hatte, nein, er hatte sie auch noch bei den falschen Leuten gemacht.

Enrico war zwei Tage zuvor Zeuge eines Verbrechens geworden, das er sich in dieser Form in Herzogenaurach nicht hatte vorstellen können, das ihn zwei Nächte lang im Schlaf verfolgt hatte, und nun hatte ihn beinahe ein ähnliches Schicksal ereilt. Weil er mit Kräften gespielt hatte, die mehr als eine Nummer zu groß für ihn waren, musste er den Preis dafür zahlen.

Doch woher um alles in der Welt sollte er innerhalb von zwei Tagen dreißigtausend Euro beschaffen?

Er wischte sich das Blut aus dem Gesicht. Sein Kopf schien vor Schmerzen zu explodieren, doch nach einer Weile konnte er wieder klare Gedanken fassen. Ein, zwei Autos fuhren vorbei, und er wusste nicht, ob die Fahrer überhaupt sahen, dass er verletzt war, winkte aber vorsichtshalber ab. Er brauchte keine Hilfe für eine blutende Lippe, sondern eine Lösung für sein Dilemma.

Beim Gedanken an das Verbrechen von vor zwei Tagen kam ihm eine Idee. Eine dreiste, möglicherweise eine dumme Idee, aber vielleicht die einzig rettende. Was er gesehen hatte, war schlimm gewesen. So schlimm, dass er es seither nicht aus dem Kopf bekam. Konnte er es sich dann nicht wenigstens zunutze machen?

Enrico hatte mit Blut für die Dummheit bezahlt, sich mit weißrussischen »Geschäftsleuten« einzulassen. Dann musste eben der nächtliche Mörder vom Parkplatz mit barer Münze dafür aufkommen, dass seine Tat unentdeckt blieb.

Enrico hatte sich das Nummernschild des Wagens gemerkt, als es den Tatort verlassen hatte, wenngleich es schlecht zu erkennen gewesen war. Ein ums andere Mal hatte er mit sich gerungen, damit zur Polizei zu gehen, aber er hatte einfach zu viel zu verbergen und war bei den Ordnungshütern ein zu bekanntes Gesicht. Wer weiß, ob sie ihm geglaubt und ihm nicht am Ende noch den Mord in die Schuhe geschoben hätten. Eine Belohnung war nicht zu erwarten, also musste er sein Wissen anders zu Geld machen. Es gab immer Mittel und Wege, den Fahrzeughalter herauszufinden, jedenfalls wenn man über die entsprechenden Drähte verfügte. Wenn der Mörder nicht innerhalb der nächsten beiden Tage mit Enricos Hilfe überführt werden wollte, musste er tief in die Tasche greifen.

Daran hing Enricos einzige Hoffnung: dass der Mann, der zwei Nächte zuvor so grausam ein Leben genommen hatte, nun *sein* Leben rettete.

Ein mittelalterliches Fest

»Was machst du da?«

»Ich will die Parkgebühren bezahlen.« Hajo warf immer wieder dieselbe Zwei-Euro-Münze in den Schlitz des Automaten am Rathausparkplatz, die jedes Mal aufs Neue durchfiel. Seine Geduld hing nur noch an einem seidenen Faden.

»Versuch doch mal 'ne andere Münze«, schlug Verena vor.

»Habe keine. Du?«

Sie warf einen kurzen Blick in den Geldbeutel. »Nein. Nur Kleinkram. Aber schau doch mal, da kann man auch eine App runterladen und dann darüber bezahlen.«

»Epp?«

»Eine App. Fürs Smart... ach, vergiss es.« Verena schüttelte den Kopf. »Vielleicht per SMS, das soll auch gehen, steht dort. SMS kann dein Handy ja wohl?«

»Frechheit, natürlich!« Hajo nestelte an seinem Gürtel herum, befreite das Nokia aus der transparenten Tasche am Gürtel und nahm es in die Hand. »Und jetzt?«

»Jetzt schickst du dein Kennzeichen an die Nummer, die dort steht, und dann werden die Parkgebühren mit der Handyrechnung abgebucht.«

»Ich geb denen doch nicht mein Kennzeichen!«, rief Hajo empört.

»Warum nicht?«

»Die könnten ja sonst was damit anstellen. Diese Totalüberwachung allerorten muss nicht auch noch mein Auto umfassen.«

»Dann kassier halt dein Knöllchen, weigere dich wie immer, es zu bezahlen, dann kostet es irgendwann zwanzigmal so viel – und dein Kennzeichen besitzen sie trotzdem.«

»Das Amt kennt mein Kennzeichen sowieso. Aber der Telefonanbieter nicht. Handy- und Autoortung in einem – das ist mir zu gefährlich.«

»Wenn du meinst«, sagte Verena. »Du wirst deine Meinung ja sowieso nicht ändern.«

»Nein, ich habe nicht die Absicht«, erwiderte Hajo und zwinkerte seiner Nichte zu. Im selben Moment verschwand die Münze im Schlitz, und das ersehnte »Höchstparkdauer erreicht« erschien auf dem Display des Automaten. »Na also. Hartnäckig muss man bleiben. Das ist deiner Generation abhandengekommen, aber da erzähle ich ja nichts Neues.« Hajo nahm zufrieden den Parkschein und brachte ihn zum Auto, während Verena am Zugang zur Altstadt wartete und schon wieder auf ihrem Handy herumtippte, als er zurückkehrte.

»Warum soll ich dich eigentlich begleiten?«, fragte Verena nach einigen Metern, die sie den Steinweg hinunterliefen. Sie blieb hinter ihm, denn der Bürgersteig war hier nicht breit, und wenn einem Fußgänger entgegenkamen oder gar der Stadtbus vom Marktplatz, wurde es ganz schön eng.

Hajo senkte den Kopf. Mehr als einmal hatte er sich in leicht angeschlagenem Zustand eine Beule an einem hervorspringenden Fachwerkbalken zugezogen, die auf Kopfhöhe in den Bürgersteig hineinragten. Hier standen einige der ältesten Häuser Herzogenaurachs. In die Altbauten mit ihren niedrigen Decken und dem restaurierten Kern waren in den vergangenen Jahren neue Geschäfte eingezogen, die auch eine jüngere Kundschaft ansprachen.

Hajo stand zwar Neuerungen meist skeptisch gegenüber, doch er musste zugeben, dass ihn jede Neueröffnung in der Altstadt freute, und er wünschte den Ladenbesitzern Erfolg, weil sie zur Belebung der Innenstadt beitrugen. In den Jahren zuvor hatten einige Geschäfte schließen müssen, zudem war viel Kaufkraft aufgrund der großen Supermärkte in den Norden und Osten der Stadt abgewandert. Eine Verwaisung oder gar Vergreisung des alten Stadtkerns von Herzogenaurach, vor allem innerhalb des historischen Dreiecks zwischen dem Schloss und den beiden Wehrtürmen, konnte für niemanden gut sein, ganz egal, mit welchen Dingen man seinen täglichen Bedarf deckte oder wo man gern einkehrte.

Hajo blickte an dem italienischen Restaurant vorbei in ein Gässchen auf der anderen Straßenseite. »Ach, schau mal an. Der ist ja fast fertig mit allem, der Hel…«

»Ich muss erst noch was erledigen«, unterbrach ihn Verena. »Können wir uns in einer Stunde wieder treffen?«

»Erledigen? Was musst du denn erledigen?«

»Was man so erledigt. Erledigungen eben.«

»Das kannst du doch später machen – ich stecke heute in einer ganz anderen Problematik«, wandte Hajo ein. Wollte sich das Mädchen doch wieder aus seinem Versprechen winden, ihm bei einem etwas unangenehmen Behördengang behilflich zu sein?

»Da du ja auch unter Druck nicht damit herausrückst, bei was du meine Hilfe benötigst, kann es ja nicht so dringend sein. Treffen wir uns doch um drei unten am Buchladen am Fehnturm.«

»Aber …«

»Bis später!«, sagte sie und streckte ihm die Zunge heraus.

Hajo war einigermaßen sprachlos. Da er allerdings diese Sache, bei der er Verena dabeihaben wollte, schon seit Längerem vor sich herschob, kam es nun auf eine weitere Stunde Verzögerung nicht mehr an.

Er blieb auf der Höhe des Bäckerei-Cafés am nördlichen Ende des Marktplatzes stehen. Auf dem historischen Platz im Herzen der Altstadt herrschte reges Treiben. Allerorten waren Männer und Frauen damit beschäftigt, Buden und Verkaufsstände aufzubauen. Viele dieser Leute waren Hajo selbst aus der Entfernung nicht ganz koscher, denn sie hatten lange Haare und ungepflegt wirkende Bärte und trugen zudem schwarze Kleidung, die teilweise mit Lederteilen kombiniert war und an eine Rüstung gemahnte. Tätowierungen, Totenkopfsymbolik aller Art und Schwerter wurden ausgestellt oder offen zur Schau getragen, was Hajos Unbehagen noch verstärkte.

Natürlich, das jährliche Mittelalterfest steht an! Daran hatte er gar nicht mehr gedacht vor lauter Aufregung um den Mord.

Neben dem Altstadtfest und der Kirchweih auf dem Festgelände am Weihersbach war dies die dritte jährliche Veranstaltung, die Herzogenaurach für einige Tage in Atem hielt. Von den drei Festivitäten war es Hajo allerdings die unliebsamste, wenngleich der Einzelhandel in der Altstadt sich ebenfalls komplett darauf einstellte und viele Verkäufer das ganze Wochenende über in historischen Gewandungen in den Läden standen oder ihre Gäste bedienten.

»Da sind s' wieder, die Debberdn«, hörte er eine Stimme neben sich.

Er blickte zur Seite. Neben ihn war ein Mann mit einem Fahrrad getreten. Er trug einen Hut, darunter war graues Haar zu erkennen. »Servus, Hajo.«

»Ach, grüß dich, Alfons«, sagte Hajo und gab dem Mann die Hand. »Ja, die Waldschrate sind wieder da. Man fragt sich ja, ob die sich seit dem letzten Jahr gewaschen haben.«

Die Männer lachten.

»Dudd villeichd ganz gud, wenn des Gwaaf dann leffd«, wandte Alfons ein. »Do dengn die Leid wenigsdns o annerra Woar noch dera … dera Sach.«

»Ja …«, murmelte Hajo. »Diese … Sache, die hält mich ganz schön in Atem, das kannst du mir glauben. Ich kann ja kein Auge zumachen.«

Alfons nickte. »Deng er mer. Du hosdn gfundn, hobbi gherd. Wors arch?«

»Nicht ich hab ihn gefunden, sondern ein junger Mann mit seinem Hund. Der hat mich zu Hilfe gerufen. Ob's schlimm war? Ich hab den Hermann gesehen, das reicht. So ein Bild bekommst du nicht mehr aus dem Kopf. Die Flasche Doppelkorn vom Wochenende ist fast leer deswegen.«

Alfons klopfte Hajo auf die Schulter und machte ein betretenes Gesicht. Eine Weile lang schwiegen sie und sahen den Schaustellern beim Aufbau zu. Rechter Hand vor dem rosa getünchten Gebäude am Eingang zum Schloss mühten sich Männer mit freiem Oberkörper damit ab, einen zweigeschossigen Stand zu errichten, an dem offenbar mittelalterliche Speisen und Getränke gereicht werden sollten. Unten an der Hauptbühne auf der Rückseite der Alten Wache stimmte eine bunt gekleidete Truppe Gaukler ihre Instrumente und machte Späße mit den vorbeilaufenden Kindern.

»Des is echd schlimm. Gscheid schlimm. Und des bei uns in Herziaura«, seufzte Alfons irgendwann. »Do wär der Hermann besser zu seiner Schwesder gforn.«

Hajo horchte auf. »Wollte er zu seiner Schwester fahren? Wohnt die nicht ewig weit weg?«

»In Oberhausen«, antwortete Alfons. »Des is im Ruhrgebied.«

»Ich weiß, wo Oberhausen liegt.«

»Mir hamm ja ned amol gwissd, dass der dodd is. Am ledzdn Donnerschdoch hob ichn nu droffn – des wor dann des ledzda Mol, dass i den gudn Hermann gsehn hob. Do hodd er nu gsachd, dass er glei am Freidoch direggd noch Feierobmd losforn will – damidd er dem Verkehr wenigsdens a weng ausweichn konn, dass er vielleichd scho zum Obendessen bei seiner Schwesder is. Der wolld bis vielleichd sogar bis Diensdoch doddnbleibm – der hädd ja eds Urlaub ghabbd.«

»Also ist doch nicht zu ihr gefahren, sondern hat das Wochenende hier verbracht.«

»Soch i doch. Wenner gforn wär, ded er vielleichd nu lebm. Mir ham ja denggd, der wär fodd. Der wär doch sicher do gwesen am Samsdoch, wo doch der Heinz Geboddsdoch gfeierd hodd.«

»Mit dem Heinzi hat er noch Kontakt?«

»Ich waaß scho – mid dem reddsd du ka Word mehr. Ober di zwaa ham ja midnander am Amd gärberd. Der Hermann hädd eds nu fünf Johr ghabbd, der Heinz is vor zwaa Johr in Ruhestand ganga.«

»War der auch am Ordnungsamt?«

»Na, am Einwohnermeldeamd, glaab i.«

»Ich muss ja nachher auch zu den Brüdern. Die wollen mich mal wieder fertigmachen.«

»Warum?«

Hajo winkte ab. »Unwichtig. Wegen nichts. Normalerweise hätte ich Hermann was in die Hand gedrückt, dann wäre das ordnungsgemäß, aber stillschweigend beglichen worden, ohne dass man öffentlich zum Schafott geführt wird, aber das ist ja jetzt auch vorbei.«

»Ja, middn Hermann hodd mer redn kenna. Der hodd nie a groß Ding drum gmachd, obber hodd sie kümmerd, damidd ned a jeder Hinz und Kunz alles glei gwissd hodd. Obber des hodd er nedd bei aan jedn so gmachd. Mer herd, dass er bei Leid, wo er ned kennd hodd, ned so kuland wor.«

»Wer sagt das?«

»Scho viele. Werd ja a Haufm gred – eds noch sein Dod, echol wo mer nokummd. Grod heid frie bein Begger hob is widder gherd: Viel Leid hamm schlechda Erfohrunga midn Hermann gmachd. Unnachgiebig iss er woll gwesn bei Amdsdinger, offd, wenns um Oddnungswidrigkeidn ganga is, wenns was wor, wos nern bersönlich gechern Sdrich ganga is – do worer gnodnlos.«

»Hört man?«

»Herd mer.«

Hajo dachte nach. Konnte das ein Ansatzpunkt sein? Konnte sich Hermann im Zuge seiner Amtstätigkeit Feinde gemacht haben? Die Antwort lag eigentlich auf der Hand: Sicher hatte er das, das blieb nicht aus auf einem Amt, das für die Aufrechterhaltung der öffentlichen Ordnung zuständig war und unter anderem Strafen für Vergehen aussprach. Konnten Leute aufgrund dessen so aufgebracht gewesen sein, dass sie ihn im Zorn ermordet hatten?

»Du denngsd des Gleicha wie ich, gell?«, fragte Alfons. »Ob si do wohl jemand grächd hodd?«

Hajo nickte. »Ist ja nicht schwer, auf den Gedanken zu kommen. Aber es wird nicht leicht sein, mehr herauszufinden. Der hat sicher Hunderte Fälle im Jahr bearbeitet, von Kleinigkeiten bis hin zu monatelangen Angelegenheiten.«

»No do hodd die Polidsei a weng wos zu du«, sagte Alfons. »Hamms dich eds eichendlich scho befrocht?«

»Ja, natürlich«, bestätigte Hajo. Dann erzählte er Alfons in groben Zügen von den Befragungen und seinen Befürchtungen hinsichtlich der Ermittlungsarbeit, war mit den Gedanken jedoch eher bei den zuvor geäußerten Vermutungen.

Irgendwann verabschiedete sich Alfons, der festgestellt hatte, dass er fast schon zu spät von seinen Besorgungen nach Hause kam, weshalb er seinem E-Fahrrad die Sporen geben musste, um es rechtzeitig bis hinauf in den Lohhof zu schaffen.

Hajo beschloss, die Zeit bis zum Treffen mit Verena sinnvoll zu nutzen, und setzte sich an einen Tisch des Café Römmelt am oberen Ende des Marktplatzes. Zu Lauten- und Schalmeienklang nahm er kurz darauf ein schönes Hefeweizen zu sich und ließ den Blick über den Marktplatz schweifen. Er bemerkte eine junge Frau, die Bilder des regen Treibens schoss. Auf den zweiten Blick erkannte er die Juniorchefin des Fotoateliers Durmann. Die würden diese Bilder doch nicht veröffentlichen? Er dachte kurz darüber nach, sie auf das Recht am eigenen Bild hinzuweisen, ließ dann aufgrund der zu erwartenden Diskussion aber davon ab.

Gerüstete marschierten vorüber und führten staunenden Sechsjährigen ihre Schwerter, Streitkolben und Lamellenrüstungen vor, während andere Kinder zu den Klängen der Bardentruppe tanzten und klatschten.

Hajo ertappte sich letztlich sogar dabei, dass sich ein Lächeln auf sein Gesicht stahl. *Vielleicht sind diese Verrückten doch gar nicht so verkehrt.*

Buchhändler und Bußgelder

Hajo wartete am Durchgang zur Schütt auf Verena. Er stand an der Hausecke und zündete sich nach dem ersten gleich das nächste Zigarillo an, während er die Passanten beobachtete, ohne zu bemerken, dass sie bereits neben ihm stand. Als sie ihn ansprach, zuckte er vor Schreck zusammen und hätte dabei beinahe seinen Glimmstängel zerbrochen.

»So, jetzt wäre alles erledigt. Ich musste dringend noch ein Buch für die Uni bestellen. Ist zum Glück morgen schon da«, sagte sie und folgte seinen Augen, die auf der gegenüberliegenden Seite der Fußgängerzone an etwas haften geblieben waren. »Was starrst du denn so da hinüber? Ich dachte, du stöberst bei der Herrenmode am Turm.«

»Ich brauch nichts zum Anziehen. Frau Batz sagt, ich habe noch so viele ungetragene Hemden, deshalb kann ich noch auf Jahre hinaus darauf verzichten, neue zu kaufen.«

»Und was hast du jetzt tatsächlich hier gemacht?«

»Siehst du den da?«

Verena runzelte die Stirn. Gegenüber mühte sich ein in Schwarz gekleideter Mann mit bis auf den Rücken reichenden zusammengebundenen Haaren damit ab, drei Sonnenschirme vor einem Schaufenster in eine akkurate Position zu bringen, während rechts und links davon bereits Buden aufgestellt waren, in die allerlei pseudohistorisch handgefertigte Waren eingeräumt wurden. Der Betreiber des zur Buchhandlung gehörenden Cafés schien es sehr genau mit der Anordnung seiner Außenbestuhlung zu nehmen, denn auch nach zwei, drei prüfenden Blicken optimierte er die Position des Sonnenschutzes noch einmal und richtete danach die ausgelegten Leseexemplare auf den Tischen in einer wohl nur ihm bekannten Ordnung aus.

»Was ist mit dem?«

»Schau ihn doch mal an! Findest du den nicht auch merkwürdig?« Hajo zog so intensiv an seinem Zigarillo, dass man fürchten musste, ihm käme der Qualm gleich wieder zu den Ohren heraus.

»Merkwürdig? Der ist nett, ich war da schon öfter Kaffee trinken.«

»Kaffee trinken ... das ist alles wieder ziemlich naiv von dir. Weißt du denn nicht, was hier los ist?«, murmelte Hajo und blickte sich um, ob auch niemand zuhören konnte. »Ich glaube, mir ist in den letzten Minuten einiges klar geworden.«

Verena seufzte und machte sich darauf gefasst, eine weitere krude Interpretation alltäglicher Ereignisse präsentiert zu bekommen.

»Vielleicht haben wir bislang in die falsche Richtung gedacht, Mädchen«, begann Hajo.

»Nenn mich nicht immer Mädchen, wie oft soll ich dir das eigentlich noch sagen?« Sie hatte keine Lust, ihre Zeit weiter mit diesem Unsinn zu verschwenden. »Sag mir jetzt, was deiner Meinung nach die bessere Richtung wäre, und dann lass uns aufs Amt gehen.«

»Heißt es denn nicht, ›Der Mörder ist immer der Buchhändler‹?«

»Was?«

»Ist doch so eine Redensart. Der Mörder ist immer der Buchhändler.«

»So ein Quatsch, der Mörder ist doch angeblich immer der Gärtner. Und dann war es am Ende doch der Butler. Oder so ähnlich. Was weiß ich, ich lese selten Krimis.«

»Eben, und deshalb hast du keine Ahnung von dem blutigen Handwerk, das darin geschildert wird. Er hingegen«, Hajo deutete nach Verenas Geschmack etwas zu auffällig auf den Besitzer des Buch-Cafés, der mittlerweile in ein Gespräch vertieft war, »besitzt dieses Know-how.«

»Wie kommst du denn darauf?«

»Dieser Kerl handelt mit dem Zeug, in dem Menschen massenweise zu Tode kommen. Er kennt sie alle, die Meister von Anleitungen zu schändlich Mord und Totschlag! Die Mankells, die Neuhausens, die Beinßens. *Er* weiß doch besser als jeder andere in Herzogenaurach, wie man jemanden erschlägt, erdolcht oder erdrosselt.«

»… oder mit dem Trecker überfährt«, ergänzte Verena.

»Auch das! Ich wette, der kann dir aus dem Stegreif fünfundzwanzig Methoden schildern – oder gar vorführen –, einem Menschen das Leben zu nehmen. Und den Hals durchschneiden fällt sicher auch darunter.«

»Du spinnst«, winkte Verena ab, spürte aber, dass Hajo sie mit seinen Ausführungen durchaus verunsicherte. Hatten sie vielleicht bislang tatsächlich in die falsche Richtung gedacht, und der Täter war in einem ganz anderen Milieu zu suchen? Sie blickte zu dem kräftigen Mann, der die Bestellung einer alten Dame aufgenommen hatte und jetzt in seinem Laden verschwand.

»Und weißt du, was ich neulich am Stammtisch gehört habe?«, fragte Hajo. »Der Typ soll mal Preisboxer gewesen sein. Oben in Hof. Wundert mich kein bisschen. Das ist doch kein Buchhändler, das sieht man sofort. Das ist doch alles Tarnung! Buchhändler sehen anders aus, das sind gebildete Leute und so. Leute mit Stil. Du kannst mir erzählen, was du willst, aber der hier hat sich diese Identität nur aufgebaut, um …«

»Oh Mann!«, stöhnte Verena auf. »Bis gerade habe ich überlegt, ob an deinen Gedanken vielleicht etwas dran ist, und jetzt kommst du mir wieder mit so was. Das sind jetzt Verschwörungstheorien und keine wertvollen Hinweise für die Kripo.« Sie wartete nicht auf weitere Erklärungen, sondern lief in Richtung Marktplatz.

Es dauerte nicht lange, bis Hajo zu ihr aufschloss. »Mach dich nicht lustig. Ich behalte den Typen im Hinterkopf, das verspreche ich dir.«

»Meinetwegen«, gab sie zurück, während sie einer Kommilitonin zunickte, die ihr bei der HerzoBar mit einem Kleinkind an der Hand entgegenkam. Sie überquerten den leicht ansteigenden Marktplatz mit seinen Fachwerkhäuschen, den beiden Cafés und der Bühne für das anstehende Mittelalterfest, bis sie wenige Augenblicke später vor dem Torbogen zum Innenhof des Schlosses standen. Gemeinsam mit einem nicht gerade schmuck zu nennenden Nachkriegsanbau fungierte das alte Amtsschloss der Bamberger Bischöfe als Rathaus der Kleinstadt. Das Bürgerbüro fand sich in einem dieser typisch deutschen Amtstrakte, wie sie zu Tausenden in der Republik existierten.

»Halt!« Hajo hielt Verena am Ärmel fest und kniff sie dabei.

Sie riss sich ungehalten los und rieb sich den Oberarm. »Aua! Lass das!«

»Ich kann da nicht mit rein.«

Sie war verwirrt. »Ins Rathaus?«

»Ja, das wäre … etwas ungünstig für mich.«

»Warum? Hast du nicht gesagt, wir müssten noch schnell was auf dem Amt erledigen?«

»Habe ich. Aber mit ›wir‹ meinte ich ›du‹. Also du für mich.«

»Das kannst du vergessen. Ich bin fei ned dein Dienstmädchen!«

Hajos Miene wirkte etwas sauertöpfisch. »Versteh doch … Das hat Hermann immer für mich erledigt. Ich hab dort … also, ich weiß nicht, ob man es Hausverbot nennen kann, denn ich soll ja meine Schulden bezahlen. Die im Übrigen völlig zu Unrecht anfallen, schließlich ist es nicht einzusehen, dass man allerorten von dieser Ordnungsamt-Gestapo …«

»Zwanzig Euro.«

»Was?«

»Wenn ich einen Botengang für dich erledigen soll, kostet dich das zwanzig Euro. Sonst kannste deinen Scheiß allein machen.«

»Das ist Ausbeutung! Du bist meine Nichte, da kann man doch mal an so was wie Loyalität denken, gerade in einer Notlage. Blut ist schließlich immer noch dicker als Wasser, Mädchen!«

»Aber eine Hand wäscht die andere, *Onkel.*«

»Aber …«

»Zwanzig Scheiß-Euro. Sonst gehe ich nach Hause.«

Hajo holte seinen Geldbeutel hervor. »Erpresserische Ausbeutung, das ist es, was sie euch in diesem freien Kapitalismus beigebracht haben, nichts anderes. Solidarität – das ist ja ein Fremdwort für euch. Christliche Nächstenliebe – alles längst vergessen. Hauptsache, ihr besitzt das neueste iPhone-Modell«, schimpfte er vor sich hin.

»Hast *du* nicht erst die Mieten in Celle angehoben, weil die beiden Häuser deiner Meinung nach zu wenig abwarfen?«

»Das ist doch was ganz anderes. Das ist doch nur die Angleichung an den Mietspiegel. Da hatte ich doch seit Jahren nichts mehr veranlasst. Von irgendetwas muss man doch diese unrechtmäßigen Strafgelder bezahlen!« Er holte einen Haufen Scheine und ein paar Münzen heraus. »Hier ist das Geld erst mal genau abgezählt. Damit gehst du jetzt aufs Amt und begleichst die Gebühr, die mir diese Schweine auferlegt haben. Bring 'ne Quittung mit. Und wenn du wiederkommst, kriegst du den Zwanziger.«

»Mein Geld! Jetzt oder gar nicht.«

Er setzte zu einer scharfen Entgegnung an, doch Verena unterbrach ihn mit erhobener Hand. »Außerdem will ich wissen, was ich da überhaupt begleichen soll. Falls Nachfragen kommen und so.«

Hajo reichte ihr den Zwanzig-Euro-Schein. »Das ist eine Ordnungswidrigkeit aus dem vergangenen Jahr. Hermann hatte das bis jetzt zurückgehalten. Die muss aber dringend bezahlt werden, sonst geht das an die Polizei und alles, und die wollen die Summe dann vollstrecken. Dummerweise wissen die, wo ich wohne, und ich kann Frau Batz nicht zumuten, sich schon wieder mit einem Gerichtsvollzieher auseinanderzusetzen.«

»Was hast du diesmal getan? Einem Verwaltungsmenschen ins Gesicht gespuckt, weil du seinen Ton herablassend fandst?«

»Nein, das war im Jahr davor. Und das war teurer …«

»Was dann?«

»Beim Altstadtfest. Unten am Turm. Denkst du, man wäre da mal zwei Minuten allein?«

Verena fürchtete sich ein wenig vor dem, was da folgen mochte.

»Alle drei Meter wird Bier ausgeschenkt, aber glaubst du, die haben dann auch alle drei Häuser ein Dixi-Klo stehen? Natürlich nicht! So wird das ja nichts mit dem täglich Brot durch mein Geschäft, wenn die Kabinenabdeckung so gering ist.«

»Kurz gesagt: Du hast an den Turm gepisst und bist erwischt worden?«

»Ja …«, sagte Hajo kleinlaut und kramte umständlich ein Zigarillo hervor. »Das muss man sich mal vorstellen! Da wird man am helllichten Tage überwacht. Als unbescholtener Bürger. Ich wette mit dir, es war dieser preisboxende Kaffeebudenbesitzer, der mich gemeldet hat.«

»Natürlich«, seufzte Verena. »Und es war natürlich zu viel verlangt, den Marktplatz zu überqueren und hier beim Rathaus die öffentliche Toilette zu benutzen. Wie auch immer, dann geh ich mal diese Lächerlichkeit aus der Welt schaffen. So viel Geld für einmal pinkeln, das muss ja wirklich dringend gewesen sein.«

Hajos geschimpfte Antwort verstand sie nicht mehr, als sie in den Innenhof lief.

Die Begleichung des Bußgelds dauerte nicht lange. Zu Verenas Erleichterung stellte man keinerlei Nachfragen, sie meinte aber, ein Augenrollen der zuständigen Sachbearbeiterin wahrgenommen zu haben, als sie las, um wen es bei der Sache ging.

Nach zehn Minuten kehrte sie zu Hajo zurück, der an der Mauer lehnte und das Treiben auf dem Marktplatz beobachtete. Er setzte bereits zu einer neuerlichen Tirade an, doch sie ließ ihn gar nicht erst zu Wort kommen.

»Nein, keine weiteren Verschwörungstheorien. Davon habe ich erst mal genug. Ich muss mir jetzt in Ruhe Gedanken über die Sache machen. Allein«, fügte sie hinzu, als sie erkannte, dass er ihr folgen wollte.

»Wo gehst du hin?«

Verena lächelte spitzbübisch. »Kaffee trinken. Zu deinem Preisboxer.«

Lachend ließ sie ihn auf dem Marktplatz zurück.

Zwischenspiel

Das festliche Treiben in der Altstadt von Herzogenaurach war am Abend in vollem Gange. Auf der Marktplatzbühne spielte eine eindrucksvoll verkleidete Piratenband auf, angetan mit abgerissenen Klamotten, Kopftüchern, Augenklappen, Narben und Säbeln.

Der Sänger riss mit seiner krächzenden Stimme und einer schmutzig braunen Flasche, in der sich angeblich Rum befand, nicht nur die in Schwarz oder historischen Kostümen gewandeten Festbesucher mit, sondern auch eine Reihe Kinder, die zur Feier des Tages länger aufbleiben durften als gewöhnlich. Begeistert ahmten sie die torkelnden Bewegungen des Mannes nach, der sich trotz seiner gespielt grimmigen Mimik das eine oder andere Mal ein Grinsen nicht verkneifen konnte.

Auf den hinteren Bänken saß ein buntes Sammelsurium an Menschen, die wohl nur zu diesem Anlass einträchtig miteinander die Festbänke einnahmen. Neben den auch vom Altstadtfest bekannten Gesichtern fanden sich dort Familien mittleren Alters, die ebenfalls teilweise verkleidet waren. Nicht nur die Kinder, auch diverse Väter mit schütterem Haar trugen Piratenkopftücher zur Schau, während Damen in historisch anmutenden Samt- und Ballonkleidern zu sehen waren. Sogar der eine oder andere Gerüstete war zugegen.

Enrico beobachtete die Szenerie vom Metstand aus. Diese Menschen waren ihm fremd und ein wenig unheimlich. Dennoch stellte das Fest aktuell den sinnvollsten Ort in Herzogenaurach dar, um die Transaktion durchzuführen, die er für den heutigen Abend geplant hatte. Inmitten einer großen Anzahl Menschen, darunter regelrechte Bären von Männern mit langen Haaren, Bärten und obskuren Tätowierungen, konnte er sichergehen, dass ihm nicht noch einmal Ähnliches widerfuhr wie vor zwei Tagen auf der Steinbrücke. Sein Gesicht war noch immer stark geschwollen, aber glücklicherweise waren bei der »Diskussion« mit seinen slawischen Geschäftspartnern keine bleibenden Schäden entstanden.

Zumindest dieses Mal.

Zu einer weiteren Begegnung dieser Art wollte Enrico es allerdings gar nicht erst kommen lassen. Dazu sollte vor allem dieses abendliche Treffen auf dem Mittelalterfest dienen. Monatelang hatte er sich den Kopf zerbrochen, wie er seine Schulden bezahlen sollte, und dann war kurz vor Toresschluss unverhofft eine Gelegenheit vom Himmel gefallen. Heute würde er das Geld kriegen, das ihn aller Sorgen entledigte – zumindest in finanzieller Hinsicht.

Er war ja nicht dumm. Er merkte, wenn sich eine Möglichkeit bot, schnell einen ansehnlichen Reibach zu machen. Aber unter solchem Druck wie diesmal hatte er noch nie gestanden.

Tatsächlich hatte er es vermocht, den Halter des Fahrzeugs zu ermitteln, das am Sonntagabend fluchtartig den Parkplatz unten im Aurachtal verlassen hatte. Das war das Schöne an seinen Connections in die Zulassungsstelle in Erlangen. Er würde lediglich noch einen vierstelligen Betrag von seinem Schweigegeld abzwacken müssen, um sich für die Infos erkenntlich zu zeigen. Das nahm er für seine Rettung gern in Kauf.

Enrico trank einen Schluck von seinem Landbier, das in einem schweren Steinkrug vor ihm stand und auch nach längerer Zeit an der Luft des Sommerabends angenehm kühl schmeckte. Beim Abstellen merkte er erneut, dass er zitterte. Zudem spürte er ein Stechen in der Brust, und sein Herz raste wie wild.

Unsicher blickte er sich um.

Neben ihm stand eine Gruppe junger Männer in T-Shirts, auf denen Drachen, Schwerter und nicht zu entziffernde Aufschriften zu sehen waren. Sie unterhielten sich über irgendetwas, von dem Enrico kein Wort verstand. Es gab offenbar eine Regelstreitigkeit bei einem Kampfsportwettkampf, anders konnte er sich die emotional vorgetragenen Argumente für und wider irgendwelche Gewandtheitsvorteile und Schadensauswirkungen nicht erklären. Vielleicht waren es aber auch Online-Gamer, denn besonders sportlich wirkte diese Truppe nicht gerade.

Doch, der Platz inmitten dieser Kerle war gut gewählt. Niemand von ihnen schien von ihm Notiz zu nehmen, erst recht nicht von seiner Anspannung.

Enrico blickte bestimmt schon zum zehnten Mal auf die Uhr.

22:13 Uhr. Gleich war es so weit.

Enrico grinste innerlich. Zum einen vor Vorfreude, zum anderen, um sich von der Aufregung abzulenken. Er hatte fast die doppelte Summe aufgerufen, die er benötigte, um seine Schulden bei den Weißrussen zu zahlen. Abzüglich des Betrags für seinen alten Schulkumpel bei der Zulassungsstelle sowie weiterer Verpflichtungen gegenüber seiner Ex-Freundin und der Bank blieben danach noch fast zwanzigtausend Euro übrig. Genug Geld, um endlich ein neues Leben zu starten.

Die Musiker auf der Bühne hatten zwischenzeitlich damit begonnen, herumzuspringen wie die Geisteskranken. Was auch immer sie damit imitierten, Enrico fand es äußerst befremdlich, zumal er ohnehin kaum ein Wort von dem verstand, was sie sangen. Dabei sollte es offenbar Deutsch sein.

Wieder blickte er auf die Uhr. 22:18 Uhr. Der Kerl war zu spät.

Was bildet der sich ein? Aber er durfte sich nicht aufregen, musste sich konzentrieren. Drei Minuten Verspätung waren nichts, erst recht nicht, wenn man keinen Parkplatz in der gesamten Altstadt fand oder sich durch die Menschen unten in der Fußgängerzone wühlen musste, um auf den Marktplatz zu gelangen.

Enrico atmete tief durch und schloss für einen Moment die Augen.

»… kannst du halt ganz einfach durch einen Würfelmechanismus abbilden. Die Boni rechnest du um, und dann bekommst du sogar plus zwei auf Stamina«, drang es von der Nachbargruppe an sein Ohr.

»So ein Schwachsinn, Alter. Ist doch viel einfacher, das erzählerisch zu lösen.«

»Quatsch! Dann ist es doch völlig willkürlich, ob du die Feats gegenrechnen kannst.«

»Kein Schwein braucht ständig diese Rechnerei.«

»Bist du blöd? Die zwei Rechenschritte bekommt ja selbst Frodo hin, ohne nachzudenken.«

Enrico öffnete die Augen wieder. Neben ihm war der Kräftigste der Gruppe in die Knie gegangen und streichelte einen Schäferhund, der zwischen den Füßen der Leute lag und sich nicht um deren Geschwätz kümmerte. An seinem Rücken ragte der martialisch wirkende Griff eines Dolches aus einer mit obskuren Schriftzeichen versehenen Lederscheide, die an einem Nietengürtel gefestigt war.

»Nicht wahr, Frodo? Du hättest das längst berechnet, bevor die mit ihren Erzählungen fertig sind.«

Enrico lauschte dem Gespräch noch eine Weile, auch wenn er nicht den blassesten Schimmer hatte, worum es da ging. Sport war es jedenfalls nicht. Vielleicht wirklich ein Computerspiel.

22:29 Uhr.

Enrico biss die Zähne aufeinander. Neben der ohnehin schon kaum auszuhaltenden Anspannung kroch Angst in ihm hoch. Angst davor, dass das Geschäft platzte, dass der Kerl nicht hier auftauchte und er sein Geld niemals bekam. Angst vor der Pleite, vor dem Gefängnis, in letzter Konsequenz vor dem Tod durch die Hand weißrussischer Schläger.

Vielleicht hatte sich der Dreckskerl längst aus dem Staub gemacht und das Schreiben niemals erhalten. An seinen Fingern klebte Blut, da brauchte es keinen Enrico Haffner, um ihm einen Grund zu geben, Herzogenaurach zu verlassen.

Aber sein Auto hatte doch in der Einfahrt gestanden. Der Wagen, mit dem er die Leiche weggeschafft hatte.

Enrico blickte sich unter den Menschen um ihn herum um. Vielleicht suchte der Dreckskerl ihn auch schon länger und fand ihn nicht. Allerdings war Enrico in seinem angekündigten hellblauen T-Shirt mit den drei Streifen gut zu erkennen, erst recht unter den ganzen Schwarzgewandeten. Man musste schon blind sein, um ihn zum vereinbarten Zeitpunkt am vereinbarten Ort in der beschriebenen Kleidung zu übersehen.

Oder es darauf anlegen.

22:34 Uhr.

Wusste die dumme Sau nicht, dass Enrico ihn hochgehen lassen konnte? Wusste der nicht, dass es nur eines Anrufs bedurfte, um ihn festnehmen zu lassen? Selbst wenn er abgehauen war, ein deutschlandweiter Fahndungsaufruf dürfte kaum in seinem Interesse sein. Der Typ hatte Sonntagnacht auf dem Parkplatz unzweifelhaft einen Menschen getötet. Und seither war der Mord Stadtgespräch Nummer eins.

Enrico wusste, wie der Mörder hieß, wo er wohnte, was für ein Auto er fuhr. Er konnte ihn so richtig drankriegen, und dann verschwand sein Arsch mindestens für die nächsten zwanzig Jahre im Bau. War der sich darüber etwa nicht im Klaren?

Oder hatte Enrico in dem Schreiben zu verzweifelt geklungen? Hatte man dem sorgsam aus Papierbuchstaben zusammengeklebten Erpresserbrief angemerkt, dass er das Geld unglaublich dringend benötigte? Ahnte der Mörder, dass Enrico ihn eigentlich gar nicht verraten konnte, wenn er sich selbst retten wollte?

Nein, das konnte er nicht wissen, wie denn?

Hektisch blickte er sich in alle Richtungen um. Was sollte er jetzt tun? Wie lange sollte er warten? Enrico entschied sich, am Metstand auszuharren. Was blieb ihm auch anderes übrig?

23:15 Uhr. Sperrstunde. Die Veranstaltung auf dem Marktplatz endete. Die Leute tranken ihr Bier aus, die Piraten begannen, das Equipment von der Bühne zu schaffen.

Enrico lehnte noch immer am Tresen des Metstands. Sein Bier war längst alle, und die Gruppe nebenan war verschwunden.

Der Typ hatte ihn verarscht, das war unzweifelhaft klar. Selbst die letzte Hoffnung war verflogen, dass der Kerl vielleicht die Uhrzeit verwechselt und sich um eine Stunde vertan hatte.

Viele Möglichkeiten blieben Enrico nicht mehr. Morgen war schon Samstag und somit Zahltag. Er machte sich keine Illusionen darüber, dass Herzogenaurach bald die nächste Leiche finden würde, wenn seine Gläubiger realisierten, dass er das Geld nicht aufbringen konnte. Weder morgen noch irgendwann in absehbarer Zukunft.

Nicht mal die Stadtsparkasse konnte er überfallen, die war schon längst geschlossen. Allerdings schien eine derartige Verzweiflungstat die letzte Option zu sein, um eine große Summe Geld oder wenigstens Schmuck oder dergleichen im entsprechenden Gegenwert zu erbeuten.

Enrico blickte sich ein letztes Mal um und löste sich dann vom Stand, an dem die Thekenwirte bereits mit Saubermachen beschäftigt waren.

Während unten zwei Leute grölend vorbeimarschierten, dachte er nach. Ja, es gab noch ein Schmuckgeschäft gegenüber dem Türmersturm, dem westlichen der beiden Stadttürme in der Fußgängerzone. Oder diesen Uhrenladen vorne am Kreisel. Beide waren sicher mit guten Alarmanlagen ausgestattet, aber lieber von der Polizei oder einem Wachdienst erwischt werden, als dass die Weißrussen ihm alle Knochen zertrümmerten und dann den Schädel einschlugen.

Er ging an den geschlossenen Marktständen vorbei in Richtung Türmersturm. Dort unten befand sich angrenzend eine Gaststätte, in der noch Leute saßen und es sich bei einem Wein zu später Stunde gut gehen ließen.

So unauffällig wie möglich besah er sich die Auslage im Schmuckgeschäft gegenüber, prüfte Scheiben und Türen. Enrico war kein Einbrecher, er kannte sich nicht einmal mit so etwas aus, wenngleich er auf eine durchaus beachtliche kleinkriminelle Karriere zurückblicken konnte. Er sah den Goldschmuck im Schaufenster und fasste einen Entschluss. Er musste schnell sein und mit roher Gewalt vorgehen. Und dabei so viel in die Finger kriegen, wie irgendwie ging.

Eine Verzweiflungstat ja, aber er durfte nichts unversucht lassen, bevor er in irgendeinem Hinterhof seine letzten Atemzüge machte.

Auf dem Weg am Turmlokal vorbei hinein in die Gasse Richtung Aurach nahm sein Plan Gestalt an. Das Ganze musste heute Nacht geschehen, dann, wenn die letzten Zecher zu Hause waren, aber die Vorbereitungen für den morgigen Festtag noch nicht begonnen hatten.

Enrico überlegte, welche Gerätschaften er besaß, die ihm bei einem solchen Bruch behilflich sein konnten. Die alte Brechstange natürlich, dann das Handbeil seines Großvaters. Für die Beute reichte ein Rucksack und zur Vermummung seine Skimaske.

Noch immer in Gedanken versunken, lief er den schmalen Fußgängerdurchgang zwischen den Häusern in Richtung Aurach. Wenig später betrat er schon die Steinbrücke über den Fluss. Er mied die rechte Straßenseite, auf der ihm zuvor so übel zugesetzt worden war. In Gedanken an seinen geplanten Einbruch hörte er nicht, dass sich jemand von hinten mit schnellen Schritten näherte.

Als Enrico dachte, jemand wollte ihn auf dem Bürgersteig überholen, spürte er die Klinge an der Kehle.

Einen Wimpernschlag später fraß sie sich in seinen Hals. Blut sprudelte hervor, und Enrico bekam keine Luft mehr. Er wollte schreien, brachte jedoch nur ein röchelndes Gurgeln hervor.

Plötzlich drehte sich die Welt um ihn herum. Das Neonlicht, das sich auf dem Wasser spiegelte, war das Letzte, was Enrico sah, bevor sich das Wasser der Aurach blutrot färbte.

Als Hajo am nächsten Morgen hinunter in die Stadt schlenderte, traute er seinen Augen kaum. An der steinernen Brücke hatte sich ein Großaufgebot von Polizei, Feuerwehr und Rettungswagen versammelt. Die Zufahrt in die Altstadt war komplett gesperrt.

Hajo konnte sich nicht erinnern, dass es hier schon einmal einen Unfall gegeben hatte, der einen derartigen Aufruhr verursacht hätte. Andererseits: Ein Fahrrad- oder Kradfahrer wurde schnell einmal von einem Lastwagen übersehen, und so etwas konnte auch im Stadtverkehr übel enden. Das hatte er schon an anderen Stellen beobachten können. Hajo hoffte inständig, dass nicht schon wieder jemand gewaltsam zu Tode gekommen war, und ging nur zögernd auf die Szenerie zu.

Kurz darauf bog ein Leichenwagen in die Steggasse ein, und seine Hoffnung wurde jäh zerschlagen.

Hoffentlich ist es nur ein Unfall!

Er überquerte die Kreuzung und hielt auf den Flussübergang zu, wenngleich schon aus der Entfernung zu erkennen gewesen war, dass er dort nicht weiterkam. Absperrungen der Polizei auf den Bürgersteigen blockierten den Übergang, die Straße war aufgrund der Rettungskräfte ohnehin unpassierbar.

Hajo hielt sich auf der rechten Straßenseite und versuchte einen Blick von dem zu erhaschen, was dort vor sich ging. Auf der Straße selbst schien wider Erwarten nichts passiert zu sein. Keine beschädigten Fahrzeuge, auch keine Spuren auf dem Asphalt, also handelte es sich offenbar nicht um einen Unfall. Dennoch schienen Menschen der Spurensicherung etwas an der Begrenzungsmauer zum Fluss zu untersuchen und Fotos zu machen.

Vielleicht war jemand hinabgestürzt.

Um Gottes willen, hoffentlich kein Kind, dachte Hajo, erinnerte sich aber sogleich an das Mittelalterfest, von dem sicherlich nicht wenige Betrunkene in der Nacht über die Brücke gelaufen waren und sich nachhaltig dafür qualifiziert hatten, sich bei einem Sturz über die Steinmauer das Genick zu brechen.

Natürlich standen bereits einige Schaulustige um das Ereignis herum und versperrten ihm die Sicht. Erst als er heran war, entdeckte er ein vertrautes Gesicht: Kommissar Ritzmann, der oben an der Brücke stand und sich gerade eine Zigarette drehte.

Die Kripo war hier! Das konnte nur eins bedeuten. Es hatte ein weiteres Verbrechen gegeben. Hajos Herz begann schneller zu schlagen.

»Herr Kommissar!«, rief er.

Nach dem ersten Seitenblick schien der Beamte ihn ignorieren zu wollen, mit dem zweiten erkannte er ihn dann endlich, kam auf ihn zu und rollte seine Zigarette zwischen den Fingern.

»Herr Schröck, guten Morgen. Herzogenaurach ist wahrlich ein Dorf, da Sie immer gerade an dem Ort auftauchen, an dem ein Verbrechen geschehen ist. Sollte mir das etwa zu denken geben?«

»›Zu denken geben‹?« Hajo runzelte die Stirn, beeilte sich aber dann, sein Feuerzeug aus der Tasche zu ziehen, als Ritzmann seines vergeblich in der Jacketttasche suchte. »Herzogenaurach ist ein Dorf, das haben Sie gut erkannt, Herr Kommissar. Aber welche Kleinstadt ist das nicht? Selbst über München sagt man das ja, auch dort kennt nach dem Gefühl jeder jeden. Aber ich muss Sie leider enttäuschen, was mein zufälliges Auftauchen angeht. Ich weiß ja nicht einmal, was hier passiert ist. Ich hab es für einen Verkehrsunfall gehalten, bis Ihre Anwesenheit mich eines Besseren belehrt hat.«

Im Hintergrund waren zwei Bestatter damit beschäftigt, einen hellgrauen Sarg durch das Gebüsch hinunter zur Aurach zu bugsieren. Polizisten halfen ihnen dabei, dennoch hatten sie alle Mühe, die Böschung hinunterzugelangen.

»Nach was sieht es denn aus, Herr Schröck?« Der Kommissar zog an der Zigarette. Der süßliche Tabakgeruch animierte Hajo dazu, ebenfalls sein Rauchwerk hervorzuholen und sich ein Vanillezigarillo anzuzünden.

»Es ist jetzt nicht mehr so schwierig. Offenbar liegt dort unten eine Leiche«, stellte Hajo nach einigen Augenblicken fest. »Und da *Sie* hier herumstehen und auch die Damen und Herren der Spurensicherung gerade mit ihrer Arbeit fertig sind, gehe ich nicht davon aus, dass es sich um einen Unfall handelt, ganz gleich, ob Verkehrsteilnehmer oder betrunkener Jahrmarktbesucher.«

»Das haben Sie blitzschnell kombiniert, Herr Schröck«, bestätigte Ritzmann nickend.

Der Sarkasmus in seiner Stimme erinnerte Hajo an Verena und ging ihm schon wieder gegen den Strich. Doch bevor er eine wahrscheinlich zu patzige Antwort geben konnte, redete der Kommissar weiter.

»Erschreckenderweise handelt es sich tatsächlich nicht um einen Unfall. Dort unten liegt das Opfer einer Bluttat. Wenn wir schon dabei sind, kann ich Ihnen vielleicht gleich einige Fragen dazu stellen.«

»*Mir* wollen Sie Fragen stellen? Ich wüsste zwar nicht, wie ich Ihnen hier bei irgendetwas behilflich sein könnte, aber fragen Sie ruhig«, erwiderte Hajo. Der Kommissar verdächtigte ihn doch nicht etwa, mit diesem neuerlichen Verbrechen in Verbindung zu stehen? Ärger und auch ein wenig Angst wallten in Hajo auf, doch er konnte sich beherrschen, etwas Unpassendes zu entgegnen.

»Wir haben hier unter Umständen ein zweites Opfer des Täters aus dem Dohnwald gefunden. Wieder wurde einem Mann die Kehle durchgeschnitten. Nur, dass er diesmal nicht im Wald lag, sondern unten im Fluss.«

»Es ist ein Wahnsinn, was hier vor sich geht.« Hajo musste sich erst einmal sammeln. »Mitten in der Stadt!«

»Na ja, wir gehen davon aus, dass es bereits dunkel war. Die Leiche hat man erneut erst bei Tageslicht gefunden, und selbst da war sie von hier oben fast gar nicht zu sehen.«

»Man hat den Mann oben ermordet und dann hinuntergeworfen?«, fragte Hajo ungläubig und deutete auf die Spurensicherung am Mäuerchen.

»Sieht ganz danach aus, aber ich bin kein Rechtsmediziner. Jedenfalls lag die Leiche unter Ästen am Ufer verborgen. Erst heute Morgen hat jemand von der Fußgängerbrücke drüben bemerkt, dass das Wasser rot gefärbt war. Von dort konnte man zumindest die Füße des Mannes sehen.«

Hajo war schockiert. Sie waren bei der Suche nach Hermanns Mörder noch überhaupt keinen Schritt vorangekommen, und schon hatte sich dieser das zweite Opfer gesucht. »Was … was wollen Sie mich denn nun dazu fragen, Herr Kommissar? Ich …« Er musste schlucken, weil das Geschehen nicht spurlos an ihm vorüberging. »Ich weiß nicht …«

»Bei dem Toten handelt es sich um Enrico Haffner, einen dreiunddreißigjährigen Mann aus Herzogenaurach«, unterbrach ihn Ritzmann. »Er hatte seine Papiere bei sich. Sagt Ihnen der Name etwas?«

»Nein, nie gehört.«

»Dann wissen Sie wahrscheinlich auch nicht, ob er mit Hermann Glocker bekannt gewesen ist.«

»Das kann ich weder dementieren noch bestätigen. Herr Glocker war nun erstens nicht mein engster Freund, und zweitens war er in mehreren Vereinen aktiv. Daneben hatte er viele Kollegen im Rathaus, von denen ich die wenigsten kenne. Deshalb kann ich nichts dazu sagen.«

»Es war einen Versuch wert. Aktuell wissen wir über das Opfer ohnehin nicht mehr als seine Personalien.«

»Es tut mir leid, dass ich Ihnen nicht weiterhelfen kann, Herr Kommissar. Ich habe ja schon versucht, zu dem Mord an Herrn Glocker Dinge in Erfahrung zu bringen, und auch der Polizei hier in Herzogenaurach meine Hilfe angeboten, bin aber noch nicht weit gekommen.«

»Wir wissen das zu schätzen, Herr Schröck, aber überlassen Sie die Arbeit besser uns. Gleichwohl kann es nicht schaden, wenn Sie in der Stadt Augen und Ohren offen halten. Sie scheinen ja etwas herumzukommen und zumindest ein Näschen dafür zu haben, wenn irgendwo etwas Außergewöhnliches passiert.«

»Ganz offensichtlich … Ich wünschte nur, dass ich mehr tun könnte. Wussten Sie denn, dass Herr Glocker eigentlich zu seiner Schwester hatte fahren wollen, scheinbar aber doch nicht gefahren ist oder zumindest früher als geplant von seiner Reise ins Ruhrgebiet zurückkam? Vielleicht hat der Grund dafür etwas mit der Sache zu tun.«

»Das sind genau die Informationen, die ich meine. Aus solchen Dingen lässt sich tatsächlich etwas herleiten, oder wir können Zusammenhänge herstellen, die uns nicht bewusst waren. Dafür müssen wir Sie wie gesagt nicht eigens als Laienschnüffler beschäftigen, aber Sie können mich gern dazu anrufen. Meine Nummer haben Sie ja.«

»Und? Wussten Sie es schon oder nicht?«

»Tatsächlich haben wir bereits davon gehört, Herr Schröck. Herr Glocker ist offenbar früher zurückgekehrt, weil er am Sonntagabend noch etwas bei seinem Grillverein helfen wollte.«

Hajo schüttelte den Kopf. »Das sieht ihm ähnlich. Dieser Brutzlerverein hat ihm keine Ruhe gelassen. Wussten Sie, dass die da regelrechte Turniere veranstalten, als wäre Fleischbraten ein Sport? Aber so etwas betreibt man wohl hauptsächlich eine Generation unter uns. Hermann hat damals den Kredit für den Bau des Vereinsheims eingefädelt, soweit ich weiß. Er war ja auch im Vorstand bei denen.«

»Mit den Herren vom Verein haben wir uns bereits unterhalten. Wie gesagt, wenn Sie etwas Neues herausfinden, melden Sie sich gern. Sie können jedoch davon ausgehen, dass wir auch selbst das Umfeld von Herrn Glocker penibel überprüfen und befragen werden, ebenso wie das bei der neuen Leiche der Fall sein wird.«

»Natürlich, Herr Kommissar. Aber noch eine Frage, wenn Sie gestatten: Ich gehe nicht davon aus, dass es bereits einen ernsthaft Verdächtigen gibt, erst recht nicht, nachdem es nun einen weiteren Mord gegeben hat?«

»Dazu erteilen wir keine Auskunft«, gab Ritzmann knapp zurück.

»Herr Kommissar, Sie versteifen sich doch wohl hoffentlich nicht immer noch auf diesen Amerikaner, den Sie da festgenommen haben? Das war ja von Anfang an klar, dass dort kein Zusammenhang besteht.«

»Auch dazu kann ich Ihnen nichts sagen, Herr Schröck.« Ritzmann wollte sich bereits zum Gehen wenden, aber so einfach ließ Hajo ihn nicht entkommen.

»Vielleicht sollten Sie dieses Wochenende besonders genau hinschauen, Herr Kommissar. Da sind doch eine ganze Menge merkwürdige Gestalten in der Stadt unterwegs, wenn ich das mal so sagen darf.«

»Dürfen Sie, aber wir machen uns schon unsere eigenen Gedanken, Herr Schröck. Und jetzt gehen Sie am besten Ihrer Wege, damit Sie nicht noch am Ende die Bergung der Leiche behindern.«

»Manche von denen sind ja teilweise schwer bewaffnet! Das muss man sich auch mal überlegen, ob das in Zeiten wie diesen zu verantworten ist.«

»Auf Wiedersehen, Herr Schröck!«

»Auf Wiedersehen.«

Hajo wartete noch, bis die Bestatter und Feuerwehrleute mit dem Sarg die Böschung hinaufkletterten, bevor er weiter an der Mittleren Aurach entlang Richtung neue Fußgängerbrücke schlenderte. Es blieb ihm ja auch gar nichts anderes übrig, wenn er in die Altstadt gelangen wollte.

Unterwegs kreuzten die ersten verkleideten Personen seinen Weg, und die bärtigen Kerle, die auf dem Weg zu den Buden des Mittelalterfests waren, kamen Hajo viel bedrohlicher vor als noch am gestrigen Mittag. Er wusste diese Mischpoke einfach nicht einzuschätzen.

Aber konnte einer von denen dem armen Hermann etwas angetan haben? Und wenn ja, warum auch? Hajo konnte sich einfach keinen Grund denken, obwohl er so gern einen wüsste.

Auf dem neuen Steg hielt er noch einmal inne und warf einen Blick hinüber. Der Leichenwagen war abgefahren, auch Rettungswagen und Feuerwehr wendeten und machten sich auf den Rückweg. Wahrscheinlich wurde die Brücke bald wieder für den Verkehr freigegeben.

Hajo kniff die Augen zusammen. Dort unten, auf einer Schlammbank unter den Zweigen, musste die Leiche gelegen haben. Wahrscheinlich seit der Nacht. Eins musste man dem Mörder lassen: Die Wahl der Orte, an denen er seine Opfer zurückließ, war zumindest nicht ungeschickt, um einer schnellen Entdeckung vorzubeugen.

Hajo wusste nicht, ob es Einbildung war, aber er meinte dort noch Reste des Lebenssafts zu erkennen, der die Aurach in dieser Nacht blutrot getränkt hatte.

Als er die Hauptstraße zwischen den Türmen betrat, war ihm übel.

Die Glocke der Kapelle am Neuen Friedhof läutete langsam und bedächtig, als die kleine Gruppe aufbrach, um den Sarg von Hermann Glocker zu seiner letzten Ruhestätte zu begleiten.

Rund zwei Dutzend Trauergäste hatten sich an diesem brütend heißen Samstagnachmittag am Nordrand des Herzogenauracher Stadtteils Lohhof eingefunden, um einem langjährigen Einwohner das letzte Geleit zu geben. Sehr wenige, in Anbetracht der Tatsache, dass Hermann sowohl im Grill- als auch im Heimatverein aktiv gewesen war, dachte Hajo. In beiden Fällen wohl hauptsächlich als Mäzen und Unterstützer im Hintergrund, andererseits war er sich nicht zu schade gewesen, mit anzupacken, wenn es darum ging, Grillfeste auf dem neuen Vereinsareal unten auf den Klingenwiesen zu veranstalten oder Bänke für das Schlossgrabenfest des Heimatvereins zu schleppen.

Hajo schritt ganz am Ende der kleinen Prozession. Dieser voran ging eine Pfarrerin, die in ihrem schwarzen Talar noch mehr unter der Sonne leiden musste als die Gäste. Hajo holte ein Tuch hervor und tupfte sich die Stirn ab. Immerhin hatte Frau Batz ihm noch eines seiner kurzärmeligen schwarzen Hemden gebügelt, und unter dem Anzugsjackett schwitzte er nicht so schlimm wie befürchtet.

Nach wenigen Minuten erreichten die Sargträger die ausgehobene Stelle am Rand des Neuen Friedhofs, auf dessen Rückseite sich die Felder bis hin zur nördlichen Umgehungsstraße des Hans-Ort-Rings erstreckten. Hajo stand neben Alfons, der ganz in der Nähe wohnte und dem die Hitze ungleich mehr zu schaffen machte als ihm.

Der trägt ja auch zwanzig Kilo mehr mit sich herum, dachte Hajo und ließ den Blick durch die Reihen schweifen, während die Pfarrerin die segnenden Worte sprach, die den Toten ins Jenseits begleiten sollten.

»Ich hebe meine Augen auf zu den Bergen. Woher kommt mir Hilfe? Meine Hilfe kommt vom Herrn, der Himmel und Erde gemacht hat. Nachdem Gott, der Herr über Leben und Tod, unseren Bruder in Christus Hermann Glocker aus diesem Leben abgerufen hat, legen wir seinen Leib in Gottes Acker.«

Während die Pfarrerin den Erdwurf vollzog, wanderten Hajos Augen weiter umher.

Unter den Gästen erkannte er eine kleine Frau, bei der es sich um Hermanns Schwester handeln musste, begleitet von ihrem Mann, einem grob aussehenden Arbeitertyp aus dem Ruhrpott.

Daneben waren die Brüder der Skatrunde gekommen, der Peppi, Gustav, Reiner, Alfons und er. Vom Amt kannte Hajo drei, vier von ihnen dem Gesicht nach und wich allen lieber aus. Wer weiß, welche Pietätlosigkeit diesen Menschen zuzutrauen war. Am Ende brachten sie es fertig und sprachen ihn noch beim letzten Geleit für ihren Kollegen auf seine angeblichen Verfehlungen gegenüber der Stadtverwaltung an?

Das hätte Hermann gefallen, dachte Hajo. Trotz der bedrückten Stimmung, da ein Mensch aus ihrer Mitte zu früh und vor allem durch eine Gewalttat aus dem Leben gerissen worden war, musste er schmunzeln. Hermann hatte einen ganz eigenwilligen Humor besessen, ganz so, wie man es von diesen Verwaltungsheinis erwartete, wenn man sie nicht näher kannte.

Es war nicht ganz einfach, so jemandem auf freundschaftlicher Ebene näherzukommen. Vielleicht war das der Grund für den nur spärlichen Bekanntenkreis, der sich hier versammelt hatte. Hajo konnte nicht behaupten, dass außer Hermanns Schwester jemand zugegen war, der ihn besser gekannt hatte als er selbst. Und auch diese Einschätzung hatte heute in der Ansprache der Pfarrerin einen Dämpfer erhalten, denn als dort die biografischen Daten von Hermann Glocker zur Sprache gekommen waren, hatte Hajo festgestellt, dass er zuvor nahezu nichts davon gewusst hatte.

Zum Beispiel war ihm unbekannt gewesen, dass Hermann verheiratet gewesen war und eine Tochter aus dieser Ehe besaß. Die Scheidung lag schon dreißig Jahre zurück, und weder Tochter noch Ex-Frau schienen zugegen zu sein, zumindest hielt er niemand der Anwesenden dafür. Hajo hatte einen solchen familiären Hintergrund nie und nimmer erwartet. Vielmehr hatte er Hermann für einen Bruder im Geiste gehalten, den ewigen Junggesellen, der die Suche nach einer Gattin vor langer Zeit aufgegeben und sich in seinen Freizeitbeschäftigungen und seiner Verschrobenheit eingerichtet hatte.

Wenn Hermanns Vergangenheit schon ein derart essenzielles Geheimnis beinhaltet hatte, was käme wohl noch alles zutage?

»... den Schöpfer des Himmels und der Erde.«

Hajo stimmte in das Glaubensbekenntnis ein. Seine Gedanken schweiften aber noch eine ganze Weile ab und beschäftigten sich mit Hermanns Leben, aus dem wohl noch die eine oder andere Offenbarung darauf wartete, ans Licht gebracht zu werden.

Der Sarg wurde in das Grab hinabgelassen, und die Pfarrerin erteilte den Segen, bevor sie den Weg für die Trauergäste frei machte.

Hermanns Schwester blieb eine ganze Weile am Grab stehen. Man konnte selbst aus der hinteren Reihe ihr Schluchzen hören. Ihr Gatte hingegen verabschiedete sich mit einem profanen Gruß, und auch die Art und Weise, wie er die weißen Blütenblätter ins Grab schmiss – ja, man konnte es nur als »schmeißen« bezeichnen –, ärgerte Hajo.

Irgendwann kam er an die Reihe. Er bemühte sich, die Geste mit Würde zu vollführen, und verschränkte die Hände, um danach in Gedanken einige letzte Worte zu dem Ermordeten zu sprechen.

Hermann, ruhe sanft in deinem weiteren Dasein, wo auch immer das sein mag. Wir können das Verbrechen, das an dir begangen wurde, nicht ungeschehen machen, aber ich werde alles dafür tun, den zu finden, der dir das angetan hat, damit du in Frieden ruhen kannst.

Mehr fiel Hajo nicht ein und schien ihm auch nicht angebracht. Ihm waren diese Situationen, in denen er vor aller Welt beobachtet einen emotional-symbolischen Akt zu vollziehen hatte, unangenehm. Also nickte er dem Sarg noch einmal zu und wandte sich vom Grab ab.

Hajo würde öfter hierher zurückkehren, um mit Hermann in Ruhe ins Gespräch kommen, das hatte er sich vorgenommen.

Er kondolierte kurz Hermanns Schwester, die aber ohnehin nicht wusste, wer er war, und ging hinüber zu Alfons. Anschließend sollte es noch einen Trauerkaffee im Vereinshaus unten in der Stadt geben, zu dem er Alfons mitnehmen wollte.

Erst auf dem Friedhofsparkplatz sprachen sie miteinander.

»So, eds isser bei die Engl«, stellte Alfons fest. Der Katholik hatte eine etwas andere Vorstellung vom Himmelreich als Hajo, aber er wollte sie ihm lassen und jetzt keine Diskussion darüber beginnen.

»Solange der Mörder nicht gefunden ist, wird er nicht in Frieden ruhen.«

Alfons sah ihn skeptisch an. »Er oder du? Hermann gehd

des eds alles nix mehr o – ich glaab, der Däder muss gfundn wern, damidd mir alla widder ohne Angsd schlofm kenna.«

»Ach, das ist doch Unsinn!«, winkte Hajo ab. »Dieser Kerl rennt doch nicht einfach durch die Gegend und bringt wahllos irgendjemanden um, weil ihm gerade danach ist. Es muss ein Zusammenhang zwischen den beiden Morden bestehen, wie auch immer der aussieht. Wer weiß, vielleicht kannten die sich doch. Von irgendeiner Vereinssache oder so etwas.«

»No, die Polidsei werd des scho wissn. Obber is dir aufgfalln, das rechd wenich Vereinsleid do worn? Ich hab denggd, do kumma o die fuffzich Leid, obberr des worn ja blos a Händ full.«

»Ja, das habe ich mich auch gefragt. Wenn er doch so ein verdientes Mitglied war, speziell bei diesen Brutzlern, ohne den es dieses Vereinshaus gar nicht geben würde, hätten doch scharenweise Menschen hier auflaufen müssen.«

»Maansd, do passd wos ned, Hajo?«

»Ein wenig spanisch kommt es mir vor, ja. Dieser Kommissar Ritzmann, der die Ermittlungen leitet, hat mir erzählt, dass sie die Vereinskollegen bereits zu dem Mord befragt haben. Offenbar ist dabei nicht viel herausgekommen. Zumindest so viel war mir aber neu: Hermann soll schon am Sonntag zurückgekehrt sein und hat im Vereinshaus geholfen. Ich glaube, ich statte den Brüdern unten in den Klingenwiesen bald mal einen Besuch ab und stelle ihnen ein paar Fragen.«

»Des hodd die Gribbo doch scho gmachd.«

»Sicher. Aber der Kripo erzählt man im Verhör andere Dinge als Hermanns gutem Freund bei vier, fünf Seidla.«

Der Schlitzer vom Aurachtal

Verena schaffte es endlich, sich aus dem Bett zu quälen. Sie war am Freitagabend in Erlangen auf einer Party gewesen, hatte natürlich viel zu viel getrunken, sich schon auf dem Heimweg übergeben, danach zu Hause noch dreimal, aber jetzt war sie immerhin ausgeschlafen. Auch die Kopfschmerzen hielten sich glücklicherweise in Grenzen.

Dennoch schlurfte sie einem Zombie gleich ins Bad und warf noch eine Kopfschmerztablette ein, bevor sie duschte. Als sie eine halbe Stunde später in ihr Zimmer zurückkehrte, fühlte sie sich fast wieder normal, sah man von dem sprichwörtlichen Loch im Bauch ab, das dort vor Hunger klaffte. Der nächtliche Drei-Uhr-Döner war aufgrund ihres schlechten Zustands ausgefallen, und das war wahrscheinlich eine weise Entscheidung gewesen.

Zum Glück hatte ihre Mutter frische Weckla geholt, wie sie zufrieden feststellte, als sie in der Küche nach etwas Essbarem suchte. Sie legte sich eine Scheibe Putenbrust darauf und machte sich ein Müsli mit Banane, während sie das Brötchen regelrecht herunterschlang.

Mit dem Müsli setzte sie sich an den Esstisch und las die Nachrichten auf dem iPad. Es dauerte nicht lange, bis eine Schlagzeile aufploppte, die jemand aus ihrem Bekanntenkreis geteilt hatte.

»Aurach-Schlitzer schlägt wieder zu!«

Obwohl die Formulierung nicht direkter hätte ausfallen können, las Verena die Überschrift noch zweimal, bis sie erfasste, was damit gemeint war. Ganz offensichtlich hatte sich der Regionalteil einer großen Boulevardzeitung mit seinem unverkennbaren Qualitätsjournalismus der Ereignisse in Herzogenaurach angenommen.

»Klar, Sommerloch und so …«, murmelte Verena und klickte auf den Link, obwohl es ihr eigentlich zuwider war, die Webseite auch nur aufzurufen. Da sie ihren Rausch ausgeschlafen hatte, hatte sie ja bislang nichts mitbekommen, und so siegte die Neugier über den Ekel.

Herzogenaurach. Wieder ein Mord, wieder mit dem Messer! Der Schlitzer vom Aurachtal ist zurück und fordert ein weiteres Opfer. Er kommt in der Nacht und schlachtet den jungen Mann blutrünstig ab. Enrico H. ist nichts ahnend auf dem Weg vom Mittelalterfest nach Hause, als der Killer gnadenlos zuschlägt. Wie schon beim ersten Mord an dem Ordnungsbeamten Hermann G. trennt er seinem Opfer die Kehle durch und wirft ihn achtlos weg wie ein Stück Vieh. Diesmal findet die Kripo die ausgeblutete Leiche nicht im Wald, sondern im Flüsschen Aurach. Ihre blutroten Wasser sind Zeugnis einer beispiellosen Tat im beschaulichen Herzogenaurach. »Wir können hier noch nicht von einem Serienmörder sprechen«, versucht der ermittelnde Kommissar Ritzmann die Bevölkerung zu beruhigen. Doch die Polizei ist ratlos, tappt nach wie vor im Dunkeln. Ganz Herzogenaurach fragt sich: Wann schlägt der Mörder wieder zu, und wer wird das nächste Opfer sein?

Verena legte den Löffel ins Müsli und schob die Schale weg. Sie spürte, dass ihr Mund wässrig und ihr schon wieder schlecht wurde. Ob von den geschilderten Ereignissen oder der widerwärtigen Berichterstattung, wusste sie nicht zu sagen. Tatsache war, dass ein Verbrechen, das für sich genommen schon schlimm genug gewesen war, sich jetzt zu einer Sache ausweitete, deren Ausmaße niemand auch nur annähernd abschätzen konnte.

Sie schloss die Augen und atmete ein paarmal tief durch. Die Übelkeit legte sich wieder, und der Hunger gewann die Oberhand. Also aß sie weiter und versuchte sich nicht länger von der Boulevardberichterstattung durcheinanderbringen zu lassen.

Auf der Internetseite einer Lokalzeitung fand sie anschließend einen eher nüchternen Bericht zu der Sache, dennoch musste sie schlucken, als sie alles gelesen hatte. Es war wohl nicht zu leugnen, dass sie es hier mit einem kaltblütigen Killer zu tun hatten, in dieser Hinsicht hatte das Schundblatt nicht übertrieben. Der Mord an Hajos Freund Hermann war demnach keine Einzeltat oder ein unglücklicher Zufall gewesen, sondern stand in einem neuen Zusammenhang.

Verena hatte viel über den ersten Mord nachgedacht und überlegt, ob er tatsächlich geplant gewesen sein konnte. Diese Frage war nun beantwortet. So etwas geschah nicht aus dem Affekt heraus. Die beiden Taten sendeten eine Botschaft, die ankam.

Sie würde Hajo ausreden müssen, sich dort noch länger einzumischen, denn zum ersten Mal, seit sie die Leiche im Dohnwald gefunden hatten, bekam Verena das Gefühl, dass sie sich ebenfalls in Gefahr befanden, wenn sie ihre Nase zu tief in diese Angelegenheit steckten. Sie konnte nicht genau sagen, warum, aber schon beim Gedanken daran lief ihr ein Schauer über den Rücken.

Um den Gedanken zu verdrängen, begann sie, einige Freunde per Handynachricht zu fragen, ob sie sich später in der Altstadt mit ihr treffen wollten. Es war besser, unter Menschen auf das Mittelalterfest zu gehen, anstatt zu Hause zu sitzen und sich Gedanken über eine Gefahr zu machen, die höchstwahrscheinlich gar nicht existierte.

Kurz darauf blinkte eine SMS auf. In Großbuchstaben und ohne Satzzeichen. »ZWEITES OPFER GEFUNDEN WIE BEI HERMANN SOLLTEN UNS BESPRECHEN BIST DU AUF DEM MITTELALTERFEST HAJO«

Verena schüttelte den Kopf, schrieb ihm aber kurz zurück, dass sie sich am frühen Abend am Marktplatz treffen könnten. Vielleicht wusste er ja sogar noch etwas mehr, wenn er bis dahin das einheimische Tratschvolk getroffen hatte.

Verena lief nach oben, zog sich das In-Extremo-Top über, um von Gleichgesinnten als zugehörig erkannt zu werden, wenn wenigstens einmal im Jahr normale Leute die Straßen und Gassen der Altstadt bevölkerten.

Vielleicht gelang es ihr ja, die schlechten Gedanken zumindest bis zum Treffen mit Hajo auszublenden und das Mittelalterfest zu genießen. Ihre Hoffnung dahin gehend war allerdings nicht besonders groß.

Der Parkplatz an der Schütt war natürlich bis auf den letzten Platz besetzt. Verena wollte schon aufgeben und ihr Auto auf dem Schaeffler-Parkplatz weiter ostwärts abstellen, als auf dem Parkdeck schließlich doch noch eine Lücke frei wurde. Eine betagte Fahrerin benötigte aber sage und schreibe elf Korrekturzüge, bis sie ihren alten C-Klasse-Mercedes aus der Lücke manövriert hatte.

Nachdem sie sich zuerst noch aufregte, bekam Verena schnell ihre Lektion in Demut erteilt. Selbst mit ihrem VW Polo war es gar nicht so einfach, sich dort hineinzuzwängen, zumal am Rand Glassplitter einer zerbrochenen Bierflasche lagen. Nach zwei Korrekturzügen schaffte sie es schließlich, den Wagen halbwegs normal auf dem Parkplatz zu positionieren.

Vorsichtig zwängte sie sich hinaus, und für einen Augenblick raubte ihr die drückende Luft draußen den Atem. Die Klimaanlage im Auto war tatsächlich der Hauptgrund gewesen, warum sie nicht gelaufen war, daneben die Tatsache, dass sie sich als Fahrerin heute automatisch vom Alkohol fernhalten würde. Eine Maßnahme, die offenkundiger Selbstbetrug war, denn von der Altstadt bis zu ihr nach Hause in die Hans-Herold-Straße war es selbst bei angetrunkener Fortbewegungsweise allenfalls eine Viertelstunde Fußweg.

Wenigstens würde sie noch nicht total verschwitzt sein, wenn sie sich nachher in die Menschenmassen begab. Ihre Befürchtung, dass man sich in den Kernbereichen des Festes wie eine Sardine in der Öldose fühlen würde, bewahrheitete sich postwendend, als sie durch die Passage an der Schütt zwischen den Häusern hindurch in die Fußgängerzone trat und das Gedränge unterhalb der Fachwerkfassaden sah.

Jedwede Art von Besuchern, junge Familien ebenso wie Senioren, Gewandete wie biedere Normalbürger, junge Kerle in der Vereinskluft der örtlichen und benachbarten Sportvereine mit Bier in der Hand sowie Metalheads und Reenactors mit Trinkhörnern schoben sich durch die Fußgängerzone. Diese war aufgrund der Buden schmaler als normalerweise, was die Sache weder für die Besucher noch für die Aussteller und Ladenbesitzer einfacher machte.

Verenas befürchtete das Schlimmste, als sie am Schaufenster eines Fotogeschäfts und einer Drogerie vorbei auf den Fehnturm zuging. Der Turm als Überrest der inneren Stadtbefestigung stand mitten in der Fußgängerzone und sorgte dort für einen besonders schmalen Durchgang, jedes Mal einer der neuralgischsten Punkte bei den diversen Festen, die jährlich in der Altstadt abgehalten wurden. Doch immerhin war die zweite schmale Öffnung zwischen der Turmmauer und dem daran angrenzenden Haus offen. Verena freute sich über ihr Glück und schlüpfte schnell hindurch. Auf der Rückseite des Turms trat sie gleich neben der Buchhandlung wieder aus dem Schatten.

Auch das Buch-Café mit seiner Außenbestuhlung gegenüber war gut besucht, und die Gäste wurden von zeitgenössisch gewandeten Verkäuferinnen bedient, doch das stellte heute nicht Verenas Ziel dar. Gleich beim Turm entdeckte sie ihre Freunde. Diese sahen gerade einem älteren Mann mit pseudohistorischem Filzhut dabei zu, wic er lustige Vögelchen zusammensteckte und den vorbeilaufenden Kindern anbot.

»Na, wollt ihr einen kaufen?«, fragte Verena.

»Ich denke ernsthaft darüber nach«, gab Gregor zurück, ohne sie auch nur anzusehen. Ignoranz stellte sein bevorzugtes Begrüßungsritual dar, sodass Verena nicht darauf einging und ihre Freundin Anna kurz umarmte, nachdem sie auch den Dritten im Bunde, ihren Sandkastenfreund Lukas, begrüßt hatte.

Verena merkte, dass die Tür zum Fehnturm offen stand. Für fünfzig Cent durfte man hoch auf den rund dreißig Meter hohen Wehrturm steigen. »Wollen wir hoch?«, fragte sie Lukas. »Der ist fei nur zweimal im Jahr geöffnet, und man hat einen super Blick über die Stadt.«

»Ach nein, lass mal. So viele Seidla kann ich gar nicht trinken, um den Schweißverlust auszugleichen.«

»Ein bisschen mehr Bewegung und weniger Bier würde dir mal ganz guttun«, sagte Anna und hob eine Augenbraue.

Verena begann vor Lukas herumzutänzeln und boxte spielerisch in Richtung seines sich deutlich unter dem T-Shirt abzeichnenden Bauchs. »Was ist, wer zuerst oben ist?«

»Sehr witzig, es kann doch eh immer nur einer durch das enge Treppenhaus laufen.«

»Und du hast Angst, dass du stecken bleibst?«

Sein ausgestreckter Mittelfinger bedeutete ihr, dass sie ihn jetzt lieber in Ruhe ließ.

Verena wechselte das Thema, es war ihr sowieso zu billig, auf Übergewicht oder andere Äußerlichkeiten anzuspielen. »Leute, wo wart ihr gestern? Ihr wolltet doch zu Sannes Party kommen? Ich sag euch, es war der Hammer!«

»Wenn man im Mittelpunkt einer Party stehen will, darf man nicht hingehen«, merkte Gregor an, ohne den Blick von den Modellvögelchen zu nehmen. Der Mann war nun auf ihn aufmerksam geworden und fuhrwerkte vor ihm herum, als könne er ihn auf diese Art davon überzeugen, ihm sein komplettes Sortiment abzukaufen.

»Nein, wir haben es nicht geschafft. Ich hatte keinen Bock mehr«, sagte Lukas. »Und außerdem: Gab es da nicht so ein komisches Motto? Auf so was geh ich ja gar nicht steil.«

»Crossing Gender«, bestätigte Anna.

»Buärks!«, merkte Gregor an.

»Was denn, das war lustig!«, beschwerte sich Verena.

»Du musst ja nicht viel tun, um als Mann durchzugehen«, sagte Lukas feixend und deutete ihren Sidecut an, wofür er einen Knuff von ihr bekam. »Nein, ehrlich, ich muss mich da nicht als Pseudo-Schwuchtel aufführen, um zu ergründen, ob ich metrosexuelle Neigungen in mir trage.«

»Das war wieder so eine Idee deiner alternativen Uni-Freunde, oder?« Gregor trat nun zu ihnen. »Da hätte ich schon allein aufgrund der Körnerfresser keine Lust drauf.«

»Das sind keine …«

Er unterbrach Verena und wandte sich den anderen beiden zu. »Wisst ihr, was stattdessen mal interessant wäre? Eine historische Bundesliga-Party.«

Lukas schien begeistert zu sein. »Oh ja, mit Hansi-Dorfner-Vokuhila!«

»Alain-Sutter-Matte!«

»Dieter-Eckstein-Schwänzchen!«

Gregor runzelte die Stirn. »Wie jetzt?«

»Am Hinterkopf!« Lukas nahm seine zusammengebundenen Haare und hob sie an.

Beide lachten, während Anna nur die Augen verdrehte und Verena ihre Geste erwiderte.

»Ach, servus, Rena«, begrüßte Gregor sie irgendwann doch.

»Servus, du Penner. Wie sieht's denn jetzt eigentlich aus – wollen wir mal ein wenig schauen, was es so alles gibt?«

»Und dann saufen?«, fragte Gregor.

»Klar«, sagten Anna und Lukas mit synchronem Nicken. »Geht beides klar.«

»Moment!« Gregor hielt sie noch einen Moment auf. Er drehte sich wieder zu dem Mann um und kaufte ihm einen Vogel ab, den er den anderen danach stolz vorführte.

»Du hast ja doch so was wie Anstand«, lobte ihn Anna. »Ich dachte, du schaust dir das jetzt eine halbe Stunde lang an, lässt den Vogelmann den Affen machen und sagst ihm dann, dass er sein Gschmarri behalten soll.«

»Natürlich besitze ich Anstand! Man hat versucht, mich außerordentlich gut zu erziehen. Dass du überhaupt daran gezweifelt hast, beleidigt mich. Mich und meine Mutter.«

»Quatsch, die würde mir zustimmen. Beifall würde sie klatschen.« Anna tippte sich an die Stirn und grinste.

Mit ihrem zwitschernden Begleiter tauchten sie ins Gewühl

des Mittelalterfests ein. Gleich einen Stand weiter fand sich ein Scherenschleifer, dessen Messersortiment sofort die falschen Assoziationen bei Verena weckte.

Sie wandte lieber den Blick ab und folgte ihren Freunden, die belustigt einem Schausteller dabei zusahen, wie er von zwei Wachen mit einem Schandkragen durch die Fußgängerzone geführt wurde und schockierte Kinder um Hilfe bat.

Kaum hatten sie die HerzoBar passiert, war es so weit: Lukas und Gregor bekundeten, die erste Halbe zu sich nehmen zu müssen. Verena und Anna verzichteten erst einmal.

Nachdem Verena und ihre Freunde sich die Vorführung der lustigen Musikantentruppe Schlüchterner Schalmeien-Schelme nahe der Heller-Brauerei angeschaut hatten, zogen sie sich in den Schatten des alten Brauereigebäudes zurück, in dem unten eine Wirtschaft betrieben wurde. Gregor unterhielt sich mit einem der Musiker, die der Sprachfärbung nach zu urteilen aus Hessen kamen.

Verena hatte sich überreden lassen, wenigstens ein Radler zu trinken. Als einige Polizisten die Gruppe passierten, lenkte sie das von dem Gespräch über das Online-Rollenspiel »World of Warcraft« ab, von dem sie ohnehin keine Ahnung hatte. Das hier waren keine Securityleute oder Streifenpolizisten, die für die Sicherheit auf dem Fest zuständig waren, nein, diese hier waren aus einem anderen Grund hier, das verriet allein schon ihr zielstrebiger Gang sowie die Tatsache, dass sie Kriminalkommissarin Schmidt-Pölzig folgten.

In Verena kroch die Neugier hoch, und ihr Blick folgte den Beamten. Zwei Stände weiter machten sie halt. Als die Kommissarin begleitet von einem Grünrock durch die dort herunterhängenden Felle und Umhänge trat, wohl um zum Betreiber des Standes vorzudringen, verlor Verena sie aus den Augen. Eine Weile war von ihr nichts zu sehen, dann brach ohne Vorwarnung Chaos aus.

Schmidt-Pölzig kam regelrecht zwischen den Fellen herausgeflogen, man konnte es gar nicht anders beschreiben, denn es sah so aus, als hätte jemand die junge Frau aus dem Stand hinausgeworfen. Sie landete in einem Ständer mit Gummischwertern, der mit ihr zu Boden ging. Bevor ihre Kollegen realisierten, was vor sich ging, tauchte auf der Rückseite des Stands ein großer bärtiger Mann auf, der die Beine in die Hand nahm und rannte, als wäre der Teufel hinter ihm her.

Genau auf Verena und ihre Freunde zu.

Er kam hinter den Buden entlang, der einzigen Möglichkeit, sich außerhalb des Gedränges schneller fortzubewegen und nicht sofort den Polizisten in die Arme zu laufen.

Im Hintergrund ertönte Geschrei. Die Leute stoben auseinander, als der zweite Polizist zwischen den Fellen erschien. Er hatte seine Mütze verloren und wirkte derangiert, während er auf den Flüchtenden deutete. »Hinterher!«

Auch Lukas war auf den Tumult aufmerksam geworden. Er tat das, was man in solch einer Situation tun sollte und aus guten Gründen vielleicht lieber bleiben ließ: Er bewies Zivilcourage und stellte sich dem Fliehenden in den Weg.

Der sicherlich ein Meter neunzig große Schausteller kapierte offenbar nicht, was Lukas vorhatte, und wollte einfach an ihm vorbeirennen. Doch Verenas ebenfalls robust gebauter Freund trat dem Mann entgegen, sodass sie zusammenprallten. Lukas wurde zu Boden geworfen, auch der Mann verlor das Gleichgewicht und geriet ins Straucheln.

Anna sprang hinzu, und nach einem Moment erwachte Verena aus der Schockstarre. Sie kam ihr zu Hilfe und packte den Mann am Arm.

Dieser versuchte wild um sich zu schlagen, schüttelte die klein gewachsene Anna sofort ab, worauf sie rücklings in die Instrumente der Musikanten fiel. Dann schlug er nach Verena. Sie duckte sich, sodass der Schwinger über sie hinwegfegte.

Doch Lukas war wieder auf den Beinen. Er verpasste dem Mann einen geraden Faustschlag an die Schläfe, genau in dem Augenblick, als dieser sich von Verena losriss.

Der Hieb ließ ihn erneut zu Boden gehen, diesmal deutlich benommen. Mit glasigen Augen blickte er Verena an. Bevor Lukas ihn mit einem weiteren Schlag ins Land der Träume schicken konnte, waren die Polizisten heran und drückten ihn auf die Pflastersteine. Der Mann war nicht mehr in der Lage, sich zu wehren.

Die Polizisten durchsuchten ihn. Sie fanden zwar keine Waffen, drehten dem nahezu Bewusstlosen aber trotzdem die Arme auf den Rücken und legten ihm Handschellen an.

Langsam löste sich der Pulk um sie herum wieder auf. Natürlich waren gefühlt Hunderte von Menschen stehen geblieben, um den Fluchtversuch zu beobachten, doch außer Lukas war niemand eingeschritten. Allerdings konnte es Verena keinem verdenken, der sich nicht diesem Hünen mit sicher rund zweieinhalb Zentnern Körpergewicht, angetan in mittelalterliche Lederkleidung, entgegenstellen wollte.

Sie blickte hinüber zu dem Stand, an dem das Ganze begonnen hatte. Kommissarin Schmidt-Pölzig rappelte sich dort langsam auf, und Verena sah ihr schmerzverzerrtes Gesicht. Auch um die Polizistin kümmerte sich kein einziger der zahllosen Passanten, also lief sie hinüber, um ihr aufzuhelfen.

Die junge Kommissarin hielt sich den Rücken. Offenbar war sie auf einen Träger des Schwertständers geprallt.

»Geht's, oder soll ich einen Sanitäter rufen?«, fragte Verena und streckte ihren Arm aus.

»Es ... geht ... schon ...«, erwiderte die Polizistin mit einem Stöhnen und stützte sich bei ihr auf. Dann blickte sie Verena an. »Wir kennen uns doch. Frau ...?«

»Schmied. Sie waren am Montag bei uns und haben mich und meinen Vater zu dem Mord an Hermann Glocker befragt.«

»Natürlich.«

Verena ließ die Kommissarin los, als sie erkannte, dass diese stehen und ohne Hilfe laufen konnte. »Das gibt 'ne Prellung«, stellte sie fest und rang sich ein gequältes Lächeln ab. »Berufsrisiko.«

»Hätte schlimmer kommen können«, sagte Verena, während sie hinüber zu den Kollegen gingen.

Der Mann am Boden machte glücklicherweise noch immer

keine Anstalten, sich der Verhaftung zu widersetzen. Auch hatte sich die Zuschauermenge inzwischen aufgelöst, und die Leute widmeten sich wieder dem Fest.

Schmidt-Pölzig besprach sich kurz mit einem der Uniformierten, der ihr schilderte, was vorgefallen war. Kurz darauf winkte sie Lukas, Verena und Anna heran.

»Ich werde Ihnen ein paar Fragen zum Geschehen stellen müssen, fürchte ich«, sagte die Polizistin. »Aber damit hat Frau Schmied ja schon Erfahrung.«

»Na ja ...« Verena war das etwas peinlich.

»Zuerst: Kennen Sie den Mann?«

Alle drei verneinten.

»Das war auch nicht zu erwarten. Wie haben Sie die Situation wahrgenommen?«

Verena blickte zu den anderen beiden, die sich anscheinend nicht trauten, das Wort zu ergreifen. Sie seufzte und übernahm die Aufgabe. »Wir haben uns gerade mit den Musikern unterhalten, nachdem die ihr Programm beendet hatten. Da habe ich gesehen, wie Sie mit Ihren Kollegen hinüber zum Stand dieses Kerls hier gelaufen sind. Sie sind hinter den Fellen verschwunden und wurden dann plötzlich hinausbefördert, bevor Sie mit dem Schwertständer zu Boden gingen. Na ja, und dann kam er auf uns zugerannt.«

»Wer von Ihnen hat ihn festgehalten?«

»Das war ich.« Lukas hatte seine Sprache wiedergefunden. »Ich habe es auch so gesehen, wie Rena gesagt hat. Und wenn einer vor der Polizei wegrennt, hat er was ausgefressen, also habe ich mich ihm in den Weg gestellt. Das war aber kein wirklicher Entschluss, mehr so ein Reflex.«

Schmidt-Pölzig notierte sich etwas und hörte sich dann Annas Version an, die das Ganze noch einmal bestätigte. »Warten Sie einen Augenblick. Mein Kollege wird Ihre Personalien aufnehmen. Falls dann noch Fragen bestehen, melden wir uns bei Ihnen.«

»Meine Angaben haben Sie ja schon«, sagte Verena. »Gibt es denn etwas Neues in der ... anderen Sache?«

Die Kommissarin sah sie einen Augenblick lang prüfend an und lächelte dann. »Durch Ihre Hilfe gibt es tatsächlich etwas Neues. Vielleicht ist die Suche beendet. Mehr kann ich Ihnen nicht sagen.«

Sie bat die Uniformierten hinter sich her und ließ die jungen Leute zwischen den Marktbuden stehen.

»Was sollte das denn heißen? Die Suche nach wem?« Anna sah sie verwirrt an.

Verena stand unbeweglich da. Sie wusste ganz genau, was das hieß, und musste schlucken, bis sie artikulieren konnte, was ihr durch den Kopf schoss. Dort herrschte nämlich ganz schönes Chaos. »Ich glaube, ich brauche heute doch ein paar Seidla – um zu feiern oder um mich zu beruhigen, weiß ich noch nicht.«

Die anderen schienen nicht zu kapieren, was sie meinte.

»Warum?«, fragte Anna. »Was ist denn los? Du bist ja ganz blass!«

»Das werdet ihr auch gleich sein.«

Gregor war nun ebenfalls zu ihnen getreten. Wieder blickte sie in fragende Gesichter.

»Leute, haltet euch fest: Ich glaube, wir haben gerade den Schlitzer vom Aurachtal zur Strecke gebracht!«

Auskunft vom Brutzler

Hajo hatte den Nachmittag zu Hause verbracht. Die Hitze und der allgegenwärtige Trubel in der Stadt hielten ihn davon ab, sich nach dem obligatorischen Frühschoppen länger dort aufzuhalten. Jetzt machte er sich fertig, um doch noch einmal hinunterzugehen, wenngleich ihm lieber gewesen wäre, wenn Verena zu ihm hinauf in sein Haus gekommen wäre. Doch seine Nichte hatte ihm gar nicht erst die Möglichkeit gelassen, Einspruch gegen den Vorschlag zu erheben, sich um halb sieben auf dem Marktplatz zu treffen. Das brachte immerhin den Vorteil mit sich, dort etwas essen zu können. Der Teil von Frau Batzens Bolognese, den sie nicht eingefroren hatte, war bereits verzehrt, und eine Stulle wollte er sich nicht unbedingt schmieren.

Hajo widerstand der Versuchung, das Auto zu nehmen, und legte den Weg zum zweiten Mal an diesem Tag zu Fuß zurück. Unterwegs notierte er sich das eine oder andere Fahrzeug, das ihm auffiel, wenn es seiner Meinung nach unverhältnismäßig weit auf dem Bordstein geparkt worden war – oder im Gegenteil zu mittig auf der Straße, zu nah an einer Einfahrt, mit fast abgelaufenem TÜV und so weiter. Eben Dinge, die ihm auffielen. Er hatte nicht vor, die Halter anzuzeigen, denn er wollte sich dahin gehend ja künftig etwas zurückzunehmen. Sich aber den einen oder anderen zu merken konnte sicher nicht schaden. Meist handelte es sich um Wiederholungstäter, und wenn man im Fall des Falles schnell zur Hand hatte, wann und wo so etwas bereits vorgekommen war, konnte das nur von Vorteil sein. Die Fahrzeuge mit den knappen Prüfungsplaketten würde er in den kommenden Wochen hingegen genau im Auge behalten. Zu viele Einwohner pflegten einen sehr laxen Umgang damit, und das konnte Hajo bei aller Liebe nicht dauerhaft tolerieren.

Vor allem der Kinder wegen.

Als er unten an die Kreuzung kam, von der aus er noch am Morgen das Polizeiaufgebot erblickt hatte, spürte er, wie sich seine Schritte in Richtung der anderen Straßenseite verlagerten, als würden sie von außen gelenkt. Zwischen den Wiesen hindurch und vorbei an dem mexikanischen Restaurant mit der gut besuchten Terrasse, auf der wie immer am Wochenende viele Leute essen gingen oder einen frühabendlichen Cocktail zu sich nahmen. Hajo war zunächst über sein eigenes Verhalten irritiert, erkannte dann aber seinen Widerwillen, erneut einen Ort zu kreuzen, an dem ein schreckliches Verbrechen geschehen war. Sein Unterbewusstsein wollte diesen Ort meiden. Aus demselben Grund war er auch seit Montag schon nicht mehr im Dohnwald gewesen. Seiner morgendlichen Runde hatte er einen alternativen Streckenverlauf verpasst, indem er durch den Park und das Festgelände am Weihersbach schlenderte, das im Talgrund etwas oberhalb seiner jetzigen Position lag.

Als er sich dessen bewusst wurde, hielt er inne. Er schalt sich einen Angsthasen, einen alten Narren. Schließlich besaß jeder Ort seine Geschichte, und ging man nur weit genug zurück, fand man allerorten blutig Mord und Totschlag. Wer wusste schon, wie viele Leichen in den mittelalterlichen Zeiten der Pest den Stadtgraben oder die Aurach vergiftet hatten? Wie viele Tote hatten die Mauern, denen er sich näherte, im Dreißigjährigen Krieg gesehen? Der Boden von Herzogenaurach war von Blut getränkt, doch diese Schrecken von Gewalt und Tod schwanden im Nebel der Zeit, der sich gnädig darüberlegte, ganz gleich, ob seitdem ein Tag oder ein Jahrtausend vergangen war, und wenige der heutigen Bewohner machten sich diese Historie bewusst. Doch ein kurzer Abstand von ein, zwei Tagen nahm einem Verbrechen offenbar keineswegs den Schrecken. Es würde dauern, bis diese Erfahrung in den Hintergrund trat. Monate, vielleicht Jahre.

Hajo schüttelte den Kopf, um die düsteren Gedanken zu vertreiben, und setzte seinen Weg fort. Bei allem Unbehagen: Er würde den Fußgängersteg über die Aurach nehmen und sich nicht davor drücken, indem er einen größeren Umweg bis vorne zur nächsten Brücke einschlug.

Doch als er über die Fußgängerbrücke lief, starrte er krampfhaft geradeaus. Er musste ohnehin entgegenkommenden Festbesuchern ausweichen, von denen sich manche Familien bereits auf den Heimweg machten. Der Nachwuchs hatte sich zum Teil mit Rüstungen und Holzwaffen eingedeckt und war sich nicht zu schade, diese auf der Brücke gegeneinander einzusetzen. Das lenkte Hajo wenigstens von der Nähe zum Tatort ab.

Ich bekomme auch nur den Hauch einer Spielzeugklinge in die Kniekehle, dann ist hier aber was los, drohte er den anderen in Gedanken, bevor er endlich auf der anderen Seite ankam und sich in Richtung Durchgang zum Türmersturm aufmachte.

Der Geräuschpegel ließ bereits aus der Entfernung nichts Gutes ahnen, und Hajo wurde bestätigt, als er in die Menschentraube eintauchte, die sich vom Turmlokal in Richtung Marktplatz erstreckte. Es dauerte deutlich länger als üblich, bis er an der Wurstbude ankam, die sie als Treffpunkt ausgemacht hatten. Zu allem Überfluss wartete dort bereits Verena, die bei seinem Eintreffen demonstrativ die Stirn kräuselte und auf ihr Handy schaute.

»Achtzehn vierunddreißig. Meine Güte, was ist denn aus diesen Rentnern geworden? Pünktlichkeit, ein gerüttelt Maß an Respekt gegenüber denen, die auf einen warten, ein letztes bisschen Anstand vor dem Herrn, das habt ihr ja verlernt. Das geht bei euch Rentnern alles verloren in dem Augenblick, in dem ihr nicht mehr in Lohn und Brot steht, in dem die Last der Solidargemeinschaft nicht mehr auf euren Schultern ruht, sondern ihr nur die Früchte erntet, die …«

»Ich hab's verstanden«, unterbrach Hajo sie. Es entging ihm nicht, dass sich die Bagage, die neben Verena stand, köstlich über ihre Parodie auf seine Kosten amüsierte. »Diese Gammler unten versperren ja die ganze Hauptstraße«, rechtfertigte er sich dennoch.

»Ausreden sind dann immer schnell parat«, fügte Verena in mahnendem Tonfall hinzu. »Ich kann gern eine halbe Stunde weitermachen. Du lässt dich ja schließlich auch selten darüber belehren, wann so was angebracht ist und wann nicht.«

Diese Vorhaltung war im Prinzip eine Frechheit, und Hajo hatte nicht übel Lust, es dem Mädchen mit gleicher Münze heimzuzahlen, aber sie waren wegen Wichtigerem hier als solch unnötigen Scharmützeln. Deshalb sagte er nur ernst: »Ich finde es zurzeit nicht angebracht, ständig Witze über dieses und jenes zu machen. Es ist schon wieder jemand gestorben, und es wäre hilfreich, wenn meine vermeintlich erwachsene Nichte etwas mehr Pietät an den Tag legen könnte.«

»Ja, schon gut.« Verena winkte ab.

Die hat doch getrunken!

»Du hast doch getrunken!«

»Und das den zweiten Tag in Folge, wo soll das bloß hinführen?« Sie lächelte, aber selbst für Hajo war die Bitterkeit darin zu erkennen. »Ich habe allen Grund dazu, das kannst du mir glauben. Hier ist nämlich auch etwas passiert, bei dem dir das Lachen im Hals stecken bleibt, Onkel.«

»Tatsächlich? Was denn?«

»Du zuerst. *Du* wolltest, dass wir uns treffen.«

Hajo nickte. Tatsächlich hatte er dem Mädchen von den Ereignissen am Morgen berichten wollen, doch schien ihm der Rahmen am Rande des Marktplatzes nicht der passende Ort dafür zu sein. Da Verenas Freunde sich mittlerweile über etwas anderes unterhielten und mehr mit ihrer Bratwurst und den Steakbrötchen beschäftigt waren, sprach aber eigentlich nichts dagegen. Hajo bemerkte erst jetzt, was er für einen Hunger hatte, und bestellte sich ebenfalls ein Steak. Beleibte junge Männer in schwarzen Kochschürzen arbeiteten sich an zwei großen Grills ab, die aussahen wie Kessel einer Dampflokomotive, zumal sie über kleine Schornsteine verfügten. Der örtliche Grillsportverein führte hier vor, was man mit Smoker-Grills, oder wie diese Dinger hießen, alles anstellen konnte.

Das war doch Hermanns Verein!

Hajo musste zugeben, dass er die Grillsportler, wie sie sich selbst nannten, selten wirklich im Stadtgeschehen wahrgenommen hatte. Dabei nahm der noch nicht allzu lange bestehende Zusammenschluss der Fleischbrutzler immer wieder an Veranstaltungen teil oder organisierte diese sogar selbst, wie ihm jetzt einfiel, obwohl er die entsprechenden Meldungen in den Tageszeitungen meist gezielt ignorierte.

»Was denn nun? Ich will eigentlich nicht den ganzen Abend hier herumstehen und auf Erklärungen warten.«

Hajo nickte und berichtete ihr während der Wartezeit in knappen Worten, was sich am Morgen zugetragen hatte. Sie hatte natürlich bereits davon gehört, doch die Bezeichnung »Schlitzer vom Aurachtal« für den Mörder war Hajo neu. Dass sich die überregionale Presse der Sache annahm, war ein Zeichen dafür, dass sie hier in eine nicht zu unterschätzende Sache hineingeraten waren, da musste er seiner Nichte zustimmen.

»Wart aber mal ab, jetzt kommt fei das Geilste«, kündigte Verena an und nippte an einem Krug Bier, den ihr ein langhaariger Freund gebracht hatte. Offenbar verrohte ihre Sprache zusehends, je mehr Alkohol sie zu sich nahm. Hajo war darüber alles andere als erbaut.

»Wir haben den Schlitzer heute erledigt!«

Hajo war perplex. »Den Schlitzer erledigt?«

»Ja, wir haben den aufgehalten im Kampf Mann gegen Mann … also Frau gegen Mann … na ja, eigentlich, Mann und Frau und Frau gegen Mann.«

Hajo starrte sie nur fragend an.

»Der war fei groß, der Typ«, erklärte Verena, was ihn auch nicht weiterbrachte. »Also, ich denke, die Sache ist erledigt. Es wird keine weiteren Morde mehr geben, so wie's aussieht.«

Sie erzählte ihm, seinem Empfinden nach etwas zu ausschmückend, von der Festnahme des Schaustellers und seinem Fluchtversuch. »Auf den Schock kippen wir jetzt erst mal zwei oder drei Seidla.«

»Vielleicht eher fünf oder sechs«, merkte die klein gewachsene Freundin neben ihr an. »Zwei oder drei haben wir ja schon.«

»Und wie kommst du auf die Idee, dass dieser Kerl ausgerechnet dieser ›Schlitzer vom Aurachtal‹ ist, der auch meinen Freund Hermann umgebracht hat?«

»Das war ja nicht schwer zu erraten. Die Kripo hatte einen Haftbefehl dabei und ist gezielt zu dem marschiert. Als die Schmidt-Pölzig ihn festnehmen wollte, wollte er stiften gehen. Wir haben ihn aufgehalten, und kurz bevor sie gegangen sind, hat sie mir einen Hinweis gegeben, der fei recht eindeutig war, dass es sich dabei um den Schlitzer gehandelt hat.«

»Und zwar?«

»Dank unserer Hilfe ist die Suche wahrscheinlich beendet, hat sie fei gesagt.«

Hajo runzelte die Stirn. »Hat sie gesagt, welche Suche? Die haben den doch nicht wirklich für den Mörder gehalten.« Er glaubte nicht so recht, dass diese Sache mit den Morden zusammenhing. Obwohl … »Jetzt wird plötzlich ein Schuh draus!«

Verena runzelte die Stirn.

»Ich habe Kommissar Ritzmann heute Morgen den Hinweis gegeben, sich mal unter den Ausstellern umzusehen, da unter diesen ja recht obskure Gestalten zu finden sind. Die schleppen alles Mögliche hier an, und da sind ja ganz primitive Kerle dabei. Teilweise auch Rocker und so. Man muss doch nur mal eins und eins zusammenzählen, um da einen Zusammenhang zu finden.«

»Rocker und so …« Verena äffte ihn nach und lachte ihn offen aus.

Was sollte das?

Doch bevor Hajo sich beschweren konnte, wurde sie wieder ernst.

»Und das haben sie jetzt aufgrund deines Hinweises getan?«

»Wenn die Schmidt-Pölzig dir das so sagt, vermute ich,

ja.« Hajo war dennoch nicht so ganz von dem Gefühl des einsetzenden Stolzes überzeugt, das ihn erfüllte.

»Na, siehst du«, sagte Verena. »Dann haben wir den Kerl eben gemeinsam zur Strecke gebracht. Wer hätte gedacht, dass des fei so einfach geht?«

Das war genau das Problem an der Sache. Hajo kam das alles *zu* einfach vor. Das Leben war aber meistens nicht so einfach, wie die junge Verena sich das gern vorstellte. Das galt erst recht für Kriminalfälle.

»Was ist? Willst du nicht eine Halbe darauf trinken, Herr Aushilfskommissar?«, fragte sie nach einer Weile.

Hajos Hochgefühl war so schnell verflogen, wie es gekommen war. »Nein, das ergibt irgendwie alles keinen Sinn«, sagte er. »So schnell wollen die den Schlitzer unter all den Leuten hier auf dem Fest herausgefiltert haben? Das kommt mir spanisch vor. War der Mann denn von hier oder von außerhalb?«

»Das weiß ich nicht. Glaube nicht, dass der von hier war.«

»Siehst du! Sosehr man sich auch wünscht, zu einer einfachen Lösung zu kommen, und so fragwürdig manche dieser Leute auch sein mögen: Es passt hinten und vorne nicht zusammen, dass so ein Mittelaltermarkt-Heini was mit den Verbrechen vor Ort zu tun hat. Über die Leiche in der Aurach will ich ja noch nachdenken, aber Hermann wurde fünf Tage vor Festbeginn umgebracht. Da hat sich dieser Kerl im Zweifelsfall noch gar nicht hier in der Stadt aufgehalten. Und außerdem: Warum sollte einer von diesen Leuten den armen Hermann umbringen? Die mögen ja bekloppt sein zum großen Teil, aber so irre sind sie auch wieder nicht.« Beim letzten Halbsatz war sich Hajo allerdings nicht ganz sicher.

Verena winkte ab und nippte an ihrem Krug. »Was weiß denn ich? Tu doch jetzt nicht so oberschlau, bloß weil du keine bessere Erklärung parat hast wie sonst immer. Es passt nämlich alles gar nicht so schlecht zusammen, wie du behauptest. Glaubst du, wir haben uns noch keine Gedanken darüber gemacht – auch ohne deinen Hinweis? Vielleicht hat dein Hermann den Ausstellern als Ordnungsbeamter Probleme bereitet, was Auflagen seitens der Stadt für die Marktbetreiber betrifft? Du hast doch selbst schon mal überlegt, ob er sich in seinem Beruf Feinde gemacht haben könnte, die sich an ihm rächen wollten. Zack! Da hast du einen!«

Hajo dachte nach. Ganz so abwegig war das tatsächlich nicht.

»Entschuldigung, wenn ich mich einmische«, kam es plötzlich von der Seite. Einer der Männer am Grill hatte das Wort an sie gerichtet. »Ich habe Ihr Gespräch zum Teil mitgehört und wurde natürlich hellhörig, als es um den Glocker Hermann ging. Der war ja nun einer von uns.«

»Ja, und weiter?«, fragte Verena.

»Dieser Kerl, den die heute Nachmittag festgenommen haben, wurde verhaftet, weil er mit illegalen Waffen gehandelt haben soll. Schwerter und andere Mittelalterwaffen dürfen allenfalls mit stumpfen Klingen und abgerundeten Spitzen verkauft werden. Damit hat er es wohl nicht ganz so genau genommen. Das ist zumindest das, was wir gehört haben.«

»Siehst du«, sagte Hajo und fühlte sich bestätigt. »So schnell fällt dein Kartenhaus in sich zusammen, und dein Schlitzer läuft noch immer frei herum.«

»Dann eben anders: Erklärt mir doch mal bitte, was man mit solchen Waffen macht? Der verkauft scharfe Klingenwaffen auf dem Mittelalterfest, und ein paar Stunden später liegt jemand mit zerfetztem Hals in der Aurach – das ist natürlich alles nur ein riesengroßer Zufall«, wandte Verena ein.

»Ja, genauso ein Zufall wie die Schießübungen im Dohnwald, nach denen dann ebenfalls eine Leiche gefunden wird. Auch dort hat nie ein Zusammenhang bestanden«, entgegnete Hajo.

»Das war doch was ganz anderes. Nirgends steht fei geschrieben, dass es wieder so sein muss. Wie haben sie denn deinem zweiten Opfer den Hals durchgeschnitten letzte Nacht? Mit einem Taschenmesser? Wie hat's denn vorher den Hermann erwischt? Mit einer Kuchengabel?«

»Verena, du brauchst jetzt nicht polemisch zu werden!«, ermahnte Hajo sie und biss in sein Brötchen.

Das Fleisch schmeckte ausgesprochen gut. Tatsächlich sogar ganz außerordentlich gut. Er kaute eine Weile und genoss das rauchig-würzige Aroma, das seinen Mund erfüllte. »Das ist ja ganz hervorragend, dieses Fleisch!«, sagte er anerkennend zu dem Brutzler. Es kam nicht oft vor, dass Hajo etwas so unverhohlen lobte, doch wenn es angebracht war, brach er sich keinen Zacken aus der Krone, es auch offen auszusprechen.

Der Mann nickte. »Im Smoker von allen Seiten geräuchert. Wir wollen hier zeigen, dass es sich lohnt, ein bisschen mehr Aufwand zu betreiben oder ein paar Euro mehr für einen Grill auszugeben. Das schmeckt ja auch der Laie. Anerkennung ist das, was unser Verein und unser Sport noch ein wenig benötigen.«

»Und der Hermann hat munter bei euch mitgemacht?«, fragte Hajo mit vollem Mund. »Da hätte er uns ja mal einladen können, wenn er so ein schönes Fleisch grillen konnte! Hat er nie getan.«

Der Mann schüttelte den Kopf. Seine Miene wirkte etwas gequält. »Na ja, der Hermann stand ja nie selbst am Grill. Der hat eher für das Drumherum gesorgt: Aufbau, Abbau, Organisation, Formalitäten – auch mit der Stadt, für die er ja gearbeitet hat. Auch finanziell hat er immer mal was zugeschossen. Ich bin allerdings nicht im Vorstand und weiß das auch nicht so genau.«

»Dieter, mach hin, leg was nach, red ned so dummes Zeug da!«, rief auf einmal jemand von der Seite. Ein kräftiger Mann mit Grillschürze hantierte neben dem Angesprochenen unbeholfen mit einem Teller voller roher Schäufele, den regional gern verzehrten Schulterstücken vom Schwein, herum und versuchte gleichzeitig, einen der Grills zu öffnen. Er stellte sich dabei jedoch recht ungeschickt an und brachte die schwere Klappe nicht nach oben, sodass sie ihm entglitt und lautstark zuknallte. Dabei fiel auch der Teller zu Boden, und das Fleisch fand sich zwischen den Scherben wieder.

»Allmechd, Sven, da muss man doch besser aufpassen!«, herrschte Dieter ihn an. »Das gute Fleisch!«

»Wenn mir keiner hilft! Das nächste Mal macht ihr den Quatsch hier allein, das sag ich euch!«

»Der Kummerer. Jedes Mal das Gleiche mit dem«, seufzte Dieter und wandte sich noch einmal zu Hajo und Verena um. »Tut mir leid, der ist wieder total überfordert. Ich muss was tun!«

»Schade, ich hätte gern noch ein bisschen mehr über den Verein gehört«, sagte Hajo.

»Kommt doch morgen Abend zu uns ins Vereinsheim auf ein Bier. Dann haben wir hier abgebaut und können uns in Ruhe unterhalten«, sagte der Mann und verabschiedete sich mit einer kurzen Geste.

Hajo aß ein wenig weiter. »Ich glaube, das werde ich tun. Das hatte ich ja sowieso vor, und jetzt hat man mich sogar eingeladen. Ich schneie bei den Brutzelkönigen von Herzi vorbei«, sagte er nach einer Weile.

»Sportgriller ... Alter! Willst du dir wirklich Vorträge über Umluftgaren und so einen Mist anhören?«, fragte ihn Verena. »Ich dachte, du meinst es fei ernst mit Nachforschungen zu den Morden. Was soll das bitte bringen?«

»Ich will mal ein wenig über die Hintergründe von Hermanns Hobby erfahren. Das kann nicht schaden, solange die Polizei und du nur Sündenböcke wie den Ami und den Waffenhändler zu präsentieren habt. Vielleicht kommt dabei mal etwas Valides heraus.«

»In tausend Jahren nicht«, sagte Verena. »Eher steigen die Greuther in die Bundesliga auf.«

»Wenn ich nichts Gescheites erfahre, ist es auch egal. Dann habe ich aber immerhin ein herausragendes Fleisch kredenzt bekommen. Frau Batz kann Montag eh nicht für mich kochen.«

Gepflegter Grillsport

Hajo verbrachte den Sonntag über zu Hause, bevor er sich zur selben Zeit wie am Vortag auf den Weg hinunter ins Tal machte. Glücklicherweise befand sich das Vereinsheim der Grillsportler nicht in der Altstadt, sondern am Ostrand von Herzogenaurach in Richtung Niederndorf. Wieder hatte er darüber nachgedacht, das Auto zu nehmen, doch die Ankündigung, »bei einem Bier« über Hermann reden zu wollen, verbot dies. Also nahm er den durchaus längeren Fußmarsch auf sich, querte wie am Tag zuvor Weihersbach und Kreuzung, blieb aber auf der Südseite der Straße.

Diese führte ihn zunächst an der Mittelschule vorbei, hinter der der Turm der Evangelischen Kirche zu sehen war. Der Neubau glich Hajos Ansicht nach in Form und Farbe eher dem Kamin eines Köhlers, aber heutzutage baute man seine Gotteshäuser wohl auf eine etwas andere Art als früher. Bis auf zwei, drei Konfirmationen hatte er das Gebäude ohnehin nie besucht. Während er unten entlangschlenderte, wurde ihm bewusst, dass er tatsächlich zu Verenas Konfirmation das letzte Mal dort gewesen war. Aus der Kirche ausgetreten war Hajo zwar nie, aber er machte sein Scherflein mit dem Allmächtigen lieber für sich selbst aus. Und er hatte sich durchaus über einiges zu beschweren – nicht zuletzt nach der Bluttat der vergangenen Woche.

Hajo passierte das Adidas-Stammhaus, bis vor ihm die sich weit erstreckenden Areale des alten INA-Wälzwerks ins Blickfeld kamen. Hier befand sich der Hauptsitz des Schaeffler-Konzerns. Mehrgeschossige Bürotrakte, großflächige Parkdecks und imposante Werkhallen nahmen einen großen Teil des südlichen Herzogenaurachs ein. Der größte Arbeitgeber der Stadt war hier im Süden noch wesentlich präsenter als die Sportfirmen im Norden rund um den neuen Stadtteil Herzobase.

Linker Hand herrschte wie immer um diese Zeit erhebliches Verkehrsaufkommen, da sich die Autos im Feierabendverkehr von der Kreuzung der Bahnhofstraße bis an der Altstadt vorbei stauten. Durch die Umgehungsstraße auf der Nordseite gestalteten sich die Probleme dort nicht so gravierend, doch zu den Stoßzeiten des Verkehrs ächzte der Süden durchaus über das hohe Aufkommen an Fahrzeugen. Seit Jahren wurde über eine Südumgehung gestritten, und bald sollte diese tatsächlich gebaut werden. Wie immer in einem solchen Fall gab es zahlreiche Einwände, und die Biotope im Aurachtal konnten nach Meinung vieler Einwohner nicht einfach den infrastrukturellen Planungen zum Opfer fallen. Auch Hajo war in dieser Frage hin- und hergerissen. Der Widerstreit zwischen dem Wohl der vom enormen Verkehrsaufkommen geplagten Menschen und der Bewahrung der Natur im Aurachtal stellte einen kaum aufzulösenden Widerspruch dar, an dessen Ende jede Entscheidung für Unzufriedenheit sorgen würde.

Hajo hatte die Entfernung unterschätzt, bis zum neuen Einkaufszentrum an den Klingenwiesen musste er eine gefühlte Ewigkeit die Hans-Maier-Straße entlanglaufen. Schräg gegenüber des ebenfalls erst unlängst errichteten Komplexes aus verschiedenen Super- und Fachmärkten sowie eines Businesshotels lag das schmucklose Vereinsgelände der Brutzler.

Hajo korrigierte sich in Gedanken. Nach der Geschmackserfahrung vom Markt wollte er den Verein von Hermanns Kameraden nicht mehr so despektierlich bezeichnen, doch was man sich über Jahre hinweg angewöhnt hatte, ließ sich nicht innerhalb eines Tages ablegen.

Kurz hinter der kaum wahrzunehmenden Brücke, unter der die Aurach für einige Meter verschwand, zweigte ein Kiesweg ab, den man gegenüber der Rathgeberstraße neu angelegt hatte. *Zu Fuß ist es gar nicht so einfach, das Gelände der Brutz… Grillsportler zu erreichen.* Er wartete einige Augenblicke ab, bis kein Auto mehr aus Richtung Niederndorf zu sehen war, und überquerte die Straße.

Keine fünfzig Meter weiter öffnete sich der Weg zu einem Parkplatz, an dessen Rückseite sich das Vereinsheim befand. Rechts davon beschirmten Bäume das kleine Flussbett der Aurach. Das Gebäude war nicht besonders groß und bestand aus einem Aufenthaltsraum mit Theke sowie einer daran angrenzenden Lagerhalle für das Equipment der Vereinsgriller.

Ein Kleinwagen und ein Pick-up-Truck waren die einzigen Fahrzeuge auf dem Parkplatz. Auf der Ladefläche des Transporters stand einer der lokomotivenartigen Grills, die Hajo schon auf dem Mittelalterfest begutachtet hatte. »1. Grillsportverein Herzogenaurach e.V.«, stand in flammenden Lettern über die Längsseite des Gefährts geschrieben.

Da Hajo niemanden sehen konnte, überquerte er den Platz und warf einen Blick in die offen stehende Doppeltür der Halle. Weitere Grills, einige Anhänger und andere Gerätschaften fanden sich dort. Auch hier war niemand zugegen, aber von der Rückseite des Geländes ertönte Musik. Also durchquerte Hajo das Gebäude und lief auf der anderen Seite wieder ins Freie.

Auf dem Außengelände fiel sein Blick sofort auf die in schnurgerader Reihe aufgebauten Smoker-Grills, die mit ihren dickbäuchigen Formen von der gleichen Bauart waren wie die auf dem Mittelalterfest. Offenbar ein Standardmodell.

Hübscher erschienen sie ihm hier ebenfalls nicht, aber Ästhetik war wahrscheinlich das Letzte, worauf es den selbst ernannten »Grillsportlern« ankam.

Nahe dem Eingang zum Vereinsheim waren der Mann, den man am Tag zuvor Dieter gerufen hatte, und einer seiner Vereinskameraden damit beschäftigt, die beiden Grills zu säubern, die offenbar drüben am Marktplatz zum Einsatz gekommen waren. Er blickte kurz auf, als Hajo über die Wiese zu ihnen kam, ließ aber nicht von seiner Arbeit ab.

»Herr Schröck, schön, dass Sie gekommen sind.«

»Guten Tag«, antwortete Hajo humorlos. »Woher kennen Sie eigentlich meinen Namen?«

»Ich hab's ja schon gestern geahnt. War ja nicht schwer zu

erraten, nach dem, was der Hermann immer mal berichtet hat.«

»Tatsächlich?«

»Sie haben doch zusammen gekartelt, wenn ich mich richtig erinnere? Soweit ich weiß, hat der Hermann nicht viele Freunde außerhalb der Griller gehabt. Von Ihnen hat er so manche Geschichte erzählt. Sie sind mir ja einer, Herr Schröck! Mit Ihnen ist anscheinend nicht zu spaßen, nach allem, was man so hört!« Der Mann namens Dieter lachte aus vollem Hals.

Hajo dagegen zog die Stirn kraus. Was hatte Hermann seinen Kameraden bloß über ihn erzählt? Vielleicht war es doch keine so gute Idee gewesen, hierherzukommen, geräucherte Steaks hin oder her. »Wie ist denn das jetzt gemeint?«

»Ach wissen Sie, Herr Schröck, die Sache, bei der Sie dem Beamten drüben in Erlangen damals ins Gesicht gespuckt haben, weil er Sie so herablassend angesehen hat – das muss ja 'ne Nummer gewesen sein. So was kann man nach zwanzig Jahren noch erzählen.«

»Das ist doch schon ewig ... also, das ist sicher drei Jahre her. Und wenn ich das mal sagen darf: Der war unverschämt und frech im Ton. Von Anfang an! Ich bin eben einer, der sich nicht alles widerstandslos gefallen lässt. Da hat er mich angeschaut wie ein Niederbayer, dem man das Bier weggenommen hat, dabei habe ich ihm lediglich gesagt, dass er sich seine Unterlassungserklärung an den Hut stecken soll.«

»Und haben ihn angespuckt?«

»Nun ja ... sagen wir mal so: Das war unbeabsichtigt. Das können Sie mir ruhig glauben. Ich weiß ja nicht, was für eine Sensationsgeschichte der Hermann daraus gemacht hat. Bei ihm auf dem Amt sind sicher im Laufe der Jahre ganze andere Sachen passiert.«

Der Mann namens Dieter lachte weiter. »Nee, bassd scho, Herr Schröck. Sie haben Mut. Meinen Respekt!« Dann schrubbte er weiter und verschwand mit dem Gesicht in dem Gerät.

»Was ist das denn eigentlich für eine Gerätschaft?«, fragte Hajo. »Also, wie funktioniert der?«

»Der Grill? Das ist ein Barrel Smoker.«

»Barrel?«

»Ja, das ist englisch für ›Fass‹. Das kommt daher, dass man früher einfach leere Ölfässer genommen und der Länge nach aufgeschnitten und aufgeklappt hat. Die haben dort dann einfach einen Rost eingesetzt, das Ding auf die Seite gelegt, sodass das Grillgut auf der einen Seite durch die Glut und das Holz von der anderen Seite geräuchert wurde.«

»Die haben sich doch den Tod geholt, wenn man die Ölreste dabei mit abgefackelt hat. Da hat man ja nach dreimal Grillen eine Teerlunge, dafür benötigt der gewöhnliche Kettenraucher ja zwanzig Jahre.«

Der Mann namens Dieter kicherte. »Die hatten halt nichts Besseres. Deswegen hat man's ja dann aus den Ölfässern heraus verlagert. In einem modernen Barrel Smoker hast du eine Firebox abseits der Garkammer. Da wird völlig ungiftig geräuchert und gegart, da brauchen Sie sich keine Sorgen zu machen wegen Ihrem Steakbrötchen gestern.«

»Na, das wäre ja auch noch schöner«, sagte Hajo. »Aber ich muss schon zugeben: Das ist schon was anderes, was Sie mit so einem Smoker aus dem Fleisch herausholen, wenn man das mal mit so einem gewöhnlichen Holzkohlegrill vergleicht.«

»So sieht's aus. Wir bräuchten den ganzen Aufwand ja nicht treiben, wenn Sie das nicht schmecken würden.«

»Und dann betreibt man das derartig ernsthaft, dass man das gleich als Sport bezeichnet? Worum geht es dann? Ums Schnellgrillen? Um den Geschmack? Und die Würze? Geschmack kann man ja eigentlich nicht objektiv bewerten, oder?«

»Entscheidet der Schiedsrichter objektiv, wenn er den Bayern wieder einen Elfmeter schenkt?«

»Nein, aber es gibt klare Regeln, an die er sich halten soll – wenngleich ich Ihnen bei den Bayern und vergleichbaren

Geldclubs zustimmen muss. VW hat ja auch dafür gesorgt, dass meine Eintracht aus Braunschweig damals in der Relegation beschissen wurde.«

»Sehen Sie, und das gibt es beim Grillen eben auch: klare Regeln, wie das Grillgut auszusehen hat, wie die Konsistenz sein muss und natürlich, wie es schmeckt – dabei können natürlich verschiedene Kriterien herangezogen werden, die dem kundigen Gaumen vertraut sind. Alles andere ist dann sozusagen die B-Note.«

»Über deren Vergabe man sich natürlich trefflich streiten kann«, kommentierte Hajo.

Der Vereinskamerad des Mannes namens Dieter schaltete sich ins Gespräch ein. »Natürlich – wie in jedem Sport, in dem es sowohl auf das Können und die Umsetzung nach den Kriterien der jeweiligen Disziplin ankommt als auch auf persönliche Präferenzen hinsichtlich Geschmack, Würzung, Konsistenz. Das ist sozusagen das Salz in der Suppe. Und dabei kann dann alles herauskommen – mal freut man sich über das Urteil des Richters, mal ärgert man sich blau und grün.«

»Umgekehrt.«

Der Mann starrte Hajo verständnislos an.

»Man ärgert sich grün und blau, nicht umgekehrt«, erklärte Hajo, fürchtete aber sogleich, dass er einen Fehler gemacht hatte. Vielleicht verschreckte er sie damit, und sie redeten jetzt gar nicht mehr mit ihm.

Der Mann namens Dieter starrte noch einen Moment weiter, dann lachte er laut und sagte: »Na, Hauptsache ist ja, dass er uns auf die Palme gebracht hat.«

Hajo nickte. »Na gut, ich will Ihnen den sportlichen Ehrgeiz, die Herangehensweise und das Reglement zugestehen. Warum man allerdings aus dem Essen einen Wettbewerb machen muss, wird sich mir wohl nicht letztgültig erschließen.«

»Weil man's kann, wahrscheinlich«, sagte der Mann namens Dieter. »Der Mann braucht eine Beschäftigung, einen Ausgleich zum Alltag. Die einen suchen den bei der Modelleisenbahn oder dem Fliegenfischen, andere bei Briefmarken oder dem Herumschrauben an Krafträdern. Wir grillen eben gern – und das möglichst perfekt.«

»Vor allen Dingen trinken wir auch gern mal ein Bier«, sagte der andere Mann und stand auf. »Trinken S' was mit?«

»Natürlich.« Endlich nahm das Gespräch die erhoffte Wendung.

Einen Augenblick später kam der Mann mit der Kirchweih-Abfüllung der örtlichen Brauerei Heller zurück. Akkurat gekühlt, so wie Hajo es liebte. Die ersten ein, zwei Schlucke genossen die Männer und starrten über das Feld hinüber in Richtung Hauptendorf.

»Kann man sich gar nicht vorstellen, dass dahinten mal eine Schnellstraße entlangführen soll«, sagte Hajo.

»Ein Unding wär das! Dann können wir den Laden hier dichtmachen«, sagte der Mann namens Dieter. »Du hast ja bald gar kein Refugium mehr, in das du dich mal zurückziehen kannst, wenn dahinten auch noch die Vierzigtonner langkloppen. Und was glauben Sie, was hier los ist, wenn Schichtwechsel bei Schaeffler ist? Da haben wir uns ohnehin schon einen Tadel des Deutschen Grillsportvereins eingefangen, wenn es um die Abhaltung von Meisterschaften ging.«

»Vom Deutschen Grillsportverein?« Hajo musste lächeln.

»Das ist sozusagen die Bundesvertretung«, sagte Dieters Kamerad. »Früher, in den Nullerjahren, gab es ja zwei Stadtmeisterschaften mit informell angetretenen Teams. Seit wir den Verein gegründet und das Heim errichtet haben, geht das Ganze professioneller zu. Wir grillen schließlich auf Landesebene.«

»Also ist man recht erfolgreich, wenn ich das richtig heraushöre.«

»Das können S' aber laut sagen. Wir grillen hier nicht so ein labbriges Zeug wir drunten in Nämberch. Aber das ist ja kein Wunder bei der schlechten Luft im Kessel.«

»Hat ja kein Aroma, was die da machen«, bestätigte Dieter. »Aber warten Sie mal ab: Wenn die das mit der Straße hier wirklich durchziehen, leidet nicht nur die Feldlerche darunter, sondern auch der Mensch. Der Mensch braucht Ruhe, der braucht auch seinen Rückzugsraum.«

»Den findet ein Mann in der Natur, im Einklang mit sich und der Welt. Vor sich die Weite des Landes und ein gutes Fleisch im Smoker.«

Hab ich da gerade selbst gesprochen, oder hat mir die ironische Verena in meinen Hinterkopf diktiert, was ich sagen soll? Grinsend schüttelte er den Kopf. Anscheinend hatte er das Ganze jedoch trotz seiner Irritation so nüchtern vorgetragen, dass es ihm die beiden Männer abnahmen.

»Der hat's verstanden, der Herr Schröck! Würden uns mal alle so ernst nehmen hier in Herziaurach und Umgebung – der Grillsport hätte mit weit weniger Problemen zu kämpfen. Ich bin übrigens der Dieter«, sagte der Mann namens Dieter.

»Ludwig«, stellte sich der andere Mann vor. »Für Freunde Ludde.«

»Hajo. Freut mich.«

Die drei stießen mit dem kühlen Heller-Bier an und waren für einen Augenblick ganz eins mit der Natur in den Klingenwiesen.

Eine Stunde später hatte Hajo die Lampen an. Sie öffneten gerade das vierte Bier, und ihm wurde klar, dass die Grillmenschen keine Anstalten mehr machen würden, noch ein schönes Rumpsteak auf den Grill zu schmeißen. Die waren offenbar nur hier gewesen, um die Smoker vom Fest zurückzubringen und zu säubern.

Auf nüchternen Magen schlug das im Vergleich zum normalen Hellen etwas stärkere Festbier gleich gehörig durch. Auch die beiden Mittrinker wirkten leicht angeschlagen, die eigentlich selbstverständlichen Handgriffe beim Bugsieren der Grills in deren Unterstände in der Halle muteten jedenfalls etwas unbeholfen an. Dennoch kehrten sie nach einer Weile zurück und ließen sich bei Hajo auf einer Bank auf der Terrasse an der Rückseite des Gebäudes nieder.

Hajo hatte trotz seines Grundpegels an Alkohol sein Ziel

nicht aus den Augen verloren. Wenn er schon eine Stunde Small Talk samt Details zu Sinn und Problematik des fränkischen Grillsports über sich ergehen ließ, sollte sich das auch lohnen. Bier allein konnte er auch zu Hause trinken.

»Schade, dass ich jetzt erst hier zu Besuch bin, wo der Hermann tot ist«, sagte er in den Sonnenuntergang hinein. »Da hätte ich doch längst mal mit ihm anstoßen können. – Auf Hermann!«

Etwas zögernd hoben die Männer die Flaschen. »Auf Hermann.«

»Ich habe euch gar nicht bei der Beerdigung oben gesehen«, sagte Hajo. »Schade. Hat sie gut gemacht, die Pfarrerin.«

Hajo entging der Blick, den Dieter und Ludwig austauschten, nicht.

»Sagen wir mal so, Hajo, natürlich ist es traurig, dass der Hermann ... ich meine, so etwas will man ja niemandem wünschen, aber ...«

Hajo glaubte sich zu verhören. »Sagt mir jetzt nicht, es ist euch egal, dass er ermordet wurde!«

»Nein, beileibe nicht!«, wehrte Dieter ab. »Wir sind ihm sehr dankbar, würden ja wahrscheinlich gar nicht hier sitzen, wenn er uns das nicht durch sein Engagement ermöglicht hätte.«

»Nein, und über die Toten soll man ja nichts Schlechtes sagen«, wandte Ludwig ein. »Aber was tut man, wenn man nichts Gutes über jemand sagen kann?«

»Man hält am besten den Mund?« Hajo bekam allmählich ein ungutes Gefühl bei diesem Gespräch. Sogar das Bier schmeckte nicht mehr richtig.

»Wenn du wirklich etwas über Hermann wissen möchtest, Hajo, werden wir keinen dieser Grundsätze einhalten können. Du wirst hier von niemandem ein gutes Wort über den siebengscheiten Hermann hören, außer den üblichen Floskeln, was er alles für uns getan hat und so weiter und so weiter.« Dieter stand auf. Sein Gesicht hatte einen grimmigen Ausdruck angenommen, derweil die Strahlen der Sonne in seinem Rücken die Klingenwiesen an der Aurach in blutiges Rot tauchten.

»Der Hermann«, sagte er mit Endgültigkeit in der Stimme, »hat sich hier viele Feinde gemacht.«

Die Klingonenklinge

Die Hitze des Tages verzog sich langsam. Nachdem Verena den halben Sonntag im verkaterten Delirium verbracht hatte, raffte sie sich am frühen Abend auf, eine Runde zu laufen. In der kommenden Woche kam sie wahrscheinlich nicht mehr dazu, da ein umfangreicher Versuch im Labor anstand. Außerdem würde es ihr guttun, den übermäßigen Alkoholkonsum der vergangenen beiden Tage auszuschwitzen.

Der Halbmarathon bleibt ein Wunschtraum, wenn ich so weitermache, dachte sie, als sie sich im Flur in die Laufschuhe zwängte.

Sie begann ihre übliche Runde vor der Haustür ihres Elternhauses in der Hans-Herold-Straße und lief bis zu deren Ende, bevor sie den Weg hinunter zur Würzburger Straße abkürzte. Auf der Verkehrsinsel musste sie einige vorbeifahrende Autos abwarten. Drüben im Erlebnisbad Atlantis war wie immer viel los, doch der gegenüberliegende Parkplatz leerte sich allmählich, da viele Familien aus dem Umland sich zu dieser Zeit auf den Heimweg machten.

Verena überquerte die Straße und erhöhte die Lautstärke der Musik in den Bluetooth-Kopfhörern, während sie weiteren Autos auswich, die sich auf den Schwimmbadparkplatz zurückstauten. Sie bog stadtauswärts auf den Fahrradweg in Richtung Falkendorf ab und verfiel nach der Überquerung des Welkenbachs in ihren typischen Laufrhythmus, wenngleich sie spürte, wie sehr ihr die Nachwirkungen des Feierwochenendes noch immer zu schaffen machten. Parallel zur Würzburger und dann der Hauptstraße in Richtung des westlich der Kernstadt gelegenen Stadtteils von Herzogenaurach legte sie einige hundert Meter auf dem asphaltierten Weg zurück, bevor sie links in einen Feldweg einbog.

Die Luft war nach wie vor sommerlich warm, erfrischte sie aber trotzdem. Vorbei an kürzlich abgeernteten Getreidefeldern lief sie auf die von Bäumen bestandene Aurach zu. Dahinter ragte bereits der Dohnwald auf. Verena hatte sich vorgenommen, ihre Bedenken beiseitezuschieben und ihre ursprüngliche Laufroute wiederaufzunehmen. Der Mord im Dohnwald lag nun eine gute Woche zurück, und abgesehen von der Tatsache, dass die Luft im Wald kühler und angenehmer als im Feld war, wollte sie einige Stationen des Trimm-dich-Pfads in ihre Runde aufnehmen. Wenn sie tatsächlich diesen Halbmarathon laufen wollte, musste sie in der Lage sein, auf flexible Belastungsgrade während des Streckenverlaufs zu reagieren.

Sie passierte den direkt am Flüsschen gelegenen Aussiedlerhof der Lenzenmühle und bog dahinter in den Wald ab. Zwischen den Bäumen wurde es sofort kühler, dennoch musste sie sich immer wieder den Schweiß abwischen, der an Stirn und Schläfen hinablief.

»Scheiß-Sauferei!«, keuchte Verena. »Scheiß-Hitze! Scheiß-Musik!« Sie übersprang zwei, drei Titel in ihrer Playlist, doch ihre Laune hatte sich nicht gebessert, als sie die erste Trimm-dich-Station erreichte. Erst als ihr kurz darauf die Metalband Disturbed ihre Stakkato-Riffs in den Kopf jagte, verfügte sie über genügend Motivation, die Hürdenstrecke mit der nötigen Wut zu absolvieren. Viermal in die eine, viermal in die andere Richtung, bis sie sich so verausgabt hatte, dass sie keuchend stehen bleiben musste. Das Lied war zu Ende, und es hatte sie für einige Minuten vergessen lassen, dass sie sich trotz der angestrebten wechselnden Belastung nicht an die Grenzen ihrer Kräfte bringen durfte, wenn sie danach weiterlaufen wollte.

Verena schloss die Augen und konzentrierte sich darauf, ihren Puls zu beruhigen. Feierei hin oder her – sie spürte noch in jeder Faser ihres Körpers, dass sie das Training erst vor Kurzem wieder begonnen hatte und noch lange nicht in der Lage war, ihr tägliches Programm in der Geschwindigkeit und mit der Intensität zu absolvieren, die sie aus früheren Zeiten gewöhnt war.

Frühere Zeiten ... Es war nun gut und gern fünf Jahre her, dass sie an den Süddeutschen Meisterschaften teilgenommen hatte. Bis zum Abitur war Sport ihr Ein und Alles gewesen, doch mit Beginn des Studiums hatte die Lust darauf immer weiter abgenommen. Zuerst war sie nicht mehr regelmäßig ins Training im Verein gegangen, hatte auf Wettkämpfe verzichtet, und irgendwann war jeder profane Waldlauf zur Qual geworden. Sie hatte sich gefragt, wozu sie das Ganze überhaupt noch machte, wenn es ihr keinen Spaß bereitete. Kosten und Aufwand dafür waren in den vergangenen Jahren enorm gewesen, wenngleich sie durch die Beziehungen ihres Vaters günstiger als andere an die Ausrüstung kam, sodass die Finanzierung allenfalls an Fahrt- und Reisekosten hing. Und dann hatte sich auch noch dieser Mistkerl von ihr getrennt.

Alles war mit Sören assoziiert gewesen: ihr Beitritt zum Verein, die gemeinsamen Laufgruppen, die ersten und die größten Wettkämpfe, an denen sie teilgenommen hatte, der Freundeskreis, in dem sie sich bewegte. Sören war Triathlet, lebte jetzt in Hamburg und wohl immer noch mit der Schlampe zusammen, wegen der er Verena damals verlassen hatte.

Mit der Uni in Erlangen hatte sich zudem ihr Freundeskreis verändert, obwohl sie die Heimat nicht verlassen hatte. Viele neue Leute aus ganz Deutschland waren dazugekommen, während in Herzi nur eine Handvoll enger Sandkastenfreunde übrig geblieben war, darunter Lukas, Anna und Gregor.

Immer wieder erinnerte sich Verena an diese Zeit, fragte sich, ob diese Veränderungen in ihrem Leben gut oder schlecht für sie gewesen waren. Sie hatte seitdem keine längere Beziehung mehr gehabt, obwohl es nicht an Interessenten mangelte. Erst seit diesem Jahr fühlte sie sich dafür wieder offen. Heute Abend empfing sie zum ersten Mal seit Sören männlichen Besuch, bei dem sie anstrebte, über ein rein freundschaftliches Verhältnis hinauszugehen. Und wenn es nur für ein paar Wochen war. Oder für einen Abend. Sie konnte sich an diesen Kerl vom Mittelalterfest ohnehin kaum noch erinnern.

Zu ihrem neuen Selbstverständnis gehörte neben dieser für sie ungewohnten Offenheit auch die Runde durch den Dohnwald. Hier war sie in ihrer Zeit mit Sören nie entlanggelaufen, und dementsprechend emotional unbelastet waren die Wege in diesem Wald im Südwesten von Herzogenaurach.

Das ist mein Wald, meine Strecke, mein verdammter Halbmarathon, für den ich mich quäle.

Endlich kam Verena wieder zu Atem und schlug die Augen auf.

Im selben Moment blieb ihr fast das Herz stehen. Urplötzlich trat ein massiger Mann vor sie und nahm fast ihr gesamtes Blickfeld ein. Sie wusste nicht, woher er gekommen war. Alles, was sie sah, war das große Messer, das in seiner Hand aufblitzte.

Verena war so entsetzt, dass sie nicht einmal schreien konnte.

Der Dohnwald hatte in diesem Sommer bereits einen Toten gesehen. Der Mann mit der Klinge wusste das, als er auf Verena zukam. Natürlich wusste er es, denn er hatte über dem Körper gekniet wie all die anderen, die am Montagmorgen auf die Leiche von Hermann Glocker aufmerksam geworden waren.

Verena sprang zurück, stolperte über eine Wurzel und fiel auf den Hintern.

»Uh, hallo, hab ich dich erschreckt?« Der korpulente Kerl starrte erst etwas ratlos auf sie, dann auf das Messer. Die Waffe wies in der Mitte eine Aussparung auf und verfügte über ebenfalls klingenartige Parierstangen, die schräg aus dem Griff herausragten. Die Hauptklinge verbreiterte sich an der Spitze zu einer Art Dreieck, das der Waffe ein überaus martialisches Erscheinungsbild verlieh.

Hinter ihm kam ein Schäferhund zum Vorschein. Seine Zunge hing heraus, und in seinem Fell hingen Kletten und Dornengestrüpp. Neugierig tapste er auf Verena zu und schnüffelte an ihr.

»Frodo hatte sich im Gebüsch verfangen. Ich musste ihn befreien.«

Verena war nicht in der Lage, zu sprechen, ihr Herz hämmerte wilder als je zuvor in ihrer Brust, gleichzeitig lief es ihr eiskalt den Rücken herunter. Hatte sich so Hermann Glocker gefühlt, bevor er gestorben war?

Langsam beruhigte sie sich wieder.

»A... Alter!«, stieß sie mit Überzeugung hervor. »Du kannst dich doch verdammt noch mal nicht so an mich ranschleichen! Und dann noch mit so einem scheißgroßen Dolch in der Hand!«

Der dicke Nerd wurde rot, obwohl er ohnehin schon schwitzte wie ein Stier. »Das ... das tut mir leid. Ich wollte nicht ... ich hab dich doch gar nicht gesehen durch die Büsche.«

»Mann, Mann, Mann!«, schimpfte Verena und rappelte sich hoch.

Der Kerl stand unschlüssig vor ihr und guckte noch trotteliger drein als sein treudoofer Hund, dessen kalte Nase an Verenas Waden tapste.

»Jetzt steck endlich das verdammte Ding weg!«, forderte sie den Kerl auf.

»Oh, tut mir leid, sofort.« Umständlich verstaute er es in einer Dolchscheide auf dem Rücken. »Das ist ein D'k tahg, ein klingonischer Ritualdolch. Ist aus ›Star Trek‹, kennst du vielleicht.«

»Jaja«, winkte Verena ab. Sie hatte es erst nicht erkannt, aber die charakteristische Form war ihr vertraut vorgekommen. »Du willst mir aber jetzt nicht erzählen, dass du das Ding mit dir herumschleppst, um im Dohnwald einen Targ zu erlegen, oder?«

Der Nerd strahlte bis über beide Ohren. Dadurch wirkte er noch dämlicher, aber seine Freude, auf eine Wissende gestoßen zu sein, wirkte nicht aufgesetzt. »Nein, mich überkam plötzlich das unglaubliche Verlangen nach dem Blut eines Kolar-Tieres!«, erwiderte er mit einem »Star Trek«-Zitat.

Verena hatte keine Ahnung, aus welchem der Filme oder Episoden es stammte, dennoch lockerte er damit die Stimmung ein wenig. Sie konnte sich nicht beherrschen, auf sein unbeholfenes Grinsen mit einem Lächeln zu reagieren.

»Beim Gassigehen im Dohnwald trifft man jemanden, der weiß, was ein Targ ist. Unglaublich! Ich habe schon am Montag gemerkt, dass du ... was Besonderes bist«, sagte er dann mit etwas zittriger Stimme.

Verenas Lächeln erstarb augenblicklich.

»Also ... nein, das war nicht so ... Ich meine, dass es was ganz Besonderes ist, dass du solche Dinge weißt, meine ich.«

»Warum das denn?«

»Na ja, jemand wie du ... So jemand kennt Hobbits und Klingonen, obwohl du ...«

»Obwohl ich *was*?«

»Obwohl du in teuren Sportklamotten durch den Wald rennst.« Er schien sich allmählich wieder zu fangen. »Obwohl du ... Ich will dich nicht beleidigen, bitte versteh das nicht falsch. Du siehst einfach nicht aus wie jemand, der sich für so Sachen interessiert.«

»Da sieht man mal wieder, dass man nicht vom Äußeren auf die Person schließen sollte. Mach ich ja bei dir auch nicht – außer wenn du einen Ritualdolch in der Hand trägst. Womit wir wieder am Anfang wären«, gab Verena zurück. Nicht sie war hier in der Verantwortung, sich zu rechtfertigen. »Was glaubst du, wie es aussieht, wenn jemand mit einem D'k tahg durch genau den Wald rennt, in dem just dieselbe Person wenige Tage zuvor eine Leiche entdeckt hat – oder *angeblich* entdeckt hat? Und nachdem zwei Menschen innerhalb der letzten Woche die Kehle durchgeschnitten wurde?«

Bei dieser Erinnerung wurde Verena tatsächlich richtig wütend. »Verdammt noch mal, du lauerst mir im Wald im Gebüsch auf und fuchtelst mit so einer derben Klinge herum! Bei allem Respekt, aber um ein Wildschwein oder was anderes zu jagen, hast du die falsche Statur und einen zu lieben Hund.

Was soll das also? Und komm mir jetzt bloß nicht mit einer ›Das ist aber nicht, wonach es aussieht‹-Floskel!«

Das Gesicht des Nerds verwandelte sich von knallrot in kreidebleich. »Du hältst *mich* für den Mörder von diesen Leuten?«

»Nein. Ich habe dich gefragt, was du glaubst, wie das aussieht, was du hier treibst! Keine Ahnung, für wen oder was ich dich halten soll. Sag du es mir! Jetzt wäre die richtige Zeit für Erklärungen – und die fallen besser überzeugend aus, wenn ich damit nicht zur Polizei gehen soll!«

»Ich …« Der Nerd hantierte wieder hinter seinem Rücken herum.

Verena machte sich bereit, beim kleinsten Anzeichen von Gefahr das Weite zu suchen. Zumindest war sie sich sicher, dass sie dem Kerl ohne Probleme davonlaufen konnte. Wie es bei dem blöden Schäferhund aussah, war allerdings eine ganz andere Frage.

»Bitte zieh keine voreiligen Schlüsse. Ich bin doch kein Mörder! Das Ding ist ja noch nicht mal geschliffen«, sagte er. Er warf Verena den Dolch achtlos vor die Füße. »Probier es doch aus! Ich konnte mit Müh und Not die paar Kletten und Ranken durchtrennen, in denen Frodo sich verfangen hatte.«

Verena hob die Waffe auf, ließ den Kerl dabei aber nicht aus den Augen. Der Griff bestand aus Hartplastik, die Klinge selbst allerdings aus Edelstahl. Vorsichtig berührte sie die Schneide mit dem Daumen, dann zog sie das Metall über die Innenfläche der linken Hand, wie es Klingonen zu tun pflegten, um einen Blutschwur zu leisten. Erst sanft, dann mit so starkem Druck, dass sie sich selbst mit einem Brotmesser geschnitten hätte.

Nichts passierte, es tat nicht mal weh.

Mit einem Stirnrunzeln betrachtete sie die Klinge. »Die ist ja wirklich abgerundet.«

»Sag ich doch. Warum klingst du so überrascht? Hast du wirklich gedacht, dass ich was mit den Verbrechen zu habe?« Der Nerd blickte sich kurz um und sprach dann etwas leiser.

»Halt mich für bekloppt, aber ich habe das Ding noch bei mir, weil ich es auf dem Mittelalterfest getragen habe. Ich besitze außer Orcrist nichts Passendes, was ich stattdessen nehmen könnte. Thorin Eichenschilds Schwert war mir aber zu sperrig, nur um damit anzugeben. Ich will ja keine Orks spalten. Und außerdem …«

»Ja?«

»… ob unscharf oder nicht, ich fühle mich im Wald damit sicherer, seit diese Leute umgebracht wurden. Ich weiß, das ist ziemlich bescheuert.« Es war ihm offenbar peinlich, denn erneut wechselte seine Gesichtsfarbe.

Diesem beleibten, bärtigen Typ mit Schäferhund an der Seite würde man wohl ohnehin so schnell nicht nahe kommen, wenn man nicht wusste, dass er nur ein harmloser Fantasy-Fan war, dachte Verena. Dennoch hatte er Angst davor, ohne eine gefährlich aussehende Dekowaffe auf den täglichen Spaziergang durch den Wald zu gehen. Da sah man mal wieder, was diese Gewalttaten bei den Leuten anrichteten.

Ihre Wut verrauchte. »Na gut, ich glaube dir. Mir ist ja selbst nicht so wohl hier im Wald. Du musst trotzdem ein bisschen vorsichtiger sein damit. Es kann nicht jeder erst mal überprüfen, ob das lediglich eine Zierwaffe oder eine Requisite ist. Erst recht nach dem, was hier passiert ist. Andere Leute hätten sofort die Polizei gerufen, und der gewöhnliche Beamte ist mit Sicherheit nicht besonders firm in klingonischer Waffenkunde.«

»Tut mir ja leid, ich wollte dir doch keine Angst einjagen«, murmelte der Nerd und blickte verlegen an ihr vorbei.

Betretenes Schweigen breitete sich zwischen ihnen aus.

»Nur gut, dass es kein Bat'leth ist«, sagte Verena, um die Stille zu durchbrechen, und grinste. »Dann würden die Bullen sofort ein SEK losschicken.«

Mit dem Hinweis auf das große klingonische Schwert hatte sie ihn zurückgewonnen. »Vielleicht sollte ich mir trotzdem eins anschaffen. Wenn ich ein Bat'leth auf dem Rücken trage, könnte ich mich hier im Wald tatsächlich sicher fühlen.«

Beide lachten.

»Es ist erschreckend zu sehen und eigentlich auch ziemlich bescheuert, was die Angst mit den Menschen macht«, sagte Verena. »Normalerweise gibt es ja keinen Grund, sich zu bewaffnen. Im Moment liegt der Gedanke allerdings nahe, gerade wenn man wie du häufiger hier unterwegs ist. Ich hab ja erst letzte Woche wieder damit begonnen zu laufen und war noch nicht oft hier. Und gleich an einem der ersten Tage findet man dann ... na ja, du weißt schon.«

»Ja, ich gehe hier jeden Tag ein, zwei Runden entlang. Hier haben Frodo und ich unsere Ruhe. Frodo mag keine Autos, keinen Lärm und Trubel. Keine ... Menschen. Unheimlich ist es hier trotzdem, seit wir den Toten gefunden haben.«

»Ich bin übrigens Verena.«

»Philipp. Freut mich.«

»Irgendwie verfolgt mich diese Sache schon die ganze Woche«, seufzte sie. »Vielleicht bin ich auch einfach seit der ersten Leiche schreckhafter geworden. Danach war die Kripo bei uns zu Hause, kurz darauf gab es die zweite Leiche und diesen blöden Zeitungsartikel. Dazu kam dann die Sache auf dem Fest. Da muss man ja Angst kriegen und sich verfolgt fühlen.«

»Was ist denn auf dem Mittelalterfest passiert?«

»Dort haben sie einen Mann festgenommen, der angeblich illegale Klingenwaffen verkauft hat. Vielleicht auch die Mordwaffe. Oder er hat sie gleich selbst verwendet. Was weiß ich. Wir dachten schon, wir hätten den Aurach-Schlitzer dingfest gemacht, als wir der Polizei geholfen haben, ihn festzunehmen. Das stellte sich aber als Trugschluss heraus. War wohl reines Wunschdenken. Ach, wahrscheinlich hat das alles sowieso nichts miteinander zu tun und ist auf die Schreckhaftigkeit der Menschen zurückzuführen.«

»Davon habe ich gar nichts mitbekommen.«

Verena stutzte. War es klug, dass sie jetzt ausplauderte, was sie und Hajo für Überlegungen angestellt hatten? Dieser Philipp schien nett und harmlos zu sein, aber sie kannte ihn kaum. Also beherrschte sie sich und lenkte stattdessen lieber vom Thema ab. »Du warst auch auf dem Mittelalterfest? Wie fandest du es in diesem Jahr?«

»Bassd scho. Ein paar nette Aussteller gab's, aber ich glaube, ein paar Stände weniger als sonst. Der Kerl mit den Tinten war nicht da, oder? Ich habe trotzdem wieder Geld dort gelassen, brauchte neue Unterkleidung für mein Kettenhemd. Ein paar Kumpels aus der Rollenspielrunde haben sich ein Schwert gekauft. Das hängt jetzt bei denen im Spielkeller – natürlich ebenfalls ungeschliffen.« Philipp taute nun zusehends auf. »Ich finde es gut, wenn mal für ein paar Tage andere Menschen in der Stadt sind. Sonst gehe ich hier nicht so viel raus, außer mit Frodo. Daneben mal nach Nämberch ins UC, ein bisschen pinseln. Manchmal ins Cine. Wir haben drei regelmäßige Rollenspielrunden, vielleicht willst du mal mitspielen.«

»Ja, mal sehen.«

Verena interessierte sich nicht wirklich für die Schilderung seines Privatlebens, aber es beruhigte sie, dass Philipp offensichtlich nicht der Aurach-Schlitzer war.

»Vielleicht sieht man sich ja mal wieder«, sagte sie, da sie nicht wusste, was sie noch weiter mit ihm bereden sollte. Zu den Morden wollte sie lieber nichts mehr sagen, und ja, sie interessierte sich zwar für einige der Dinge, die offenkundig Philipps Lebensinhalt darstellten – erst jetzt erkannte sie die »Serenity«, das Raumschiff aus der Joss-Whedon-Serie »Firefly«, auf seinem ausgewaschenen T-Shirt –, aber in die stereotypen Untiefen des harten Nerdtums hatte sie sich nie vorgewagt. Die Menschen, vorwiegend Kerle, die dort umherschwammen, suhlten sich ihrer Ansicht nach zu sehr im eigenen Dreck, was nicht nur in fragwürdiger Körperhygiene, sondern gern in Obskuritäten verschiedenster Form ausartete, von denen Verena sich unbedingt fernhalten wollte.

»Vielleicht … gehen wir mal zusammen ins Kino?« Die Worte waren so schnell und direkt ausgesprochen, dass Verena sich umblickte, weil sie sich fragte, ob nicht jemand anderes hinzugetreten war. Ein charmanter, junger, gut aussehender

Kerl, mit dem man als Letztes im Dohnwald rechnete und der sie zu einem Date bat. Doch ganz offensichtlich war es Philipp gewesen.

»Wie bitte?«, entfuhr es ihr, lauter und schärfer als beabsichtigt.

»Oh … also …« Philipp wurde wieder rot. »Tut mir leid, wenn ich … Ich hab nicht an ein Date gedacht oder so. Du hast ja bestimmt einen Freund.«

Verenas Antwort hatte viel zu hart geklungen, das war ihr schon im selben Augenblick bewusst gewesen. »Nein, ich habe keinen … Sorry, ich war nur etwas irritiert grade … Muss an der Hitze liegen. Ja, also vielleicht können wir das mal machen, klar.« Das war allerdings jetzt wieder zu freundlich formuliert und das Gegenteil von dem, was sie sich als sommerliche Abendbeschäftigung vorstellte. »Allerdings habe ich in den nächsten Wochen sehr viel im Biologikum zu tun, auch abends. Versuchsreihen und so was. Da wird es schwierig.«

»Ist gut. Ich verstehe schon«, flüsterte Philipp.

Verena nickte. »Irgendwann passt es sicher mal. Wir machen was aus.« Sie ließ ihm keine Zeit mehr für eine Antwort, sondern drehte sich um und verfiel sofort in einen Laufschritt, der innerhalb weniger Sekunden zwei Dutzend Meter Distanz zwischen sie brachte, so als wäre sie ein Wildtier, das vor einem Jäger floh.

»Ich habe deine Nummer doch gar nicht!«, rief er später als erwartet hinter ihr her.

»Facebook!«, rief sie über die Schulter zurück.

So leid ihr dieser Kerl auch tat, sie hoffte, er machte sie dort niemals ausfindig.

»Feinde?« Hajo war etwas verunsichert nach der Ankündigung des Grillers Ludde. »Hermann hatte Feinde?«

»Feinde ist vielleicht etwas übertrieben«, wandte Dieter ein. »Auf jeden Fall ist er einer Menge Leute auf den Schlips getreten und hat sie gegen sich aufgebracht.«

»Durch seine Arbeit auf dem Amt?«

»Dadurch bestimmt auch, natürlich. Aber das meine ich nicht. Hier im Verein hatte er zumindest nicht mehr viele Freunde. Er hat ständig den Besserwisser heraushängen lassen, was die Führung des Vereins angeht, organisatorische und finanzielle Sachen – aber auch, was das Grillen betrifft, obwohl er keine Ahnung davon hatte. Bei den kleinsten Vergehen hat er sich aufgespielt wie der oberste Gesetzeshüter, nur um deutlich zu machen, dass *er* im Vorstand derjenige ist, von dessen Geld vieles hier angeschafft wurde. Nur um immer wieder zu betonen, dass erst *seine* Verbindungen zur Stadtverwaltung dafür gesorgt haben, dass wir hier unten ein Vereinsheim errichten konnten. Das schwang immer mit, bei allem, was er gesagt und getan hat.«

Ludde nickte. »Aber das war ja nicht alles. Jede Kleinigkeit wurde aufgebauscht bis zum Gehtnichtmehr. Wenn ein Smoker mal nicht ganz richtig gereinigt wurde, hat er denjenigen, der seiner Meinung nach dafür verantwortlich war, vor allen anderen zur Sau gemacht, als hätte er jemand erschoss… Entschuldigung. Du weißt, was ich meine, Hajo.«

Hajo nickte. Dennoch war er überrascht, ja regelrecht schockiert. So hatte er Hermann nicht gekannt. Als pedantisch und cholerisch hatte er seinen Skatbruder nie empfunden. Auch dieses Egozentrische, von dem die Griller berichteten, konnte er nur bedingt unterschreiben. Hatte er sich so in Hermann Glocker getäuscht über die Jahre?

»Im Vorstand ist er gesessen, von Anfang an«, fuhr Ludwig

fort. »Drei Leute hat's erwischt wegen ihm, weil er die ned bei uns im Verein haben wollte. Da könnte ich mich immer noch aufregen.« Ludde brach ab, ging ins Haus, um neues Bier zu holen.

»Erwischt? Was heißt das?«, fragte Hajo.

»Ganz einfach: Er hat dafür gesorgt, dass sie rausgeschmissen werden«, erklärte Dieter. »Er hat ihnen das Vereinsleben zur Hölle gemacht oder gleich bei Mitgliederversammlungen den entsprechenden Antrag gestellt. In einem Fall ist der junge Kerl aber freiwillig ausgetreten.«

»Was hatte er denn getan?«

»Ach, nichts Schlimmes. Mit ein paar Leuten eine Party im Vereinsheim veranstaltet und dann nicht aufgeräumt. Hermann hat so lange Druck ausgeübt, bis uns nichts anderes mehr übrig blieb, als die Konsequenzen zu ziehen und ein Ausschlussverfahren wegen vereinsschädigendem Verhalten anzuleiern.«

Ludde kam mit drei neuen Flaschen zurück.

Hajo wollte erst ablehnen, hatte aber das Gefühl, dass er das Gespräch damit zu einem Zeitpunkt abwürgte, an dem es erst richtig interessant wurde. Es war immer wieder erstaunlich, was man alles erfuhr, wenn sich die Zungen von Menschen durch ein bisschen Alkohol lockerten.

Die Männer stießen erneut an.

Der erste Schluck einer Flasche aus dem Kühlschrank ist doch immer noch der beste, dachte Hajo, während ihm der kühle Gerstensaft die Kehle hinabrann.

»Ich wusste nicht, dass Hermann hier so unbeliebt war, und finde es immer noch schwer zu glauben. Habt ihr das denn der Polizei erzählt?«, fragte Hajo in biergeschwängerter Naivität.

»Allmechd, bist du verrückt?«, entfuhr es Dieter. »Du kannst doch der Polizei so was nicht sagen, wenn du dich nicht sofort verdächtig machen willst. Wie sieht das denn aus? Da bringen sie dich ja gleich rüber nach Nürnberg. Da kommst du dann nicht mehr zurück, ob du's gewesen bist oder nicht.«

»Ihr habt Ritzmann also angelogen?«

»Nicht angelogen«, erklärte Ludde. »Wie's der Herrgott sagt: Man soll fei ned lügen. Aber wir haben denen nicht so direkt wie dir auf den Tisch gelegt, dass das mit Hermann ziemlich schwierig war.« Er blickte sich verschwörerisch um. »Damit wir uns verstehen: Das bleibt hier unter uns, ist das klar? Wir sind hier alles gute Freunde, die nichts zu verbergen haben, die einfach mal bei einem guten Bier aus Herziaurach Tacheles reden, auch wenn's sich gegenüber Toten vielleicht nicht ziemt.«

Ein merkwürdiges Gefühl kroch in Hajos Innerem herauf. »Haben … wir denn nichts zu verbergen?«

Luddes Augen verengten sich zu Schlitzen. »Ich kann nicht für jeden von uns sprechen, aber so wahr mir der Herrgott helfe, kann ich für mich behaupten, dass ich ein reines Gewissen und nichts mit der Ermordung von Vereinsarschloch Hermann Glocker zu tun habe.«

Auch Dieter stand auf. »Ich ebenso wenig. Soll mich doch der Schlag treffen, wenn es anders ist. Wenn jemand ein Depp ist, den ich ertragen muss, dann mache ich das, ärgere mich darüber, und damit ist es gut. Ich bring ihn doch nicht um!«

»Auf das arme Arschloch Hermann!«, sagte Ludde und hob die Flasche. »Soll er in Frieden ruhen.«

Hajo schnaufte durch und erhob sich ebenfalls unbeholfen. Seine Standfestigkeit war nicht mehr besonders gut ausgeprägt. Er kämpfte etwas mit dem Gleichgewicht, und sein Blick war ein wenig verschwommen. »Auf den Hermann!«, brachte er mühsam hervor.

Als sie sich wieder gesetzt hatten, sprach zunächst keiner von ihnen ein Wort. Betreten starrten sie über die Wiese zur Aurach hinüber.

»Wenn ihr also damit nichts zu tun habt, und ich hätte das natürlich nie vermutet – gibt es denn jemanden im Verein, der vielleicht einen Grund dazu hatte? Vielleicht einer von denen, die ausgeschlossen worden sind?«

»Glaub ich nicht«, sagte Dieter. »Das ist schon ewig her, ein Jahr oder so. Ich habe ja gar nicht alle gesehen am Fest, nur den Georg. Den könntest du noch fragen. Das war einer derjenigen, die den Hermann als Letztes getroffen haben.«

»Bevor er zu seiner Schwester aufgebrochen ist?«

»Nein, als er wieder zurück war.«

»Es hat ihn danach noch jemand gesehen?« Hajos Sinne klärten sich plötzlich etwas auf.

»Das passte ja auch wieder zu diesem Arsch: Da ist er eigentlich verreist, und dann kommt er früher zurück, nur um zu überprüfen, ob Sonntagabend die Grills gesäubert sind. Wir hatten am letzten Wochenende hier ein kleines Ausscheidungsgrillen mit zwei Dutzend Gästen aus der Region.«

»Und abends ist Hermann noch hier gewesen?«

»Wie ich gehört habe, ja«, bestätigte Dieter. »Ziemlich spät. Georg hat davon erzählt, dass sie schon am Saubermachen waren, als er noch mal vorbeischaute.«

»Und? Gab's Ärger?« Hajo war auf einmal ganz aufgeregt.

»Nicht, dass ich wüsste. Es war nach Hermanns Ansicht alles in Ordnung, was selten genug vorkommt. Er hat noch mit den Männern zusammengesessen und ein Bier getrunken.«

»Mit wem? Bis wann?«

»Das musst du den Bichler Schorsch fragen. Ich habe keine Ahnung. Nachdem wir wussten, dass es dort keinen Streit gegeben hat, war die Sache für uns erledigt. Ich weiß nicht mal, wer zu dieser Zeit noch alles hier gewesen ist.«

»Der Bichler Schorsch, der oben am Ring im Café schafft? Das ist ja interessant«, murmelte Hajo. Er kannte den Mann flüchtig. »Euch ist nicht zufällig in den Sinn gekommen, dass einer von denen, die ihn dort gesehen haben, vielleicht der Mörder sein könnte? Darüber hättet ihr doch mit der Polizei sprechen müssen.«

»Ach geh, einer von unseren Jungs? Im Leben ned. Ob Arschloch hin oder her, wir haben's dir doch erklärt: Dann bringt man doch nicht gleich jemanden um.« Ludde trank aus seiner Flasche. Mehr schien er nicht dazu sagen zu wollen.

Hajo versuchte, seine benebelten Gedanken zu sortieren. Wusste Ludde mehr? Wollte er einen Vereinskameraden schützen? Waren die Beteuerungen zuvor nur Lippenbekenntnisse gewesen oder sogar glatte Lügen? Er konnte möglichen Antworten auf diese Fragen nicht mehr nachgehen, da Dieter sich erhob und ihn anlächelte.

»Ich glaube, das war genug zu dieser ganzen Geschichte für heute. Wir haben schönes Wetter, ein nettes Fest hinter uns. Wenn man über den Mord nachdenkt, wird einem ja immer ganz düster ums Herz. Wir müssen hier noch ein paar Dinge sauber machen, Hajo. Deswegen würden wir dich bitten zu gehen, aber komm doch gern mal wieder vorbei hier unten. Und wirb ein wenig für uns – es wissen immer noch viel zu wenig Menschen von den Sportgrillern auf den Klingenwiesen. Wir grillen hier immerhin auf Landesebene!«

»Mach ich.« Hajo erhob sich. »Vielen Dank für das Bier und die offenen Worte. Ich hoffe, dass der Mörder bald gefunden wird. So oder so.«

Ludde nickte und stieß geräuschvoll auf. »Ein Unding, dass dieser Schlitzer immer noch frei herumläuft.«

»Das ist es in der Tat«, sagte Hajo und nickte.

»Ade, komm gut heim«, verabschiedete ihn Dieter.

Hajo durchquerte die Vereinshalle. Mehrmals musste er sich an abgestellten Smokern abstützen, um nicht aus dem Gleichgewicht zu geraten. Das letzte Festbier hatte ihm ganz schön zugesetzt, obwohl er nur die Hälfte getrunken hatte.

Er schüttelte den Kopf und setzte den Weg zum Vorplatz fort.

»Den Heimweg sollte man mit leerer Blase antreten!«, befand er dort gleichermaßen für sich wie auch als öffentliches Statement und überquerte den Kiesplatz bis hinüber zur Wiese. Ein paar Schritte ins Grün hinein, die Hose geöffnet und das Festbier wurde entsorgt.

Mit halb geöffneten Augen genoss er das Gefühl der Erleichterung, darum bemüht, aufrecht stehen zu bleiben.

Als er fertig war, hantierte er unbeholfen mit dem Reißverschluss seiner Hose herum, die Bemühungen waren jedoch nicht von Erfolg gekrönt. Zu allem Überfluss verlor er dabei das Gleichgewicht und stolperte einige Schritte nach vorne, sodass ihm Zweige ins Gesicht stachen.

»Aua«, beschwerte er sich, obwohl es nicht wirklich wehgetan hatte. Er beugte sich hinunter, um endlich seinem Bedürfnis nachzukommen, und sein Blick fiel dabei auf das kniehohe Gras neben ihm.

»Hier hinten müsste auch mal jemand mähen ...«, murmelte er.

Plötzlich erschrak Hajo. Er zuckte zusammen, als hätte ihn der Blitz eines Sommergewitters über dem Aurachtal getroffen.

Dann stolperte er zurück, verlor das Gleichgewicht und setzte sich auf den Hosenboden. Er mochte betrunken sein, doch er war sich sicher, dass ihm seine Sinne keinen Streich spielten.

In das Grün der Klingenwiesen mischte sich Blut.

Zehn Minuten später erreichte Hajo das Polizeirevier. Er war klatschnass geschwitzt und kurz davor, sich zu übergeben. Auf dem Platz vor dem Revier war nichts los. Das kam ihm zupass. Ungern wollte er Bekannten über den Weg laufen, denen er zu erklären hatte, warum er sich bereits am frühen Abend derartig betankt hatte.

Obschon Hajo betrunken war, arbeitete sein Verstand klar. Er war sich vollständig darüber bewusst, in welchem Zustand er sich befand oder was er tat und sagte. Ob sein Mundwerk oder sein Körper diese klaren Gedanken jedoch auch in die Tat umsetzten, war eine ganz andere Frage. Allein für diese Erkenntnis, die nicht jeder Alkoholisierte in sich trug, klopfte er sich innerlich auf die Schulter.

Bis vorbei an dem Kreisel hinüber zur Polizei hatte er es immerhin schon ohne Katastrophen geschafft. Konzentriert bewegte er sich auf die Stufen vor dem Eingang zu – noch einmal würde er sich nicht sagen lassen, dass er den Behindertenaufgang versperrte. Mit der Rechten stützte er sich am Geländer ab, in der Linken hielt er nach wie vor jenen Gegenstand krampfhaft umklammert, der ihn hierhergeführt hatte: einen Jutebeutel gefüllt mit Gras. Mit blutbesprenkeltem Gras von den Klingenwiesen, genauer gesagt. Hajo hatte so viel davon abgerissen, wie er konnte, und in den Beutel gestopft.

Umständlich öffnete er die Tür zum Polizeirevier. Zu seinem Glück kamen ihm gerade zwei schimpfende Jugendliche aus dem Innenraum entgegen, sodass Hajo schnell an der Scheibe vorbeischlüpfte und sofort vor dem Empfangstresen stand, zu dem er eigentlich erst hätte eingelassen werden müssen.

»Was zur …?« Am Tresen sah er sich denselben verständnislosen Augen entgegen, die ihn schon das letzte Mal so herablassend angesehen hatten. »Ach, Sie sind's, Herr Schröck. Was für eine Überraschung. Keine angenehme in Ihrem Fall.«

»'n Abend, Herr Wachtmeister.«

»Hätte mir ja denken können, dass das Festwochenende nicht vorübergeht, ohne dass Sie auftauchen und eine Anzeige erstatten wollen. Was ist es diesmal? Oder nein, lassen Sie mich raten: Sie haben ein Einsehen mit uns und wollen sich gleich selbst anzeigen oder in Schutzhaft nehmen lassen.«

»Sehr witzig, Herr Nachtm… wachneis… Nachtwachtmeister. Man würde nicht glauben, welche Spaßvögel am bewölkten Himmel des deutschen Beamtentums kreisen. Ein Spaß ja, ein großer Spaß … leider ist mir überhaupt nicht zum Spaßen zumute.«

Hajo trat einen Schritt näher an den Tresen heran, wollte seine grimmige Miene bewahren und sich gleichzeitig lässig auf der Platte abstützen, rutschte bei dem Versuch, sich aufzustützen, jedoch von der Kante. Er verlor das Gleichgewicht, fiel nach vorne und prallte mit dem Gesicht auf das Holz des Tresens. Benommen ging er zu Boden und rührte sich nicht mehr.

Erst nach einer Weile verschwanden die Sterne vor seinen Augen, und das Gesicht des Polizisten erschien in seinem Sichtfeld.

»Alles in Ordnung, Herr Schröck?«

»Puh ... da muss ich ... wohl abgerutscht sein.« Hajo setzte sich unbeholfen auf und rieb sich den Kopf, während der Beamte sich neben ihn kniete. Er schmeckte Blut, offenbar hatte er sich die Lippe aufgeschlagen.

»Das sieht nicht so schlimm aus. Hier, nehmen Sie das und drücken Sie eine Weile drauf«, sagte der Polizist und reichte ihm ein Tuch.

»Danke.«

»Ganz ehrlich, Herr Schröck, keine schlechte Vorstellung, die Sie heute abliefern. Wenn ich jemals etwas hätte mitfilmen wollen, was sich hier ereignet, dann wäre es Ihr Auftritt. Na ja, dann müssen die Aufnahmen der Sicherheitskamera reichen – das wird ein Kracher bei den Kollegen. Und wer weiß: Wenn Sie uns noch weiter auf die Nerven gehen, wird sich das Ganze unter Umständen viral verbreiten wie einst Frau Zehnbauer in Mannheim.«

»Ich ... viral ... was?« Hajo war ernsthaft verwirrt. Für einen Augenblick hatte er tatsächlich vergessen, was er eigentlich hier wollte. Dann entdeckte er seine Tasche. »Herr Wachtmeister, bitte lachen Sie mich nicht aus, aber ich glaube, ich hab eine heiße Spur gefunden.«

»Eine Spur?«

»Zum Aurach-Schlitzer. Auch der perfekte Verbrecher hinterlässt Spuren, das ist ja nichts Neues. Man muss sie nur finden. Nennen Sie es Glück, nennen Sie es Zufall – sind Sie gläubig? –, nennen Sie es eine Fügung Gottes: Ich habe hier einen Beutel mit Gras von den Klingenwiesen. Daran befindet sich Blut, Herr Wachtmeister.«

Der Polizist runzelte die Stirn und schüttelte den Kopf. »Sie können es nicht lassen, Herr Schröck, oder? Ein letztes Mal: Bei allem Verständnis für den Verlust Ihres Freundes und für Ihre Bemühungen, helfen zu wollen – machen Sie sich doch nicht endgültig lächerlich! Sie kommen hier mit offenem Hosenlatz hereingetorkelt, können sich kaum auf den Beinen halten, weil Sie voll sind wie eine Strandhaubitze, bringen keinen Satz gerade heraus, aber sich selbst beinah vor meinen Augen um beim Versuch, Ihrer Posse Ernsthaftigkeit zu verleihen.«

Der Polizist konnte sich ein schadenfrohes Grinsen nicht verkneifen. »Glauben Sie mir eins: Ich werde mir jetzt keine Vermutungen, vermeintliche Indizien oder dergleichen antun. Gehen Sie nach Hause, Herr Schröck. Schlafen Sie Ihren Rausch aus und denken Sie morgen früh noch einmal darüber nach, ob es wirklich so wichtig ist, was Sie zu der Sache beizutragen haben. Und dann wenden Sie sich verdammt noch mal an Kommissar Ritzmann und fallen uns nicht damit zur Last.«

Hajo hatte gar keine Möglichkeit mehr, sich zu rechtfertigen, Protest einzulegen oder gar lautstark zu beschweren, da der Beamte ihn unsanft zur Tür in den Vorraum hinausschob.

»Und wenn Sie hier gleich noch herumlungern, gibt es am Ende vielleicht wirklich eine Nacht in der Ausnüchterungszelle.«

Hajo blickte sich hektisch um. Diese Peinlichkeit hatte zumindest niemand gesehen. Hastig versuchte er, seinen Hosenschlitz zu schließen, sein Hemd zu richten und sich das Blut aus dem Gesicht zu wischen.

»Der deutsche Schutzmann, dein Freund und Helfer«, murmelte er mit noch immer schwerer Zunge. »Kein Wunder, dass niemand die Morde aufklärt und immer mehr Leichen die Straßen, Auen und Flussläufe von Herzi bedecken. Irgendwann wird niemand mehr übrig sein, um das alles aufzuklären.«

Nein, Hajo ermahnte sich, die Dinge nicht zu polemisieren. Das brachte ihn nicht weiter. Trotzdem musste unter allen Umständen verhindert werden, dass es ein drittes Opfer gab. Eile war also geboten, und wenn die Polizei das anders sah, mussten sie die Sache eben selbst in die Hand nehmen.

Das nächste Ziel seiner abendlichen Tour durch Herzogenaurach war somit klar.

Hajo war ganz außer Atem, als er das Haus seiner Schwester in der Hans-Herold-Straße erreichte. Es herrschte bereits

Dunkelheit, doch die warme Abendluft trieb ihm noch immer Schweißperlen auf die Stirn. Immerhin war er bei dem raschen Marsch durch die Innenstadt nahezu nüchtern geworden.

Bildete er sich zumindest ein.

Bei Margot brannte noch Licht. Also war Verena zu Hause, denn ihre Eltern waren weggefahren. Mal wieder eine Wellnesskur im Bayerischen Wald einlegen, wie Hajo in Gedanken anmerkte. Das Geld war sicher mit ein paar Tagen in den Alpen oder am Gardasee besser angelegt als in Moorpackungen und Dampfbädern eines Hotelkomplexes in Bad Wuchering oder wo auch immer sie abstiegen.

Hajo öffnete das Gartentürchen und stellte auf dem Weg zum Haus irritiert fest, dass ein ihm unbekanntes Auto in der Einfahrt stand. Er hielt kurz inne, kehrte um und warf routinemäßig einen Blick auf den schwarzen Wagen, der einen obskuren Schriftzug auf der Heckscheibe aufwies und auch sonst nicht gerade einen seriösen Eindruck machte. Immerhin war der TÜV nicht zu beanstanden. Sicherheitshalber kontrollierte er auch kurz das Reifenprofil. *Ausreichend, aber porös.* Er schüttelte den Kopf, stieg die vier Stufen zum Eingang hinauf und klingelte.

Es dauerte eine Weile, bis ihm geöffnet wurde. Hajo musste noch weitere zwei Male läuten, bis endlich Schritte zu hören waren.

»Das ging aber schnell, wir haben doch eben erst … ach du Scheiße, *du* bist das!« Verena stand in der Tür. Anscheinend hatte sie jemand anderen erwartet.

»'n Abend. Begrüßt man so einen engen Verwandten?«, gab Hajo einigermaßen verwundert zurück.

»Wir warten auf den Pizzaboten«, erklärte Verena kurz angebunden und verzog das Gesicht. »Was willst du?«

Hajo ging einen Schritt auf sie zu, doch sie machte ihm überraschenderweise nicht den Weg frei, um ihn einzulassen. Unbeholfen fing er sich mit der Hand am Türrahmen ab und spähte über ihre Schulter. »Du hast Besuch?«

»Ich wüsste nicht, was dich das angeht.« Sie verschränkte

die Arme vor dem Oberkörper. Erst jetzt fiel Hajo auf, in welchem Zustand sie sich hier ganz ungeniert an der Tür präsentierte. Sie trug ein am Hals weit ausgeschnittenes Oberteil, das ein Werbegeschenk der örtlichen Bestatterinnung sein musste. Anders konnte er sich die vielen Grabeskreuze und den Schriftzug aus Metall darüber nicht erklären. Eine Schulter nebst Schlüsselbein lag frei, zudem offenbarte es mehr von ihrem Busen, als gemeinhin als schicklich galt. Und das Schlimmste war: Sie trug keinen Büstenhalter darunter!

»Sag mal, hast du gesoffen?«, fragte sie, und ihr Gesichtsausdruck verwandelte sich von ungehalten zu angewidert. »Du stinkst wie ein böhmischer Brauereikutscher!«

»Hab zwo, drei Bier getrunken. Bei den Brutzlern.«

»Zwei, drei Fünf-Liter-Fässchen wohl eher.«

Hajo trat ein paar Schritte zurück, fiel fast die Stufen hinunter, fing sich dann aber wieder und räusperte sich. Er hatte es eigentlich nicht nötig, sich vor seiner Nichte zu rechtfertigen. Erneut fiel sein Blick auf ihre freie Schulter. Dort prangte ein Hautzeichen, das er noch nie gesehen hatte. »Mal ehrlich, Mädchen, wie läufst du denn hier herum? Wollen wir nicht hineingehen? Wenn dich die Nachbarn sehen!«

»Mir egal. Ich hab mir nur schnell was übergezogen. Hätte ich gewusst, dass du es bist, hätte ich es bleiben lassen.«

Hajo war entsetzt. »Du hattest vorher gar nichts ... aber ... Hast du etwa ...? Also Verena, wenn das deine Mutter wüsste!«

Verena grinste, seiner Meinung nach ein bisschen zu aufmüpfig. »*Dafür* bin ich alt genug, mein lieber Onkel.«

»Herrenbesuch? Na, von mir aus. Aber ... hast du mal gesehen, was der für ein Auto fährt? Einen tiefergelegten Golf mit geschwärzten Rücklichtern – ich bitte dich! Und dann aus Neustadt an der Aisch! Der muss doch was kompensieren! Außerdem sind die Sommerreifen bald hinüber, das kannst du ihm gleich mal sagen.«

»Deine Zeit ist *jetzt* abgelaufen!«, gab Verena zurück und schob die Tür zu.

»Warte!«

Sie hielt inne. »Letzte Chance.«

»Ernsthaft jetzt: Ich ... ich habe da eine ganz heiße Spur!« Hajo nestelte umständlich in seinem Jutebeutel herum. Verdrehte Verena etwa die Augen? Er konnte es nicht genau erkennen. »Hier, das habe ich in der Wiese gefunden.« Er streckte die Hand aus, in der sich das blutverschmierte Büschel Gras befand. Spätestens jetzt sollte sie ihn ernst nehmen.

»Was soll das sein?« Sie strich sich die Haare hinters Ohr.

»Nach was sieht es denn aus? Blut. In der Wiese neben dem Vereinsparkplatz ist an einer Stelle alles voller Blut. Ich sag dir, Mädchen, das ist kein Zufall! Das hängt mit dem Mord zusammen!«

Verena schwieg einen Augenblick, zog ihr Oberteil etwas gerader, wofür Hajo dankbar war, da er nicht erneut mehr oder weniger offensichtlich in ihren Ausschnitt spähen wollte, und seufzte. »Warum soll das mit dem Mord zusammenhängen?«

Ihr Enthusiasmus hielt sich also in Grenzen. Allerdings schlug sie ihm die Tür nicht vor der Nase zu. Natürlich nicht, da sie doch ebenso wie Hajo nach jedem Strohhalm griff, der sie der Lösung dieser Bluttaten näher brachte. Das hatte nicht zuletzt ihr Beharren an der Theorie zu dem Schwertverkäufer auf dem Fest bewiesen. Doch bei dieser Sache hier handelte es sich eben *nicht* um den berühmten Strohhalm, sondern um eine valide Spur, einen nicht zu vernachlässigenden Hinweis auf das Tatgeschehen, dessen war er sich sicher. Das hatte bloß dieser vermaledeite Wachtmeister nicht einsehen wollen.

Hatte er das jetzt gedacht oder gesagt?

Hajo war verwirrt, ließ sich jedoch nichts anmerken und fuhr fort. »Überleg doch mal, Mädchen: Da wird mit Hermann einer von den Brutzlern umgebracht. Man ist davon überzeugt, dass er nicht im Dohnwald ermordet, sondern nur da oben abgelegt wurde, und dann ist beim Vereinsheim alles voller Blut. Ich glaube in dieser Sache nicht mehr an Zufälle. Da kannst du mir doch erzählen, was du willst, das ist doch jetzt tatsächlich ein Tathinweis. Das ist zum ersten Mal eine echte Spur! Wer weiß, vielleicht habe ich eben mit dem Mörder ein Bier getrunken – zwei, drei Bier, meine ich –, und wenn nicht, wissen die Brutzler wahrscheinlich mehr und schützen sich gegenseitig. Vereinskameraden sind treu. Treu bis in den Tod, wie Soldaten.«

»Das hört sich wirklich ein wenig verdächtig an, das muss ich zugeben.« Verena schien über das Gehörte nachzudenken, immerhin nahm sie ihn also ernst. Das ist schon mal ein Fortschritt, dachte Hajo. Doch bevor er zu weiteren Erklärungen ansetzen konnte, ergriff sie das Wort.

»Ich glaube aber, dieses Mal muss ich dich einbremsen. So merkwürdig es dir vorkommen mag – für das Blut in der Wiese kann es tausend Erklärungen geben. Wie du mir ja ebenfalls deutlich gemacht hast, neigen wir im Moment dazu, alles, was wir sehen und hören, mit den Morden in Zusammenhang zu bringen. Ich habe mich nach unserem Gespräch davon zu befreien versucht, ertappe mich aber trotzdem ständig dabei. Erst heute beim Laufen. Es gibt sicher eine andere Erklärung für das Blut. Hast du mal darüber nachgedacht, dass diese Vereinsheinis dort Grillutensilien gesäubert haben? Sind da unten nicht immer mal so Events? Könnte doch Schweineblut sein. Von einer Metzgereilieferung. Vielleicht hat aber auch eine Katze eine Maus zerfetzt – mir fällt sicher noch mehr ein, wenn ich über Möglichkeiten nachdenke, wie das Blut dort hinkommt. Was ich damit sagen will: Es kann von allen möglichen Dingen stammen. Solange wir nicht wissen, woher, können wir nur wilde Vermutungen äußern, die natürlich wunderbar ins Bild passen würden.«

»So, und damit kommst *du* ins Spiel!« Hajo legte zufrieden den Kopf in den Nacken, als hätte er gerade einen Boxkampf gewonnen.

»Ich? Warum denn das?«

»Du sagst es doch selbst: Wir müssen wissen, von wem das Blut stammt. Also nimmst du das Gras mit in dein Labor und untersuchst es.«

Verena schüttelte den Kopf. »Hajo, du stellst dir das viel zu einfach vor. Ich kann nicht …«

»Und wenn wir wissen, dass es das Blut des Opfers ist, war es einer der Brutzler. Dann sollen sie uns mal eine Erklärung liefern.«

Als Verena etwas entgegnen wollte, hielt ein weißer Lieferwagen mit Pizzasymbol vor dem Haus. Ein bronzehäutiger Mann sprang heraus, lief zum Kofferraum und förderte eine Essensbox aus Hartstyropor zutage.

»Jetzt nimm endlich das verdammte Gras!«, bat Hajo seine Nichte nun etwas lauter, da er spürte, dass er ihre Aufmerksamkeit zu verlieren drohte, während sie nach Geld in der Kommode neben der Eingangstür kramte. »Das ist von der Leiche, ich schwör's. Der Hermann ist da verreckt!«

Verenas Augen zuckten nervös von Hajo zu dem Lieferanten, dann riss sie ihm Tüte und das Grünzeug aus der Hand. »Gib schon her und sei still!«

»Sehr gut, Mädchen, so wollte ich dich hören. Mit dem Gras machen wir den Lumpen fertig!«, fügte Hajo zufrieden hinzu, während er hinter sich die Schritte des Mannes auf dem Kiesweg hörte. Gut, dass er sie doch noch überzeugt hatte.

Der Pizzabote tauchte mit einem schüchtern genuschelten »Hallo« neben Hajo auf und packte Papp- und Plastikkartons aus. Der Mann vermied es, ihn und Verena anzusehen, und war, nachdem er sein Geld bekommen hatte, noch schneller wieder verschwunden, als er aufgetaucht war.

»Ich hab ganz schön Hunger«, merkte Hajo an, als der Lieferdienst weg war. Er spürte, dass seine Zunge nach wie vor etwas schwer war und ihm ein Loch im Magen klaffte. Eine Pizza wäre jetzt genau das Richtige, zumal ihn die Brutzler so bitter enttäuscht und ihn abgefüllt hatten, anstatt ihm Rumpsteak und Fleischspieße zu servieren.

»Schönen Abend noch, Hajo«, zischte Verena, und ehe er reagieren konnte, schloss sie die Haustür. Er wartete noch einen Augenblick in dem Glauben, dass sie nur zu Scherzen aufgelegt war und gleich lachend die Tür öffnen, ihn zu Pizza und einem Kennenlernen ihres Aischgrunder Gespiels einladen würde, wurde jedoch enttäuscht.

Hajo schimpfte leise in sich hinein und zündete sich ein Zigarillo für den Heimweg an. Vielleicht holte er sich unterwegs noch etwas in der Stadt, oder er rief auch mal bei dieser Lagune oder wie auch immer die hießen, an, um eine Pizza zu bestellen. Das wäre vielleicht mal eine Idee, um Frau Batz zu entlasten.

Dann hatte sie endlich mehr Zeit für seine Bügelwäsche.

Die ganz heiße Spur

Hajo wurde früh wach. Festbier hin oder her, er konnte sich an jedes Detail des vorherigen Abends erinnern – wenngleich sein Auftritt im Polizeirevier, abgesehen von der Ignoranz des Beamten, in einem Nebel des Vergessens verschwunden war.

Das hieß vor allem, dass er diesem Vereinskameraden von Hermann einen Besuch abstatten musste. Dieser Georg war einer der Letzten, die Hermann lebendig gesehen hatten, und wenn nicht er genauere Informationen zu den Ereignissen des Todesabends hatte, dann wahrscheinlich niemand. Vielleicht handelte es sich bei ihm gar um den Täter, auch diese Möglichkeit musste Hajo in Betracht ziehen. Bevor er allerdings der Polizei Bescheid geben konnte, musste sich dieser Verdacht so erhärtet haben, dass er Kommissar Ritzmann zweifelsfrei davon überzeugen konnte. Er hatte nicht die geringste Lust, erneut abgewiesen zu werden oder sich vollends lächerlich zu machen.

Er hatte schließlich auch seinen Stolz.

Also zog er sein übliches Programm am Morgen durch, begrüßte Frau Batz, die wie immer einige Minuten zu spät zum Dienst erschien, und machte sich auf den Weg. Frau Batzens Corsa stand in der Einfahrt, also waren beiderseits aufwendigere Rangierarbeiten nötig, bis Hajo den Opel Senator aus der Garage bewegt hatte.

Georg Bichler arbeitete bei einem Bäcker oben am Hans-Ort-Ring, der nördlichen Umgehungsstraße von Herzogenaurach. Hajo kannte den Mann zwar nur ganz flüchtig, aber durch seine langjährige Tätigkeit für den Sportartikelhersteller Puma, auf dessen Gelände das Back-Café angesiedelt war, konnte er sich gut an das Gesicht erinnern. Auch Hermann hatte den guten Mann mal erwähnt. Hajo bildete sich nach genauerer Überlegung sogar ein, bei irgendeiner Gelegenheit mit den beiden im Gasthaus Frische Quelle unten in der Stadt zum Essen gewesen zu sein. Also vielleicht hatten sie sich doch schon einmal miteinander unterhalten.

Langsam rollte er in die Stadt hinunter, fuhr das Stück an der Aurach entlang, das er gestern Abend zu Fuß zurückgelegt hatte, und bog dann in Richtung Kreisel ab. Den Blick zur Polizei mied er, als könnte man ihn durch die Scheiben des Wagens erkennen und sofort mit ehrabschneidenden Videoaufnahmen des vergangenen Abends in Beziehung setzen.

Am Rand der Altstadt bog er in die Ausfallstraße Zum Flughafen ein und fuhr langsam den Berg hinauf. Kinder wurden eilig zum Kindergarten gebracht, Menschen waren auf dem Weg zum Büro, weiter oben fand offenbar ein Kongress in dem kleinen modernen Hotel statt, und einige hundert Meter weiter quälte sich der Stadtbus den Berg empor.

Da konnte man sagen, was man wollte, dachte Hajo, es gab schon einen Grund, warum er auf die Einhaltung von Regeln pochte, wenn diese sinnvoll waren. Die Innenstadt von Herzogenaurach zeigte den Einwohnern gerade im Berufsverkehr ein ums andere Mal die Grenzen ihrer Kapazität auf, und wenn die vielen Menschen aus den weitläufigen Wohngebieten ihrem Alltag nachgingen, ballte sich deren Aufkommen in wenigen Bereichen. Hier entlangzurasen oder die Verkehrsregeln der eigenen Beurteilung zu überlassen war nicht nur fahrlässig, sondern lebensgefährlich.

Sollten sie ihn doch einen Querulanten, einen Korinthenkacker oder was auch immer nennen – solange er mit seiner Penetranz verhinderte, dass auch nur ein Kind angefahren oder ein betagter Mitbürger verletzt wurde, weil ein Fahrer einer Oberklasselimousine oder einer dieser Familienpanzer zu spät auf dem Weg ins Büro war, konnte er gut damit leben.

Und aus ebendiesem Grund fuhr er auch auf der Straße Zum Flughafen konsequent dreißig Stundenkilometer. Bis er an einem weiteren Kreisel kurz vor der Umgehungsstraße ankam, an dem er rechts auf den Parkplatz des Outlet-Centers abbog, hatte sich demzufolge eine recht ansehnliche Schlange Autos hinter ihm gebildet. Einige hupten, im Rückspiegel sah

Hajo ein, zwei Anzugträger gestikulieren, doch er hatte sein Ziel erreicht. Mehr als ein Dutzend Fahrer hatte ausnahmsweise eine dem Verkehrsaufkommen angemessene Fahrweise an den Tag gelegt, ganz gleich, ob hier herauf fünfzig Stundenkilometer erlaubt waren oder nicht.

Hajo pilotierte den Opel Senator auf den Parkplatz nahe dem Café und stieg aus. Zunächst gönnte er sich ein Zigarillo. Er war lange nicht mehr hier oben gewesen, seit er vor rund drei Jahren aus dem Arbeitsleben ausgeschieden war. Und er vermisste es ganz und gar nicht, hier oben anzutanzen. Meistens war er zwar als Außendienstler irgendwo in Deutschland, speziell im Norden, unterwegs gewesen, doch oft genug hatte er auch Tage am Schreibtisch im Büro mit Blick auf die Stadt verbracht.

Er hatte Glück gehabt, das wusste er. Glück, dass er rund fünfzehn Jahre vor dem normalen Rentenbeginn aus dem Arbeitsleben ausscheiden konnte, weil sein Vater ihm die beiden Mietshäuser oben in Celle überlassen hatte. Sein Auskommen war selbst nach allen Abzügen höher als früher, und durch die Arbeit von Frau Batz musste er sich nur um wenige Dinge betreffend den Immobilienbesitz in Niedersachsen persönlich kümmern. Einmal im Jahr fuhr er hinauf, traf ein paar langjährige Mieter und besprach sich mit der Hausverwaltung vor Ort. Alles andere erledigte die gute Ilse Batz. Davon verstand die gelernte Verwaltungskauffrau etwas, das musste man ihr bei allen sonstigen Unzulänglichkeiten lassen.

Hajo genoss noch einen Augenblick die Sonne und den mit Vanille aromatisierten Tabak, dann ging er ins Café. Beim Fräulein an der Theke bestellte er ein belegtes Brötchen und zwei Kaffee, dann fragte er sie nach dem Bichler Schorsch. Der sei ebenfalls da, allerdings in der Spülküche, war die Auskunft. Hajo ließ ihm über die Bedienung einen Gruß ausrichten, hinterließ seinen Namen und die Bitte, ihn doch bei Gelegenheit auf einen Kaffee im Gastraum zu treffen.

Dann genoss er sein zweites Frühstück. Es benötigte einen weiteren schwarzen Kaffee und eine ganze Stunde Aufenthalt im Café, in dem geschäftiges Treiben herrschte, bis der Bichler Schorsch auftauchte. Ein Mann in den Vierzigern mit Schnurbart, passend zum Milieu der Bäcker und Brutzler eher mit zu viel als zu wenig Fleisch auf den Rippen ausgestattet. Er wischte sich die Hände an der Schürze ab und trat zu Hajo an den Tisch.

»Morgen, Herr Schröck. Was treibt Sie denn hier herauf?«

»Guten Morgen, Herr Bichler.« Hajo stand auf und gab dem Mann die Hand. »Gleich erkannt, nicht wahr? Wir kennen uns ja aus der Quelle. Darf's ein Kaffee sein? Vielleicht was Herzhaftes dazu?«

»Ich hab Pause, aber keinen Hunger. Was wollen S' denn von mir?«

»Ich wollte«, Hajo sah sich im Gastraum um und senkte die Stimme, »mit Ihnen über Hermann sprechen.«

Bichlers Miene verdüsterte sich. »Hermann?« Er blickte sich ebenfalls um. »Was wollen S' da von mir wissen?«

»Ich war gestern unten bei den Vereinskameraden auf den Klingenwiesen. Daher weiß ich, dass Sie den Hermann noch getroffen haben, bevor ... na ja, Sie wissen schon.«

»Lassen S' uns dazu am besten rausgehen«, sagte Bichler, der Hajo zumindest nicht sofort abwiegelte, wenngleich sein Gesichtsausdruck verriet, dass er sich in seiner Frühstückspause bessere Themen vorstellen konnte. »Rauchen Sie?«

»Zu viel, das dafür aber gern«, sagte Hajo und lächelte, um die Spannung aus der Situation zu nehmen. Er folgte Bichler hinaus, der sogleich um die Ecke bog, um etwas Distanz zwischen sie und die draußen sitzenden Gäste zu bringen.

Nachdem er sich eine Zigarette angezündet und auch Hajo Feuer gegeben hatte, blickte er seinem unerwarteten Besucher direkt in die Augen. »So, was liegt an?«

»Ich war ja mit dem Hermann gut befreundet und gehe der Polizei ein bisschen bei den Ermittlungen zur Hand, da ich sein Umfeld gut kenne«, dehnte Hajo die Wahrheit ein wenig. »Bis gestern wusste ich gar nicht, dass der Hermann schon so früh von seiner Schwester zurückgekehrt ist. Angeblich, um unten im Vereinsheim nach dem Rechten zu sehen.«

»Ha! Da ist der immer aufgetaucht, wenn eine Veranstaltung lief, ohne dass er daran beteiligt war. Das war ja keine große Sache, wir hatten das im Griff. Die Kollegen oben aus Coburg sind feine Kerle, die haben ordentlich was weggegrillt. Wir hatten 'ne gute Zeit, und sie haben auch bei den Aufräumarbeiten geholfen. Um zwanzig Uhr war der ganze Spuk vorüber. Hermann kam zu uns, da hatten wir uns schon ein Helles aufgemacht.«

»Also gab es keinen Ärger?«

»Ärger? Nein. Wir wissen ja mittlerweile, auf was wir achten müssen, damit er sich nicht aufregt. Dass er natürlich am Sonntag noch auftaucht, konnten wir nicht ahnen, aber spätestens Dienstag hätte er uns doch aufs Brot geschmiert, dass irgendwas nicht so aufgeräumt oder sauber gemacht war, wie er oder die Statuten des Vereins es verlangen. Also haben wir uns ins Zeug gelegt, damit er sich gar nicht erst beschweren kann.«

»Und dann ist er nach Hause gefahren?«

»Nein, der hat noch was mit uns getrunken.«

»Wie viel?«

»Na ja, wie üblich, zwei, drei Bier. Vielleicht auch mehr, das weiß ich nicht, da ich nach Hause gefahren bin um zehn. Ich wollte das Auto nicht unten lassen, ich musste ja früh raus am Montag. Wenn ich da nachts besoffen heimkomme, kann ich mir aber was anhören von meiner Frau, das können S' mir glauben.«

»War Ihre Frau denn zu Hause an dem Abend?«

»War meine Frau ...? Hören S' mal, Sie verdächtigen mich doch nicht etwa, mit dem Mord an Hermann etwas zu tun zu haben? Das ist 'ne Frechheit! 'ne absolute Frechheit ist das, mir so was zu unterstellen!«

Hajo machte eine beschwichtigende Handbewegung. »Nein, keineswegs. Ich unterstelle gar nichts. Niemandem.«

»Natürlich kann meine Frau das bestätigen, nur damit Sie's wissen. Die kannte den Hermann ja auch. Wenn ich das Schwein erwische, der Hermann umgebracht hat, kann ich für nichts garantieren!«, presste Bichler hervor.

Tränen standen in seinen Augen, also ging ihm der Tod von Hermann näher, als Hajo vermutet hatte.

Oder er ist einfach nur ein unglaublich guter Schauspieler.

»Wer war denn noch an dem Abend dort? Allein wird der Hermann ja nicht dageblieben sein, oder?«

»Der Franzl. Aber täuschen S' sich mal nicht: Der Hermann ist gern noch abends dageblieben, wenn es etwas zu tun gab. Bei aller Grantelei waren ihm der Verein und das Heim so sehr ans Herz gewachsen, dass er manchmal bis in die Nacht dort war, um Schreibkram zu erledigen oder Ähnliches.«

»Wie ist er dann nach Hause gekommen? Ist ja doch ein Stück bis hoch auf den Berg.«

»Da ist er schon auch gelaufen, soweit ich weiß. Manchmal hat ihn auch der Kummerer mitgenommen. Der wohnt auch dahinten.«

»Wer ist das?«

»Der Sven Kummerer? Ein Vereinskamerad. Der war aber Sonntag nicht drunten. Der musste sich um seine kleine Tochter kümmern.«

Hajo holte einen Zettel hervor und machte sich Notizen.

»Was schreiben S' da? Machen S' sich Notizen wie Sherlock Holmes?«

Hajo lächelte. »Wohl kaum. Würde ich nur annähernd über die Auffassungsgabe und das Kombinationsvermögen des Meisterdetektivs verfügen, benötigte ich dieses Hilfsmittel nicht. Nein, ich will mir nur die Namen aufschreiben. Der Franzl – wer ist das?«

»Der Franz Jansen ist der erste Beisitzer vom Verein. Der hat oft noch was mit dem Hajo zu bereden gehabt. Der wohnt in Hauptendorf in der Hauptstraße.«

»Und dieser Kummerer?«

»Der wohnt oben in der Von-Weber-Straße.« Bichler sah auf seine Armbanduhr. »Oha, nix für ungut, Herr Schröck, aber ich muss jetzt weitermachen, sonst haben wir nachher keine Baguettes mehr, wenn in der Firma Mittag ist. Kommen S' einfach noch mal vorbei, wenn S' noch Fragen haben.«

»Das werde ich. Vielen Dank für die Auskünfte. Das hat uns schon sehr weitergeholfen. Wir werden den Mistkerl schon finden, der das getan hat.«

»Das hoffe ich! Machen Sie's gut, Herr Schröck.«

»Auf Wiedersehen.«

Zufrieden kehrte Hajo in den Gastraum zurück, um bei einem weiteren Kaffee über das Gehörte nachzudenken.

Am Nachmittag fand sich Hajo bei Dasslers ein, der Weinstube in der Altstadt. Gegenüber der alten Polizeiwache im Ratsgebäude aus mittelalterlichen Zeiten gelegen, in der heute eine Cocktailbar Gäste aller Altersstufen anlockte, konnte man dort nicht nur allerlei Erlesenes aus den Früchten der Reben genießen, sondern auch Spezialitäten erwerben, die man nicht überall bekam. Diverse Gäste ließen es sich bereits bei Wein, Kaffee und Fingerfood gut gehen, daneben kam und ging immer mal wieder Laufkundschaft ein und aus, die hier gern Geschenke für allerlei Anlässe erwarb.

Hajo kam mit einer Runde Männer ungefähr einmal im Monat hier vorbei, um etwas Abwechslung in seine ansonsten eher bierseligen Runden zu bringen. Auch die anderen Tische waren gut besetzt, und an Hajos Tisch hatten sie einen Stuhl herangeholt. Alfons war da, auch der Heini aus der alten Firma, daneben Jürgen aus Obermichelbach. Letzteren hatte Hajo lange nicht gesehen, und so ging es eine ganze Weile erst einmal um das Woher und Wohin, das vergangene Fest und die Urlaubspläne im Spätsommer. Lediglich Alfons und Hajo waren nicht mehr berufstätig, aber doch noch nicht so lange aus dem Geschäft, als dass sie die Entwicklungen bei den alten Kollegen und den Abteilungen, in denen diese arbeiteten, gleichgültig ließen. Wie immer gab es einiges an Klatsch und Tratsch, personelle oder strukturelle Veränderungen sowie das Gebaren der jeweiligen Vorgesetzten zu bereden.

Man saß also nett beisammen, schlotzte das eine oder andere Viertel, bevor das Thema unweigerlich auf die blutigen Ereignisse der vergangenen Woche hinauslief.

Sofort machte sich betretene Stille unter dem Männerquartett breit. Niemand wusste so recht etwas auf die Nachfrage Jürgens zu sagen, was man denn nun von den letzten Entwicklungen hielt. Unausgesprochen sollte es an Hajo liegen, mehr dazu zu erzählen, war er doch derjenige, der als Einziger aus erster Hand etwas zum Thema beitragen konnte. Er wusste, dass ihm diese Aufgabe zufiel.

»Dabei war es doch so angenehm, sich mal über etwas anderes zu unterhalten«, sagte er mit einem Seufzen, das nur halb gespielt war. Tatsächlich hatte er in den letzten Stunden die finsteren Gedanken und Sorgen rund um die Morde beiseiteschieben können. Andererseits genoss er es natürlich, mehr zu wissen als die anderen und sozusagen »ganz dicht dran« zu sein.

»Hajo, was gibt's denn Neues? Weißt du etwas, das man nicht in der Zeitung liest?«, fragte Heini. »Die Kripo erzählt den Pressefritzen doch nur, was sie wissen sollen, und wenn sie eigenmächtig Spekulationen anstellen, verscherzen sie es sich mit dem Revier wahrscheinlich, was künftige Berichterstattungen angeht. Du hast doch einen guten Draht zur Kripo, da weißt du doch sicher mehr.«

Heini wollte ihm schmeicheln, um etwas herauszukitzeln, das war offensichtlich. Dennoch verfehlten die Ausführungen ihre Wirkung nicht. Hajo fühlte sich tatsächlich geschmeichelt, und der Wein tat ein Übriges, um sein Selbstwertgefühl gegenüber den anderen Männern, die sonst doch so viel mehr aus ihrem Alltag zu berichten hatten als er, in ungeahnte Höhen zu katapultieren.

»Ich besitze tatsächlich einen ganz guten Draht nach Erlangen«, sagte er und lehnte sich zurück. Die Neugier in den Augen seiner Freunde bestärkte ihn darin, ein wenig dicker aufzutragen, als es die tatsächlichen Verhältnisse hergaben. »Dieser Kommissar Ritzmann ist ein sehr verständiger Mann, das könnt ihr mir glauben. Vor allem besitzt er Menschenkenntnis – klar, muss er ja in seinem Beruf. Aber der hat gleich gemerkt, dass er sich auf mich verlassen kann, dass er mit mir als Zeugen an jemanden geraten ist, der ihm bei seiner Aufgabe zur Hand gehen kann.«

»Ärbersd du eds wergli für die Gribbo?«, fragte Alfons.

»Na ja, nicht offiziell«, gab Hajo zu. »Das ist mehr eine informelle Angelegenheit, sozusagen eine Vereinbarung zwischen mir und dem Kommissar. Nach einem längeren Gedankenaustausch hat er zugegeben, dass er jemanden in Herzogenaurach benötigt, der ein paar Sachen zutage fördert, die der Polizei entgehen könnten. Aber versteht mich nicht falsch, ich will die Damen und Herren der Kriminalpolizei in kein schlechtes Licht rücken, die verstehen schon was von ihrer Arbeit. So ist es ja nicht.«

»Hört, hört!«, unterbrach ihn Jürgen. »Hans-Joachim Schröck verliert ein gutes Wort über unsere Ordnungshüter. Den Tag streiche ich mir rot im Kalender an.«

»Du könntest auch die nächste Runde Grauburgunder ausgeben«, schlug Heini vor.

»Kein Wein mehr für mich, ich muss noch mit dem Fahrrad heimkommen«, winkte Jürgen ab.

»Nein, ich lasse auf den Ritzmann nicht viel kommen«, fuhr Hajo fort. »Was soll er auch machen? Bei beiden Taten gibt es offenbar keine Zeugen, und soweit mir bekannt ist, bestanden auch keine Beziehungen zwischen Hermann und diesem jungen Mann, den es Freitagnacht erwischt hat. Da tappt man also ziemlich im Dunkeln, und dann benötigt man eben Insider, die ein wenig mehr aus den Leuten herauskitzeln, als es die Befragung einer Oberpfälzer Kommissaranwärterin vermag.«

»Vielleicht greift man auch einfach nach dem letzten Strohhalm«, warf Heini ein und erntete einen bösen Blick von Hajo.

Die anderen Männer lachten dagegen lauthals.

»Ihr könnt das ruhig ernst nehmen, was ich hier erzähle. Genau genommen dürfte ich ja nicht einmal das, denn Ermittlungsarbeit ist normalerweise streng vertraulich.«

»Weshalb dich die Kripo auch bis ins letzte Detail ins Bild gesetzt hat«, merkte Jürgen an und zwinkerte Heini zu.

»Eds amol ernsdhaffd: Hossd edserdla wergli scho was rausgfundn?«, fragte Alfons.

»Natürlich.« Hajo nahm mit Genugtuung zur Kenntnis, dass die Gesichter der anderen wieder ernst wurden und sie gebannt darauf warteten, was er nun zum Besten gab. Um glaubwürdig zu bleiben, entschied er, ihnen einen Happen hinzuwerfen. »Wusstet ihr beispielsweise, dass Hermann bei den Brutzlern unten in den Klingenwiesen nicht wohlgelitten war? Die konnten den alle nicht leiden, waren aber auf ihn angewiesen, weil er den Bau des Vereinsheims und andere Dinge erst möglich gemacht hat.«

»Oh, das ist mir tatsächlich neu. Hermann war doch immer der, der bei Fotos in der Zeitung oder bei den Festen, an denen der Verein beteiligt war, in der Mitte stand und sich hofieren ließ«, überlegte Heini.

»Das war ja nicht nur bei der Presse, der war doch immer so.« Jürgen überlegte. »Auch auf dem Amt. Die Firma hat ja öfter mit ihm zu tun gehabt, und mehr als einmal hatte man das Gefühl, bei bürokratischen Hindernissen seine Handschrift zu erkennen, einzig aus dem Grund, damit selbst Leute aus dem höheren Management auf ihn angewiesen waren. Als normaler Angestellter oder vom Betriebsrat aus brauchtest du da nicht anrufen, der wollte immer mit den höheren Tieren sprechen, um Dinge zu klären.«

Alfons schüttelte den Kopf. »Also, ich konn nix Schlechds übern Hermann sogn – ich hob nie schlechda Erfohrunga gmachd oder miedgrichdd, dass der sich auf Kosdn vo annera groß machen wolld.«

Hajo nickte. »Das hätte ich auch so unterschrieben. Aber nachdem ich jetzt auch hier kritische Stimmen höre, scheint es so zu sein, dass Hermann bei uns Kartlern ein anderes Gesicht gezeigt hat als im Verein oder am Amt.«

»Und was heißt das?«, fragte Jürgen. »Verdächtigst du einen seiner Vereinskameraden? Gibt es dort Leute, die Grund hatten, ihm ans Leder zu wollen?«

Hajo runzelte die Stirn. »Ganz ehrlich: Ich weiß es nicht.

Es deuten schon ein paar Sachen darauf hin, aber ich habe niemanden so im engeren Verdacht, dass ich der Kripo einen klaren Hinweis geben könnte. Schließlich will ich mich bei Ritzmann nicht lächerlich machen, indem ich Unschuldige als Mordverdächtige denunziere.«

»War denn dieser zweite Tote auch im Grillverein?«

»Nein ... soweit ich weiß, nicht«, gab Hajo zu. Er wollte eigentlich nicht weiter darüber reden, dass er sich um dessen Ableben nahezu keine Gedanken gemacht hatte bislang. Er wusste ja noch nicht einmal, wie der Mann hieß, der sein Leben im Bett der Aurach ausgehaucht hatte.

»Ich bin allerdings noch nicht mit allen aus dem Verein durch«, fügte er schnell hinzu, bevor die Männer in eine ähnliche Richtung denken konnten. »Viele von denen kenne ich gar nicht, und die waren an dem Abend vor der Tat nicht vor Ort.«

»Also tappst du genauso im Dunkeln wie die Polizei«, konstatierte Heini. »Viel Rauch um nichts.«

»Nein!« Hajo trank einen Schluck Weißen, hob den Zeigefinger und fuhr fort. Er fühlte sich nun an der Ehre gepackt. Allerdings musste er nach seinen Ankündigungen auch liefern, in diese Lage hatte er sich dummerweise selbst gebracht. »Ich habe zwar keinen konkreten Verdacht, aber trotzdem eine Spur. Ein ganz heiße!«

»Wie denn ...«

»Ein echte Spur!«

»Ja?« Jürgen verzog schon wieder spöttisch den Mund.

»Ich habe Blut gefunden. Beim Vereinsheim. Ihr seht also, dass mein Verdacht nicht unbegründet ist.«

»Blut? Von wem?«

»Vermutlich von Hermann, genau weiß ich es nicht.«

»Waas des die Polidsei scho?«, fragte Alfons. »Die kenna des doch rausfindn.«

»Ich habe es versucht, aber die haben mich abgewimmelt. Deshalb will ich ja, dass sich mein Verdacht genug erhärtet. Zum Glück besitze ich die Möglichkeit dazu, an dieses Blut ein wenig Fleisch dranzubringen, wenn ihr versteht, was ich meine.«

»Nein.« Heini blickte ihn fragend an. »Hermann exhumieren wird wohl nicht deine Lösung für diese Frage sein, nehme ich an.«

Die Männer lachten erneut.

»Unsinn!«, durchbrach Hajo das Gelächter. »Meine Nichte Verena hilft mir. Die studiert doch Biologie in Erlangen und hat Zugang zu einem Universitätslabor. Ich habe ihr ziemlich viel an die Hand gegeben, um dort valide Ergebnisse zu erzielen. Die kann dort alles untersuchen, glaube ich: Blut, DNA – alles eben.«

»Wirklich?« Jürgen guckte etwas ungläubig, fand jedoch keine Widerworte.

»Natürlich! Muss ja für irgendwas gut sein, so eine steuerfinanzierte Forschungseinrichtung. Und dann wird *sie* mir eben dabei helfen, den Mörder, diesen Aurach-Schlitzer, wie ihn alle nennen, zu überführen, wenn die Polizei nicht liefert.« Hajo lehnte sich zurück und blickte die anderen an, als warte er darauf, dass die Leute am Tisch aufgrund seiner Ankündigung in Beifall ausbrachen.

Außer zustimmendem Nicken erntete er allerdings keine Bewunderung. Stattdessen lief der Besitzer des Buch-Cafés an ihnen vorbei, wie immer angetan mit schwarzer Kleidung, diesen unmöglichen bis auf den Rücken reichenden Haaren und einem Fünftagebart. Jürgen nickte dem streng dreinblickenden Mann kurz zu, offenbar kannten sich die beiden.

»Der Mörder, er soll sich bloß nicht zu sicher fühlen!«, sagte Hajo etwas lauter und beobachtete den Buchhändler aus den Augenwinkeln. »Er mag in diesem Moment ein triumphierendes Machtgefühl empfinden, aber er soll sich nicht täuschen. Er soll sich gesagt sein lassen: Wir stehen kurz davor, ihn zur Strecke zu bringen!«

Zwischenspiel

Die Erlangen Arcaden waren voll wie immer. Das Einkaufszentrum am südlichen Rand der Erlanger Altstadt bot auch zur Sommerzeit nur wenige Parkplätze, und bei dem Verkehrsaufkommen, das sich in der Nägelsbachstraße sammelte, um Zugang zu den Parkdecks der dreigeschossigen Passage zu erhalten, konnte man schnell überfordert sein.

Erst recht drohte man den Überblick zu verlieren, wenn man versuchte, einem Wagen zu folgen, der zuvor auf einem der Plätze im Inneren des Gebäudes gestanden hatte. Obwohl mit einigem Vorsprung gestartet, kam der Kleinwagen jedoch wieder ins Blickfeld, als er auf die Schranke an der Ausfahrt zuhielt. Zwischen ihnen fuhr nur ein einziges Auto, und aufgrund der mehrspurigen Ausfahrt vermochte der Mann den Abstand zu seinem Zielobjekt zu verkürzen und befand sich bei der lang gezogenen Kurve hinunter auf die Straße direkt hinter ihm.

Zwei Stunden hatte er in den Arcaden verbracht, immer in sicherem Abstand zu der Person, die er beobachtete. Immerhin hatte sie sich nicht sonderlich in dem Einkaufskomplex hin und her bewegt, sondern lediglich jemanden in der Eisdiele im Obergeschoss getroffen.

Als sie endlich aufbrach, hatte er gehofft, dass sie ihn nun zum eigentlichen Ziel ihrer gemeinsamen Reise führte.

Hinter ihr huschte er mit dem Wagen auf die Nägelsbachstraße, wartete vorne noch einmal an der Ampel und folgte ihr dann die Henkestraße gen Osten.

In der Augusthitze während der Ferienzeit hätte man meinen können, dass es in Erlangen weniger belebt zuging als sonst, doch die Scharen, die durch die Fußgängerzone flanierten, sich Eis und Kaffee an der frischen Luft gönnten oder ihren täglichen Erledigungen nachgingen, kamen dem Mann nicht sonderlich kleiner vor als außerhalb des Hochsommers.

Die Hugenottenstadt erfreute sich auch bei Ausflüglern und Touristen reger Beliebtheit, sodass diejenigen, die verreist waren, durch die höhere Anzahl an Besuchern kompensiert wurden.

Doch er hatte keinen Blick für die Sehenswürdigkeiten oder lauschigen Plätze der Universitätsstadt, denn er wollte auf keinen Fall seine Zielperson aus den Augen verlieren.

Diese folgte der Henkestraße bis ans Ende und bog dann nach rechts in die Gebbertstraße ein. Der Mann wusste, wo sich ihr Ziel befand, und hätte diesen Ort auch finden können, ohne sie umständlich durch halb Erlangen zu verfolgen. Entscheidend war für ihn jedoch, wo genau sie sich dort aufhalten würde. Ohne diesen direkten Hinweis war sein Vorhaben zum Scheitern verurteilt. Seine ganze Zukunft hing davon ab, da konnte er sich keine Unzulänglichkeiten erlauben, keine Rücksicht auf äußere Umstände oder eigene Befindlichkeiten nehmen.

Nachdem er sich des einzigen Zeugen entledigt hatte, der ihm gefährlich werden konnte, dachte er eigentlich, dass keine unmittelbare Gefahr mehr drohte, aufgespürt zu werden. Doch dann hatte er von den Nachforschungen dieses Hobbyschnüfflers Wind bekommen.

Zu guter Letzt hatte der Zufall dazu geführt, ebenjenem Wichtigtuer in der Vinothek in der Altstadt von Herzogenaurach über den Weg zu laufen. Eigentlich hatte er ihn nicht ernst nehmen wollen, doch nachdem sich der Schwätzer vor seinen Freunden damit gebrüstet hatte, eine Spur zum Täter aufgetan zu haben, war es an der Zeit zu handeln

Wer wusste schon, über welche Möglichkeiten die Nichte dieses Schwätzers in den Laboren der Universität verfügte? Auf dieses Risiko konnte er es nicht ankommen lassen. Um jeden Preis musste verhindert werden, dass jemand den Zusammenhang zwischen dem Blut und seinem ersten Opfer entdeckte. Er hatte sich nur einen einzigen Fehler erlaubt, doch der konnte ihm das Genick brechen. Glücklicherweise hatte das allzu große Mundwerk des Hilfsschnüfflers ihn rechtzeitig darauf aufmerksam gemacht. So konnte er das Indiz vernichten, bevor die Kripo darauf stieß.

Herauszufinden, wann und wo er die Nichte dieses Herrn Schröck finden konnte, war nicht schwer gewesen. Die sozialen Medien mit ihren Communitys und lokalen Gruppen machten es möglich, Kandidatinnen einzugrenzen und anhand ihres Profils die richtigen Schlüsse hinsichtlich ihrer Identität zu ziehen.

Ein Bild auf Instagram mit Hashtags zum Mittelalterfest hatte ihn letztlich auf die richtige Spur geführt. *Die Jugend ist heute viel zu unvorsichtig mit dem Schutz ihrer öffentlich geteilten Daten.*

Nach einem weiteren Abbiegen waren sie fast am Ziel angekommen, das ein gutes Stück östlich der Innenstadt im Grünen lag. Die parallel zum Röthelheimgraben verlaufende Sebaldusstraße führte direkt dorthin: zum Biologikum der Universität Erlangen-Nürnberg.

Laborarbeit

Verena ließ den Polo auf ihrem angestammten Parkhausplatz am Biologikum stehen, packte ihr Geraffel zusammen, setzte den Rucksack auf und machte sich auf den Weg zum Labor. Vom Parkhaus kam sie ins Treppenhaus des Zwischentrakts von Biologikum und Physikum. Von hier oben im ersten Stockwerk besaß man Zugang zu beinahe allen Hörsälen, Seminarräumen, Büros, Werkstätten und Laboren der beiden naturwissenschaftlichen Disziplinen und ihren jeweiligen Teilbereichen. Es war kaum etwas los, die im Semester gut gefüllten Gänge und Flure waren beinahe menschenleer.

Verena kam dies gelegen, konnte sie sich so doch auf ihre Arbeit konzentrieren, anstatt von mitteilungsbedürftigen Kommilitonen aufgehalten zu werden.

Bevor sie ins Labor ging, wollte sie allerdings noch einen Kaffee trinken. In Ermangelung von Automaten im Biologikum fügte sie einen Schlenker durch die Cafeteria des Chemikums ein, die in den Semesterferien jedoch nur selten geöffnet hatte. Auf ein paar Minuten kam es schließlich nicht an.

Verena verspürte wenig Lust, sich hier auf dem Campusgelände den ganzen Abend um die Ohren zu schlagen, doch wenn sie die Versuchsanordnung mit den Zellstrukturen und Bakterien anlegen und die ganze Reihe in dieser Woche zum Abschluss bringen wollte, half es alles nichts. Das Ergebnis war wichtig für einen der letzten Teilbereiche, den sie im Rahmen ihres Masterstudiums abzuschließen hatte. Der Antrieb, das Examen endlich anzugehen, und die Unlust, dafür die entsprechende Arbeit zu leisten, wechselten im Prinzip täglich. Wobei es ihr eigentlich nur schwerfiel, sich aufzuraffen. War sie erst einmal tiefer eingestiegen und schaffte es, sich im Labor nicht ablenken zu lassen, konnte sie sich gut auf die Arbeit mit Mikroorganismen und Zellen konzentrieren, sodass die Zeit wie im Flug verging. Auch ihre Noten waren durchaus in Ordnung, wenn sie einmal etwas zu Ende gebracht hatte.

Interessanter war allerdings die Frage, was nach dem Examen kam. Und beängstigender, weshalb sie die Antwort lieber auf später verschob.

Als sie durch die Eingangstür der Cafeteria trat, entdeckte sie ein bekanntes Gesicht. »Jane!«, rief sie und winkte.

Ihre Kommilitonin drehte sich um und winkte zurück. »Mädchen, du bist wieder spät dran. Willst du trotzdem einen Kaffee?«

»Natürlich«, rief Verena und legte ihre Sachen auf einem Tisch im Foyer ab.

Kurz darauf trat Jane neben sie und stellte die Becher auf dem Tisch ab. »Au! Heiß!«, keuchte sie und warf die dunkelbraune Lockenmähne zurück.

»Wieso bin ich spät dran? Bist du etwa schon fertig für heute?«, fragte Verena, nachdem sie sich ebenfalls am ersten Schluck des im Gegensatz zur Eisdiele äußerst bescheiden schmeckenden Cappuccinos die Zunge verbrannt hatte.

»Nein, ich mach Pause«, erklärte Jane mit ihrem norddeutschen Einschlag. Ihr Vater stammte zwar aus Äthiopien, geboren und aufgewachsen war sie allerdings irgendwo bei Hamburg, wie sie mal erzählt hatte. »Ich weiß nicht, wie lange es dauert, ich werd morgen Nachmittag mal sehen, ob schon alles durch ist.«

»Dann kannst du Ende der Woche fertig sein, oder?«

»Sieht ganz danach aus!« Jane grinste und tänzelte vor Verena herum. »Scheinfrei, Mädchen! Da kann ich dann finally nice am Been sein.«

»Na toll. Und ich darf mir hier noch ein paar Wochen um die Ohren hauen. Und verschriften muss ich den Kram dann auch noch.«

»Na ja, verschriftet habe ich noch nicht alles«, gab Jane zu. »Aber das machen wir doch im September nebenher bei einem Hugo, oder wie sieht das aus?«

»Ich habe schon schlechtere Ideen gehört.«

»Und wenn alle anderen im Oktober wieder fleißig hier antanzen müssen, haben wir unsere Schäfchen im Trockenen.«

»Haha. Masterarbeit? Prüfungen? Dann wird's erst richtig beschissen.«

»Auch das machen wir mit einem Hugo nebenher, Mädchen. Zur Not helfe ich dir dabei, dafür gibst du dann aber einen aus. Oder mehrere. Von nichts kommt ja nichts.«

Verena nickte und prostete Jane mit der Kaffeetasse zu. »Hört sich gut an. Das klappt aber nur, wenn ich jetzt in die Gänge komme. Sehe ich dich noch?«

»Ich bin auch noch eine Weile in B1. Ich komm mal rüber, bevor ich gehe.«

»Gut, dann bis später.«

Verena nahm ihren Kaffee und machte sich auf den Weg in Richtung Labortrakt.

Drei Stunden später sah sie das erste Mal auf die Uhr und stellte fest, wie spät es schon war.

20.30 Uhr.

Verena hatte sich das Gespräch mit Jane zu Herzen und den kleinen Motivationsschub mit in den Abend genommen. Die Versuchsanordnung hatte sie deutlich genauer als sonst vorbereitet und minutiös mitprotokolliert, zudem hatte sie bereits die Grundlagen der Beschreibung für die darauf aufbauende Seminararbeit angelegt. Das war zwar deutlich aufwendiger, als es die reine Laborarbeit erforderte, aber sie hoffte, so den Aufwand im Anschluss an die letzte Versuchsreihe zu verringern. Das Problem bei dieser Nacharbeit bestand nämlich darin, dass man sich gedanklich noch einmal in Vorgänge hineinversetzen musste, die man Wochen, teilweise sogar Monate zuvor angelegt und durchgeführt hatte. Schließlich waren ja zwei weitere Arbeiten offen, die genau diese Schritte noch erforderten, wenn sie das Ganze in eine für die Professorin angemessene Form gießen und nicht durchfallen wollte.

Vielleicht erwacht auf der Zielgeraden der mir immer fälschlicherweise unterstellte Fleiß und Ehrgeiz, dachte sie zufrieden, bevor sie noch einmal abschließend Anordnung und Mengen der Flüssigkeiten in den verschiedenen Reagenzgläsern überprüfte, bevor sie die Zellen hinzugab. Anschließend konnte die Substanz mit den Bakterien mit den Zellstrukturen reagieren und mikrochemische Prozesse in Gang setzen, deren Entstehen, Verlauf und Ergebnis den Kern ihrer Arbeit darstellte. *Also bloß nichts verschütten!*

Jetzt begann aber erst die mehr als vierundzwanzigstündige Versuchsdauer, an deren Ende morgen Abend hoffentlich ein gesichertes Ergebnis stand. Manchmal benötigte man dafür auch zwei oder drei Durchgänge, doch wenn alles glattlief, konnte sie bereits kurz danach mit der Verschriftung beginnen. Für den theoretischen Teil benötigte Verena zwar noch einige Fachbücher, doch sie war optimistisch, Ende der Woche einen Haken hinter diese letzte Laborarbeit setzen zu können.

Glücklich mit dem Ergebnis beschloss sie, nun eine Pause einzulegen. Sie musste ohnehin schon seit geraumer Zeit auf die Toilette, danach wollte sie drüben bei der Pharmazeutischen Biologie nachsehen, ob Jane noch da war.

Als sie sich zum Gehen wandte, vibrierte ihr Smartphone: »HAST DU SCHON ETWAS HERAUSGEFUNDEN STEHEN WOHL KURZ VOR DEM DURCHBRUCH DAMIT GRÜSSE HAJO«

Ihr Blick fiel auf Hajos Jutetasche, die sie bei ihrer Ankunft achtlos auf einen Nebentisch gelegt hatte. Sie zögerte, legte das Handy weg und nahm die Tasche dann mit einem Seufzen an sich. Bislang hatte sie nicht einmal einen Blick hineingeworfen. Tat sie Hajo damit unrecht? Befanden sich darin wirklich Hinweise auf den Tatort? Die »ganz heiße Spur«, von der er gesprochen hatte?

Verena lief zum Labortisch und leerte den Inhalt der Tasche neben dem Mikroskop aus. Ein Häuflein verschiedener Grashalme kam zum Vorschein. Unschwer war zu erkennen, dass die meisten davon mal mehr, mal weniger mit einer dunkelbraunen Schmiere bedeckt waren. Auch bei näherem Hinsehen konnte man diese tatsächlich für Blut halten, wie Verena zugeben musste.

Doch was sollte sie damit tun? Wie sie Hajo hatte erklären wollen, besaß sie keine Möglichkeit, um mit den einfachen Methoden eines rudimentär ausgestatteten Labors für Studierende eine umfassende Blutanalyse vorzunehmen – falls es denn überhaupt Blut war. Ganz abgesehen davon fehlten ihr Vergleichsproben vom Blut eines Mordopfers. Diese besaß die Polizei, in deren Aufgabengebiet es natürlich eigentlich fiel, eventuelle Übereinstimmungen zu überprüfen. All das sprach dagegen, dass sie hier überhaupt etwas bewirken könnte, was Hajo in seinem Zustand partout nicht hatte einsehen wollen.

Aber wenigstens konnte sie ja überprüfen, ob es sich bei der eingetrockneten Flüssigkeit tatsächlich um das Blut eines Menschen handelte. Das wäre ja dann ein Grund, dort, wo ihr Onkel das Gras ausgerissen hatte, weitere Untersuchungen durchzuführen. Und die DNA mit der DNA der Opfer zu vergleichen.

Verena beschloss, sich damit nach ihrer Pause eingehender zu befassen. Ihr schwirrte der Kopf, denn eigentlich wollte sie sich heute über andere Dinge Gedanken machen als die Frage nach dem Mörder. Sie verließ das Labor, allerdings fiel ihr auf dem Weg zum Klo auf, dass sie das Handy neben der Tasche hatte liegen lassen, und kehrte um. Als sie in den Raum zurückkehrte, zuckte sie vor Schreck zusammen. Ein dunkel gekleideter Mann stand am Labortisch und stopfte das Gras in die Jutetasche zurück.

Er fuhr herum, als er sie hörte. Sein Gesicht war nicht zu erkennen, da er eine Skimaske trug. Er schien ebenso überrascht zu sein wie sie.

»Was machen Sie da?«, rief Verena.

Im selben Augenblick sprang er vor, drückte sie zur Seite und versuchte, mit der Tasche in der Hand an ihr vorbei aus der Tür zu schlüpfen.

Verena stellte sich ihm instinktiv in den Weg. Damit hatte er offenbar nicht gerechnet und prallte mit voller Wucht gegen sie. Wegen seiner massigen Statur geriet sie durch den Aufprall aus dem Gleichgewicht und stürzte nach hinten in den Flur.

Der Unbekannte wollte über sie hinwegsetzen und den Gang hinunterfliehen. Doch Verena trat ihm gegen das Knie und zog ihm mit dem anderen Bein den Fuß weg, sodass er neben ihr zu Boden ging.

Sie kam zuerst wieder auf die Beine. Als er sich ebenfalls erheben wollte, trat sie ihm seitlich gegen den Kopf. Doch der Treffer war nicht besonders hart ausgefallen, sodass er dennoch aufzustehen vermochte.

Verena wusste, dass der Kerl nicht entkommen durfte, also setzte sie nach. Es war lange her, dass sie ihre Fähigkeiten in Selbstverteidigung trainiert hatte, zumal diese vor allem darauf ausgerichtet gewesen waren, Schaden von sich abzuwenden, und nicht darauf, gezielt selbst welchen anzurichten.

Sie täuschte einen Schlag nach seinem Kopf an, nur um stattdessen mit dem anderen Bein zuzutreten. Erneut war der Tritt zwar schnell, aber mit wenig Kraft ausgeführt. Sie traf ihn, doch er bekam dabei ihr Bein zu fassen und zog ruckartig daran. Verena verlor erneut ihren sicheren Stand und schlug beim Fallen mit dem Hinterkopf gegen den Türrahmen.

Für einen Moment flackerten Sterne vor ihren Augen, doch ihr Geist klärte sich sofort wieder, als ihr ein Gedanke durch den Kopf schoss: *Dieser Dreckskerl ist der Mörder!*

Die Erkenntnis verlieh ihr neue Kräfte. Erneut warf sie sich auf den Mann, der schon wieder Reißaus nehmen wollte. Sie sprang ihn mit einem Schrei von hinten an und schlang einen Arm um seinen Hals.

Mit der Linken versuchte sie ihm die Tasche aus der Hand zu reißen, was ihr auch gelang. Der Kerl fluchte und packte ihre Hand. Brutal drehte er sie herum, damit Verena von ihm abließ, warf sie sogar regelrecht gegen eine Wand des Flurs, doch sie ließ nicht von ihm ab. Auch hatte sie die Jutetasche immer noch fest im Griff. Mit hochgezogenem Knie ging sie zur Attacke über, traf den Kerl jedoch nicht wie erhofft zwischen den Beinen, sondern prallte vom Beckenknochen ab.

Er holte aus, doch sein Schlag ging ins Leere, und sie schöpfte neuen Mut, ihn aufhalten zu können – oder, wenn nicht das, dann zumindest zu demaskieren. Sie täuschte einen Schlag auf seinen Oberkörper an und sprang vor. Als sie an der Skimaske riss, traf sie ein Schwinger am Jochbein.

Die Polyestermaske umkrallt ging sie zu Boden.

Verena nahm die Umgebung nur noch undeutlich wahr, als sie stürzte.

Ein Schatten senkte sich über sie. Der Mann baute sich drohend über ihr auf. Die Jutetasche musste sich unter ihr befinden, auf die hatte er es nach wie vor abgesehen.

Verena versuchte sein Gesicht zu erkennen, kämpfte jedoch mit der Bewusstlosigkeit, sodass sie nicht mehr als einen schwarzen Schemen sah, der über ihr schwebte.

»Dumme Schlampe! Dazu hätte es nicht kommen müssen!«, hörte sie ihn wie aus weiter Ferne sagen.

Ihre Augenlider flackerten, sie drohte in die Ohnmacht abzugleiten. Dann wäre alles verloren.

Sie biss sich auf die Lippe, um ihre Sinne durch den Schmerz aufzuklären, doch es gab keine Gelegenheit mehr, um den Mann über ihr zu identifizieren. Eine grobe Klinge ging auf sie nieder.

In diesem Moment wusste Verena, dass sie den Kampf gegen den Schlitzer vom Aurachtal verloren hatte.

Der Krach, den der Kampf auf dem Flur verursacht hatte, war nicht unbemerkt geblieben. Viele Studierende waren bereits nach Hause gegangen, und auch die Doktoranden besetzten nur spärlich die ihnen zur Verfügung stehenden Laborplätze. Bei diesem Wetter zog man es vor, abends in den Bistros rund um das Schloss oder in die Biergärten am Berg einzukehren, anstatt seine Stunden in den Räumen der Uni zu verbringen.

Verenas Freundin Jane freute sich ebenfalls auf ihr abendliches Bier mit Freunden im Schlossgarten. Gerade als sie ihre Tasche packte, drangen Geräusche an ihr Ohr, die nach einer

Schlägerei klangen. Und dann ein Schrei. Sie zögerte, horchte, dann ein erneutes Poltern.

»Scheiße«, murmelte sie, umfasste einen Gegenstand aus ihrer Tasche und stürmte zur Tür.

Draußen auf dem Flur erkannte sie sofort, woher der Krach rührte. Am Ende des Gangs wurde Verena von einem großen maskierten Mann attackiert. Jane realisierte gerade erst, was dort vor sich ging, als der Unbekannte bereits ihre Freundin niederschlug. Verena stürzte, prallte mit dem Hinterkopf auf den Boden und bewegte sich nicht mehr.

Als der Mann sich über sie beugte, erkannte Jane, dass er ein Messer aus der Jacke gezogen hatte.

Sie rannte los, so schnell sie konnte.

Im letzten Moment erreichte sie ihn.

Kurz bevor die eklig lange Klinge Verena in den Hals fahren konnte, bekam sie den Arm des Kerls zu fassen. Die Waffe verfehlte das Ziel, streifte Verena jedoch an der Halsbeuge.

Der Mann drehte sich um und fixierte Jane aus wutverzerrten Augen. Sofort riss sie die andere Hand hoch und drückte ab. Eine Woge Pfefferspray schoss dem Unbekannten ins Gesicht. Reaktionsschneller als erwartet riss er den Kopf zur Seite, um auszuweichen. Dennoch traf sie sein rechtes Auge. Er brüllte und riss die freie Hand vor das Gesicht, während er mit der anderen unbeholfen mit dem Messer vor sich herumfuchtelte.

Aus dem Hintergrund waren Rufe zu hören. Offenbar waren weitere Leute auf das Geschehen aufmerksam geworden.

»Hilfe! Hierher! Hilfe!«, schrie Jane.

Der Angreifer rieb sich das Auge und wirkte zudem verwirrt, wahrscheinlich hatte er die anderen auch gehört und überlegte, was er tun sollte.

Jane sah ihre Chance gekommen und versuchte, ihm die Waffe zu entreißen, dabei schnitt die Klinge ihr in die Handfläche. Sie schrie auf, presste dem Mann dann aber trotz der Schmerzen die Fingernägel so heftig ins Handgelenk, dass er das Messer fallen ließ. Jetzt musste sie ihm nur noch eine weitere Ladung Pfefferspray verpassen, um ihn endgültig auszuschalten. Doch dazu kam sie nicht mehr. Denn plötzlich schien ihr Kopf zu explodieren. Etwas traf sie wie ein Hammer mitten im Gesicht, und sie wurde nach hinten geworfen.

Dann wurde es schwarz vor den Augen der jungen Studentin.

Langsam klärten sich Verenas Sinne.

Ihre Augen tränten, etwas lief ihr am Hals hinab. Ihr Kopf dröhnte vor Schmerzen.

»Alles in Ordnung?«

Jemand hockte bei ihr, half ihr dabei, sich langsam aufzurichten.

»Was …«

»Du bist verletzt. Vorsichtig. Der Krankenwagen ist sicher gleich hier.«

Verena kniff die Augen zusammen, um sich zu sammeln.

Das musste Dominik sein, von oben aus dem Büro.

Jemand hat versucht, Hajos Tasche zu stehlen. Ich habe ihn überrascht, wir haben gekämpft. Er hat mich überwältigt und wollte mich umbringen.

Nur ganz allmählich kehrten die Erinnerungen zurück. *Er wollte mich verdammt noch mal umbringen! Es war der verdammte Mörder aus Herzogenaurach!*

Verena betastete vorsichtig ihren Hals, ihre Schulter, ihr T-Shirt, das blutgetränkt am Oberkörper klebte.

»Ich glaube, es sieht schlimmer aus, als es ist«, sagte Dominik neben ihr. »Die Wunde ist lang, scheint aber nicht tief zu sein.«

Verena starrte ungläubig auf ihre blutverschmierte Hand.

Warum war sie noch am Leben?

Im letzten Moment war ihr jemand zu Hilfe geeilt. Sie blickte an dem Studenten vorbei auf den Flur. Keine zwei Meter von ihr entfernt lag eine weitere Person.

Dunkle Locken, lila Fingernägel.

Jane!

Wie ein Schock überkam Verena die Erkenntnis, dass ihre Freundin sie vor dem Mörder gerettet hatte.

»Bitte, nein, lass sie nicht ...« Ihre Augen füllten sich mit Tränen, als sie an Dominik vorbeikroch.

Neben Jane hockten weitere Leute. Sie hatten sie in eine stabile Seitenlage gebracht. Jemand drückte einen Wundverband in ihr Gesicht. Janes Augen waren geschlossen.

Verena konnte keinen klaren Gedanken mehr fassen. Sie wollte sich auf die Freundin werfen, sie schütteln, sie aufwecken, irgendeine Reaktion erhalten, einen Beweis, dass sie nicht tot war. Stattdessen wurde sie von einem Weinkrampf heimgesucht. Jemand nahm sie in den Arm, strich ihr durch die Haare.

Irgendwann tauchten Sanitäter auf und kümmerten sich um Jane. Anschließend kam die Frau des Rettungsteams zu Verena und sah sich ihre Verletzung an.

»Die Wunde hat aufgehört zu bluten, das ist ein gutes Zeichen. Trotzdem sollte sie behandelt und desinfiziert werden. Wir nehmen sie mit in die Klinik.«

Jane wurde gerade auf eine Rettungsliege gehoben. Ihr sonst so makelloses Gesicht war unter den blutigen Bandagen kaum zu erkennen.

»Ist sie ...?«, fragte Verena vorsichtig die Notfallärztin, die ihren Kollegen Anweisungen gab, wie weiter zu verfahren war.

Im selben Moment öffnete Jane die Augen ein wenig. Ihr Blick kreuzte Verenas, die sofort zu ihr lief und ihre Hand nahm.

»Du schuldest ... mir einen Hugo, Mädchen«, war das Einzige, was sie sagte, bevor sie von den Sanitätern zum Rettungswagen gebracht wurde.

»Ich will nach Hause«, sagte Verena. Es war mitten in der Nacht. Endlich war sie in der Klinik behandelt und ihre Wunde fachmännisch versorgt worden. Kaum hatte jemand in der Notaufnahme festgestellt, dass sie vergleichsweise leicht verletzt war, ging plötzlich alles ganz gemächlich vonstatten. Dafür hatte sie zwar in der Theorie vollstes Verständnis, in der Praxis jedoch war ihre Geduld nach einigen Stunden aufgebraucht. Der behandelnde Arzt wollte sie eigentlich eine Nacht dabehalten, doch sie weigerte sich beharrlich. Nachdem sie erfahren hatte, dass Jane mit einer gebrochenen Nase und einer Gehirnerschütterung halbwegs glimpflich davongekommen war, allerdings vorerst nicht besucht werden durfte, hielt sie nichts mehr hier.

»Das ist uns eigentlich nicht recht, Frau Schmied. Sie haben eine leichte Gehirnerschütterung davongetragen, einige Prellungen, und die Folgen der Schläge auf verschiedene Stellen Ihres Körpers zeigen sich oft erst mit einiger Verzögerung.«

»Wenn's mir schlechter geht, kann ich ja einen Krankenwagen rufen.«

»Sie müssen es doch nicht herausfordern. Wir haben oben ein Bett für Sie, da legen Sie sich hin, schlafen ein paar Stunden, und dann schauen wir morgen früh, wie Ihr Körper sich erholt hat. Sollten Sie keinen Schwindel, besondere Übelkeit oder andere Symptome zeigen, können Sie gehen.«

»Nein.« Verena schüttelte den Kopf. »Mir geht es so weit gut, glauben Sie mir. Ich brauche einfach ... Ruhe. Die finde ich nicht im Krankenhaus.«

»Wenn Sie meinen.« Der Krankenpfleger hielt ihr ein Papier hin. »Das müssen Sie dann aber unterschreiben. Sie gehen auf eigene Verantwortung gegen den ärztlichen Rat und können uns nicht dafür verantwortlich machen, wenn sich Ihr Zustand heute Nacht oder morgen früh verschlechtert.«

»Jaja.« Verena schaute gar nicht richtig hin, was sie da unterschrieb. Sie wollte nur noch raus. Um nach Hause zu kommen, würde sie sich ein Taxi nehmen müssen, denn Auto zu fahren traute sie sich dann doch nicht. Ganz abgesehen davon, dass der Polo noch immer vor dem Biologikum geparkt war.

Draußen vor dem Gebäude stand ein RTW, die Sanitäter waren damit beschäftigt, die Liege und andere Gerätschaften im Inneren zu verstauen. Sie sahen so geschafft aus, wie Verena sich fühlte. Nach allem, was sie mitbekommen hatte, hatte es irgendwo eine Prügelei in einem Biergarten gegeben, bei der sich die Beteiligten steinerne Bierkrüge auf den Kopf geschlagen hatten. Nicht zuletzt aufgrund dieser Verletzten hatte man Verena so lange warten lassen.

Sie atmete ein paarmal tief ein und aus. Die klare Nachtluft tat ihr gut, wenngleich es nach wie vor nicht sonderlich abkühlte in der bislang heißesten Phase des Jahres.

»Wenn die ganze Scheiße hier vorbei ist, fahre ich ans Meer, und da bleibe ich dann«, murmelte Verena vor sich hin, während sie nach einem Taxi Ausschau hielt.

Stattdessen hielt kurze Zeit später ein dunkler BMW auf einem der Parkplätze vor dem Eingangsbereich, der normalerweise nur Einsatzfahrzeugen vorbehalten war.

Verena rätselte noch, wo sie den Wagen schon einmal gesehen hatte, als bereits ein bekanntes Gesicht in der Türöffnung erschien.

»Kommissar Ritzmann.«

Der Polizist drehte sich überrascht um. »Frau Schmied. Welch Überraschung zu nächtlicher Stunde.«

»Ich glaube Ihnen nicht, dass Sie tatsächlich überrascht sind, mich hier zu sehen.« Verena lächelte, zuckte jedoch sofort zusammen, als sich das großflächige Pflaster zusammenzog, das man ihr auf den Hals geklebt hatte. Sie atmete zischend aus. »Das hatte ich ganz vergessen.« Vorsichtig tastete sie das Pflaster ab.

Ritzmann kam zu ihr. »Geht es?« Er sah ernsthaft besorgt aus.

»Ja, bassd scho«, nickte Verena. »Mir geht's gut, ich wollte eigentlich gerade nach Hause.«

»Sie sind so schnell entlassen worden?«

»Sagen wir es mal so: Ich habe mich selbst entlassen.«

Ritzmann runzelte die Stirn, dennoch lag Spott in seiner Stimme. »Sie sind ja genauso schlimm wie Ihr Onkel.«

»Scheint in der Familie zu liegen.«

»Und? Warten Sie auf jemand, der Sie nach Hause mitnimmt? Ihren Vater?«

»Meine Eltern sind im Bayerischen Wald und kommen erst am Mittwoch wieder. Ich wollte ein Taxi nehmen.«

»Unsinn. Ich fahre Sie nach Hause.«

»Sie werden mir sicher gleich sagen, dass Sie ohnehin zu mir wollten, nicht wahr?«

Ritzmann lächelte. »Haarscharf kombiniert.«

»Also ist die Blutprobe bei Ihnen angekommen?« Verena hatte noch in der Uni einem Einsatzpolizisten Hajos Beutel gegeben und darauf bestanden, ihn unbedingt Kommissar Ritzmann auszuhändigen.

»Das ist sie. Eigentlich hat man mich aus dem Schlaf geklingelt, aber irgendwie hatte ich das Gefühl, dass diese Sache nicht bis morgen warten kann. Deshalb habe ich gehofft, Sie hier zu treffen und Ihnen und der zweiten Verletzten einige Fragen zu stellen.«

»Jane ist nicht vernehmungsfähig, soweit ich weiß. Sie ist aber ohnehin nur zufällig dazugekommen, als der Mann auf mich losging. Sie müssen wohl erst einmal mit mir vorliebnehmen.«

»Dann schlage ich vor, dass ich uns einen dieser schmackhaften Automatenkaffees hole und Sie mir auf dem Weg nach Herzogenaurach erzählen, was geschehen ist.«

Ritzmann verschwand im Inneren des Gebäudes und kehrte nach einigen Minuten mit zwei Pappbechern zurück.

»Danke.« Verena konnte einen Kaffee jetzt gut gebrauchen, schließlich war es schon ein Uhr.

Wenig später saßen sie in Ritzmanns Dienstwagen, und Verena begann zu erzählen. Der Kommissar ließ sie in Ruhe berichten, äußerte nur ein, zwei Verständnisfragen, bis sie geendet hatte.

»Tja, und dann fand ich mich irgendwann im Krankenwagen wieder. Was hier geschehen ist, sehen Sie ja.« Sie deutete auf das Pflaster am Hals.

»Sie haben unglaubliches Glück gehabt. Wenn es sich bei

dem Angreifer tatsächlich um den Mörder aus Herzogenaurach handelt, wollte er Ihnen mit dem Messer nicht nur ein wenig Angst machen.«

»Nein.« Verena schluckte. Sie wusste ganz genau, was der Dreckskerl vorgehabt hatte. »Er wollte an die Tasche mit den Blutspuren kommen, und dafür hätte er mich umgebracht.« Es sagte sich so leicht daher, doch die Erkenntnis löste zum wiederholten Mal ein Schaudern aus, das durch ihren ganzen Körper ging. Und tiefer. Verstohlen wischte sie sich die Tränen aus dem Gesicht, die unkontrolliert die Wangen hinunterliefen.

Ritzmann strich ihr über die Schulter. »Unterdrücken Sie es nicht. Sie sind bemerkenswert stark, Frau Schmied, doch so etwas geht an niemandem spurlos vorbei. Es wird noch eine ganze Weile lang nachwirken. Das ist aber nicht schlimm, im Gegenteil. Noch sitzt der Schock Ihnen in den Gliedern. Kämpfen Sie nicht dagegen an. Nehmen Sie ihn als Mahnung, auf der Hut zu sein.«

Verena sagte nichts, sondern nickte nur. Sie weinte leise vor sich hin, während sie über die Regnitz in Richtung Westen fuhren, danach über den Main-Donau-Kanal, der in Nord-Süd-Richtung parallel zur Autobahn 73, dem sogenannten Frankenschnellweg, verlief.

»Es ging einfach verdammt schnell und kam so unerwartet«, sagte sie irgendwann. »Wer hätte denn damit gerechnet, dass der Mistkerl so was versucht? Dass an dieser Spur von Hajo tatsächlich was dran ist?«

»Was ich nicht verstehe«, überlegte Ritzmann. »Warum hat sich Ihr Onkel gestern nicht gleich bei mir oder der Dienststelle gemeldet? Was hatten Sie damit im Unilabor vor?«

»Nichts«, antwortete Verena. »Na ja, fast nichts, das habe ich Hajo aber auch gesagt. Ich hätte nur feststellen können, ob es sich um menschliches Blut handelt. Damit wären wir dann zu Ihnen gekommen. Vorher war das Ganze einfach zu … lächerlich.«

»Keine Spur ist lächerlich. Vielleicht wäre sie falsch gewesen und hätte überhaupt nichts mit der Sache zu tun gehabt, aber so etwas ist doch nicht lächerlich.«

»Mein Onkel war offenkundig betrunken, als er dieses Gras entdeckt hat. Auf dem Revier war er dann so mit sich selbst beschäftigt und hat vermutlich gleichzeitig mit seiner Entdeckung derartig übertrieben, dass man ihn einfach nicht ernst nehmen konnte. Sorry, Herr Ritzmann, aber Sie haben ihn doch schon kennengelernt. Jetzt stellen Sie sich den Mann besoffen vor, noch dazu verzweifelt, dass man in der Suche nach dem Mörder bislang nicht vorangekommen ist, zumindest unserer Kenntnis nach. Vor allem hat es an ihm genagt, dass er rein gar nichts zur Aufklärung beitragen konnte. Das alles zusammengenommen hat eine Mischung ergeben, die nicht nur auf mich lächerlich gewirkt hat.«

»Aber Sie haben das Gras dennoch mit ins Labor genommen. Warum?«

Verena überlegte. »Keine Ahnung, ich wollte ihn nicht vor den Kopf stoßen, zumal er mich schon bald per SMS daran erinnert hat und ich wusste, dass er mir keine Ruhe lassen wird, bis ich das Blut tatsächlich untersuche oder es zumindest versuche. Dazu kommt, dass er Ihnen gegenüber etwas Stichhaltiges präsentieren wollte.«

»Sehen Sie, das ist das, was passieren kann, wenn man auf eigene Faust Nachforschungen anstellt. Sie und wir verlieren vollkommen die Kontrolle über das, was geschieht, und wir als Polizei sind nicht in der Lage, Sie zu schützen, wenn Sie Dinge ins Rollen bringen, von denen wir nichts wissen.«

»Dafür haben wir den Mörder jetzt aus der Deckung gelockt«, gab Verena trotzig zurück.

»Und um welchen Preis? Beinahe hätte es zwei weitere Tote gegeben. Das ist kein Spiel! Das muss ich Ihrem Onkel wohl auch noch mal etwas eindrücklicher klarmachen.« Ritzmann wirkte ernsthaft verärgert.

»Ich weiß …«, stimmte Verena kleinlaut zu. »Allerdings habe *ich* doch gar nichts getan. *Ich* habe nicht herumgeschnüffelt, Leute befragt und Blutproben gesammelt. Mein Onkel hat mich da mit reingezogen, ich hab ja nicht mal geahnt, dass ich mich dadurch in Gefahr bringe.«

»Dann wird das Gespräch mit Ihrem Onkel umso ernster ausfallen.«

»Was ist nun eigentlich mit dem Blut?«, fragte Verena, als die Lichter der Outlet-Center oben an der Herzobase in Sicht kamen. »Wird das jetzt untersucht?«

»Natürlich«, bestätigte Ritzmann. »Wir werden es mit demjenigen der Opfer abgleichen. Sobald es hell ist, werden Forensiker zudem mit Hilfe Ihres Onkels die Stelle in der Wiese suchen, an der er diese Proben genommen hat. Sollte sich tatsächlich die Theorie von Herrn Schröck bestätigen, wirft das noch einmal ein anderes Licht auf die Mitglieder des Grillvereins. Dazu benötigen wir dann von Ihnen und Ihrer Kommilitonin eine genaue Beschreibung des Angreifers aus dem Labor. Alles, woran Sie sich erinnern können, kann uns zum Täter führen.«

Verena seufzte. »Ich fürchte, ich kann nicht viel dazu beitragen. Gerade als ich ihm die Maske vom Kopf gerissen hatte, hat er mich niedergeschlagen. Ehrlich, ich habe überhaupt keine Ahnung, wie er aussah. Ich weiß nur noch, dass er ziemlich groß war, bestimmt eins neunzig, und kräftig gebaut.«

»Das ist ja schon mal etwas«, sagte Ritzmann. »Aber wie gesagt: Das nehmen wir morgen früh ganz in Ruhe auf. Jetzt sollten Sie sich erst einmal von diesem Schock erholen.«

Er bog in die Straße Zum Flughafen ein und fuhr bedächtig den Berg durch das nächtliche Herzogenaurach in die Innenstadt hinunter.

»Sie wohnen noch bei Ihren Eltern, nicht wahr?«

»Ja, warum fragen Sie?«

»Sie haben eben erzählt, dass diese nicht zu Hause sind. Ich möchte Sie ungern allein lassen heute Nacht. Zum einen, falls sich herausstellt, dass es Ihnen doch noch schlechter geht, zum anderen aus Sicherheitsgründen. Ich werde Sie zu Ihrem Onkel bringen und die Streife hier in Herzogenaurach bitten, dort oben verstärkt Präsenz zu zeigen.«

»Meinen Sie wirklich, das ist nötig?« Verena hielt die Vorsichtsmaßnahme eher für übertrieben.

»Ja. Der Verdächtige kann denken, dass Sie ihn vielleicht erkannt haben, und versucht zu vollenden, was ihm heute Abend nicht gelungen ist.«

»Dann sollten Sie mich vielleicht lieber in Schutzhaft nehmen.«

Es war eigentlich als Scherz gemeint gewesen, doch Ritzmann verzog keine Miene. »Wenn Ihnen das lieber ist, tun wir auch das. Ich denke aber, dass man ein derartiges Erlebnis am besten verarbeiten kann, wenn man sich an einem vertrauten Ort befindet und vertraute Menschen um einen sind. Da Ihre Eltern nicht zugegen sind, tun wir das Nächstbeste.«

Sie überquerten den Kreisel, dann die nicht weit entfernte Aurachbrücke und folgten der Hans-Maier-Straße bis zur Abbiegung Schlaffhäusergasse. Verena sprach nicht mehr viel. Sie hatte genug für heute Abend und wollte nur noch schlafen, wenngleich ihr klar war, dass sie auch Hajo die ganze Geschichte von vorne bis hinten und wieder zurück berichten musste.

»Hier war das, oder?« Kommissar Ritzmann hielt gegenüber dem Doppelhaus, dessen linke Hälfte Hajo gehörte. »Ihr Onkel wird sich wundern, wenn wir ihn jetzt aus dem Bett klingeln.«

Doch Hajo war noch gar nicht im Bett. Geschlafen hatte er offenbar dennoch, als er ihnen in leicht derangiertem Zustand die Tür öffnete. Wären die Begleitumstände nicht so ernst gewesen, hätte sich Verena über seinen völlig entgeisterten Gesichtsausdruck amüsiert, als er erkannte, wer da nachts um halb zwei vor seiner Tür stand.

»Guten Abend, Herr Schröck. Entschuldigen Sie die späte Störung, aber Ihre Nichte benötigt eine Bleibe für die Nacht. Daneben habe ich einige Fragen an Sie, die ich Ihnen ja auch jetzt statt morgen stellen kann, wenn Sie sowieso wach sind. Darf ich kurz reinkommen?«

Hajo nickte nur stumm. Seine Augen klebten an dem Pflaster an Verenas Hals, und das getrocknete Blut in ihren kurzen blonden Haaren und auf dem T-Shirt tat offenbar ein Übriges, um ihm zuzusetzen. Sie wusste aus dem Blick in den Spiegel auf der Krankenhaustoilette, dass sie genauso aussah, wie man es nach so einer Geschichte erwartete.

In Hajos Wohn- und Essbereich herrschte das bekannte Chaos aus Papieren und Post, dem Ritzmann jedoch keine Beachtung schenkte.

»Es sieht ganz danach aus, dass Ihre Schnüffelei von Erfolg gekrönt wurde, Herr Schröck«, begann der Polizist. »Die Spur, die Sie entdeckt haben, scheint in die korrekte Richtung zu deuten.«

Damit begann Ritzmann die Ereignisse des Abends zu schildern. Verena war froh darüber, dass nicht ihr diese Aufgabe zukam. Der Kommissar schloss seinen kurz gehaltenen Bericht mit der angedrohten Ermahnung für Hajo, zukünftig nicht mehr auf eigene Faust zu handeln, sowie der Ankündigung, mit ihm gemeinsam am nächsten Morgen die Stelle seines Fundes am Vereinsheim aufzusuchen, um dort seine Aussage aufzunehmen.

Als der Polizist gegangen war, blickte Hajo Verena nur an. Er wusste offenbar nicht, was er sagen sollte. Seine übliche Neugier, Großmäuligkeit und Selbstüberschätzung waren verflogen.

»Verena …«, begann er irgendwann.

Sie winkte ab. »Sag nichts. Ist ja alles gut gegangen.« Trotzdem liefen ihr wieder Tränen durchs Gesicht. Hajo kam auf sie zu und schloss sie zögernd, doch dann umso fester in die Arme. Verena hielt sich jetzt nicht mehr zurück, sondern weinte bitterlich. All die Angst musste irgendwohin.

Hajos Stimme bebte, als sie sich irgendwann beruhigt hatte. »Es tut mir so leid.«

Verbrannte Erde

Hajo konnte nicht schlafen. Wie auch? Die ganze Nacht gingen ihm Bilder durch den Kopf, wie sie sich vielleicht in der Uni in Erlangen am Abend zuvor zugetragen hatten. Bilder, die seine Nichte im Kampf gegen einen skrupellosen Verbrecher zeigten. Verenas tote Augen, die ihn anklagend anstarrten.

»Es ist deine Schuld, Hans-Joachim Schröck, dass es zwei weitere Opfer gibt«, schienen sie ihm sagen zu wollen.

Was dort geschehen war, was dort hätte passieren können – es beunruhigte ihn nicht nur, nein, zum ersten Mal seit dem Beginn der Ereignisse empfand Hajo Angst. Ritzmann hatte recht damit, dass sie sich zu sehr in die Angelegenheiten der Polizei eingemischt hatten. Es war eine Binsenweisheit, und doch entbehrte sie nicht der Wahrheit: Steckte man die Nase zu tief in Dinge, in denen sie nichts zu suchen hatte, wurde sie einem blutig geschlagen.

»Nein, nicht wir, *ich* habe zu tief gegraben und damit schlafende Hunde geweckt«, sagte Hajo zu sich selbst, als er die Beine aus dem Bett schwang. »Das Mädchen kann nichts dafür!« Er zwang sich jetzt dazu, sich dafür verantwortlich zu machen und nicht im Plural von der Ursache für den gewalttätigen Zwischenfall zu sprechen. Jetzt war es halb sechs, und er konnte kein Auge mehr zumachen. Also konnte er auch aufstehen und versuchen, sich anderweitig abzulenken.

Das funktionierte genau bis zum Zähneputzen.

Er war es gewesen, der Verena die Grasbüschel mitgegeben, nein, aufgeschwätzt hatte. *Er* hatte sie regelrecht bedrängt, sie an sich zu nehmen, in Unkenntnis darüber, was sie damit überhaupt tun sollte. Anstatt nach seinem Fund in betrunkenem Zustand eine Lösung der Sache herbeizwingen zu wollen, hätte er abwarten und am nächsten Morgen die Kriminalpolizei verständigen müssen.

Alles schön und gut, später ist man immer klüger, aber das nützt mir jetzt auch nichts mehr. Wenigstens war niemand schlimmer verletzt oder sogar getötet worden, soweit er wusste. Schlimm genug, was der Kerl mit Verena und ihrer Freundin angestellt hatte, darüber hinaus hatte er gezeigt, dass er erneut über Leichen gehen würde, um sein Geheimnis zu bewahren.

Hajo dachte über diese Erkenntnis nach, während er Kaffee kochte und Sachen für das Frühstück ins Wohnzimmer brachte, da ja der Esstisch unbenutzbar war.

»Er geht über Leichen, um nicht als Täter entlarvt zu werden«, murmelte er. »Dabei ist ihm jedes Mittel recht.« Mit dem Marmeladenglas in der Hand blieb er stehen und starrte durchs Fenster über den Sportplatz hinaus ins Leere.

Das Blut im Gras stellte für den Mörder eine Gefahr dar, das war jetzt unzweifelhaft bewiesen. Das bedeutete, dass Hajo den richtigen Riecher gehabt hatte, was diese Spur betraf, um bei der Analogie mit der Nase zu bleiben. Die Polizei besaß also einen Ansatzpunkt, um den Täter ausfindig zu machen. Zumindest konnten sie den Kreis der Verdächtigen eingrenzen, Druck ausüben.

Vielleicht war schon das zweite Opfer, dessen Nachnamen Hajo gar nicht kannte, eine Gefahr für den Mörder gewesen. Handelte es sich dabei vielleicht um einen Mitwisser oder gar einen Mittäter? Oder um jemanden, der auf andere Art und Weise dazu hätte beitragen können, den sogenannten Schlitzer vom Aurachtal zu überführen?

Nach Angaben der Polizei gab es zwischen den beiden Mordopfern keine Verbindung, und auch im Grillsportverein war der Mann unbekannt, sonst wäre es ja allzu offensichtlich gewesen.

Alles nur ein blöder Zufall?

Die Polizei hielt sich ja nach wie vor bedeckt, weshalb man nur spekulieren konnte. Während Hajo sich Brote schmierte und zwei Tassen Kaffee trank, dachte er weiter darüber nach, allerdings ohne irgendein Ergebnis.

Als er sein frühmorgendliches Mahl beendet hatte, holte er die Tageszeitungen herein und widmete sich der lokalen Berichterstattung. Natürlich suchte er zuerst nach Artikeln zur Mordsache. Diese beschränkten sich allerdings auf kurze Texte, in denen konstatiert wurde, dass die Kripo nicht sonderlich weitergekommen sei, wenngleich es sich dabei ebenfalls um Vermutungen handelte, denn die Polizei wurde mit den bekannten Worten zitiert, dass man »zu den laufenden Ermittlungen keine Auskunft« gebe. Von den nächtlichen Ereignissen war natürlich noch nichts dort zu finden.

»Vielleicht sollten sie mal schreiben, dass es eine heiße Spur gibt, damit der Kerl nervös wird«, sagte Hajo. Die Vorstellung, dass der Mörder dann jedoch weitere Opfer auserkoren würde, in deren engerem Kreis sich Hajo nunmehr wohl einschließen musste, verursachte ihm allerdings erneut Unbehagen.

Er lenkte sich mit den anderen Nachrichten ab, informierte sich über die Weltpolitik und die regionalen Fußballvereine, deren Anspruch und Wunschdenken hinsichtlich der Finanzen und Kaderplanung, wie in den vergangenen Jahren üblich, der Realität hinterherhinkten.

»Guten Morgen«, hörte er es irgendwann aus dem Flur.

Verena war dort erschienen, noch bekleidet mit dem überlangen Trikot seines Heimatvereins Eintracht Braunschweig, das er ihr in der Nacht zum Schlafen gegeben hatte.

»Du bist ja schon wach!«, stellte Hajo fest und blickte auf die Junghans. »Erst kurz nach sieben, du hast ja keine fünf Stunden geschlafen. Du musst dich doch ausruhen, Mädchen. Du sollst doch wieder zu Kräften kommen!«

»Ich konnte nicht mehr schlafen«, erwiderte Verena und ließ sich auf dem Sofa nieder. »Zu warm, zu hell, zu … ach, zu viele Scheiß-Bilder in meinem Kopf.«

Hajo nickte. Er wunderte sich eigentlich, wie gut seine Nichte das bislang alles wegsteckte. Allein dass sie angesichts der gerade erst überstandenen Todesgefahr nicht panisch wurde oder zusammenbrach, noch dazu in so jungen Jahren, nötigte ihm gehörigen Respekt ab.

»Ging mir genauso«, sagte er und schluckte, als könnte er die aufflackernden Schreckensbilder damit einfach vertreiben. »Nicht auszudenken ... Ich kann mich einfach nur entschuldigen. Immer wieder.«

Sie winkte ab. »Die ganze Zeit über haben wir beide gehofft, etwas zu finden, das uns und der Polizei weiterhilft. Wir konnten ja nicht ahnen, wie der Kerl reagiert, falls uns das wirklich gelingt.«

»Der Typ ist ein kaltblütiger Killer. Und ich bin verantwortlich für das, was dir und deiner Freundin passiert ist. Ich kann das kaum wiedergutmachen, erst recht nicht mit materiellen Dingen, aber ich lasse mir für deine Freundin und dich was einfallen, was ich tun kann, damit es euch wenigstens ein bisschen besser geht.«

»Na gut.« Verena lächelte vorsichtig, fasste aber sofort wieder an ihr Pflaster. »Eine Sache wäre da schon mal.«

»Ja?«

»Du kannst mir Frühstück machen.«

Gegen halb neun erschien die Polizei bei ihnen. Kommissar Ritzmann hatte seine Assistentin Schmidt-Pölzig dabei, kam kurz herein und erkundigte sich nach dem Befinden von Verena.

Diese hatte mittlerweile gefrühstückt und geduscht und fühlte sich abgesehen von der Müdigkeit deutlich besser. Auch psychisch schienen die Ereignisse keine Nachwirkungen mit sich zu bringen, zumindest bis jetzt nicht, wie Hajo zufrieden feststellte. Er beobachtete sie noch immer ganz genau, um bei den kleinsten Anzeichen eines nachträglichen Schocks für sie da zu sein oder im Notfall professionelle Hilfe zu verständigen.

Gemeinsam mit ihr folgte er den Kommissaren in seinem Senator hinunter ins Tal zu den Klingenwiesen. Auf dem Parkplatz des Grillsportvereins wartete bereits ein größeres Aufgebot an Polizei- und Zivilfahrzeugen auf sie. Die Spurensicherung hatte offensichtlich die Stelle mit dem Blut ausfindig gemacht und das Gelände abgesperrt. Experten in Schutzkleidung standen hinter der Absperrung und untersuchten dort und an einigen anderen Stellen den Boden.

Kaum dass sie ausgestiegen waren, kam ein Mann auf Kommissar Ritzmann zu, entledigte sich seiner Latexhandschuhe und begrüßte ihn.

»Morgen, Chef. Ein Schlag ins Wasser, würde ich sagen.«

»Guten Morgen, Herr Schramm. Wie meinen Sie das?«, fragte Kommissarin Schmidt-Pölzig. »Es kann doch nicht so schwer zu finden gewesen sein.«

»Nein, war es nicht, aber sehen Sie selbst.«

Er führte sie zum Grünstreifen am Rand des Parkplatzes. Dahin, wo Hajo sich zwei Tage zuvor erleichtert und das Blut entdeckt hatte. Dort klaffte ein kreisrunder Brandfleck in der Wiese, ebenso an einigen weiteren Stellen rundherum.

»Was zur …?« Ritzmann starrte sprachlos auf die Löcher im Gras.

Auch Hajo und Verena wussten nicht, was sie sagen sollte.

»Benzin. Danach abgelöscht. Das Gras ist nicht bis zu den Wurzeln verbrannt, also muss es recht schnell gegangen sein, wahrscheinlich auch, um einen Flächenbrand zu verhindern.«

»Wie lange ist das her?«, fragte Schmidt-Pölzig.

»Schwer zu sagen. Wahrscheinlich gestern Abend«, antwortete Schramm. An seiner Mimik war jedoch zu erkennen, dass er es nicht genauer eingrenzen konnte.

»Lassen sich dort noch Spuren finden?«

»Wir nehmen so viel, wie wir können. Natürlich kann es dort Rückstände des Bluts geben, das wir eigentlich untersuchen wollten, aber die Fläche, auf der wir jetzt nach kleinen Partikeln suchen müssen, ist viel größer als geplant. Zudem müssen wir erst mal fündig werden. Ob es dann ausreicht, die DNA zweifelsfrei zu bestimmen, ist noch mal eine ganz andere Frage.«

»Es reicht, wenn Sie den mittleren Kreis untersuchen. Dort war es«, sagte Hajo und wies auf das nahe dem Buschwerk klaffende Loch. »Die anderen hat er nur zur Ablenkung angelegt. Ich kann nicht glauben, dass der hier mit Benzin herumhantiert hat. Der hätte ja die gesamten Klingenwiesen inklusive Vereinsheim abfackeln können, dieser Idiot.«

Schramm nickte zustimmend und gab seinen Leuten Anweisungen.

»Es ist nichts verloren, wir besitzen ja noch die Blutproben aus Hajos Beutel«, sagte Verena.

»Die sind bereits im Labor. Aber außer Ihrem Wort verfügen wir allerdings über keinerlei Beweise, dass das Blut tatsächlich von hier stammt«, sagte Schmidt-Pölzig.

»Reicht Ihnen das Brandloch nicht als Beweis dafür, dass wir auf dem richtigen Weg sind?«, fragte Hajo. Er wartete nicht auf eine Antwort, sondern sagte: »Ich habe nachgedacht: Wenn man keine logische Verbindung aus dem persönlichen Hintergrund der beiden Opfer herstellen kann, muss es eine andere geben. Vielleicht ist der zweite Mord nur deshalb geschehen, weil dieser junge Mann etwas vom ersten mitbekommen hat. Vielleicht hat er sogar dabei geholfen, Hermann umzubringen, und wollte sich stellen.«

Ritzmann nickte. »Ich werde mir Ihre Überlegungen durch den Kopf gehen lassen. Aber von nun an gibt es keine weiteren Schnüffeleien mehr, haben Sie das verstanden?« Der strenge Blick des Kommissars galt vor allem Hajo. »Sie halten sich ab sofort raus. Wir wissen nicht, wer hinter alldem steckt – letztlich könnte es auch die Russenmafia gewesen sein.«

»Die Russenmafia?«

»Das zweite Opfer hatte bei entsprechenden Personen offenbar ganz erhebliche Schulden, die es nicht bezahlen konnte. Auch das wissen wir noch nicht einzuordnen.«

»Davon höre ich zum ersten Mal. Aber wenn es noch einen Hinweis gebraucht hätte, war das an dieser Stelle mein Stichwort – ich bin raus!«, sagte Verena. »Mir reicht es, einmal knapp mit dem Leben davongekommen zu sein. Das muss ich nicht erneut herausfordern.«

Auch Hajo war nicht ganz wohl bei dieser Offenlegung

des Kommissars. »Also ging es letztlich wieder nur um eins: Geld.«

»Besitzt jemand zu viel oder zu wenig Geld, erhöht sich die Wahrscheinlichkeit für ein Verbrechen«, sagte Ritzmann. Dann wandte er sich an Schmidt-Pölzig. »Sehen Sie zu, dass wir Zeugen auftreiben. Wenn der hier gestern Abend herumgezündelt hat, muss das doch jemand gesehen haben. Treiben Sie mir diese Grillvereinsheinis auf – mit denen habe ich ohnehin noch ein Wörtchen zu reden, nachdem sie in unseren Vernehmungen mit entscheidenden Dingen hinter dem Berg gehalten haben. Fragen Sie drüben im Hotel, ob jemand was gesehen hat. Befragen Sie die Streife, rufen Sie den Bürgermeister an – stellen Sie einfach alles auf den Kopf, verdammt noch mal! Damit lasse ich den Drecksack nicht durchkommen.«

Die Polizistin nickte und entfernte sich.

»So, und nun noch ein letztes Mal zu Ihnen beiden«, sagte Ritzmann und zückte Stift und Papier. »Sie werden mir jetzt bis ins letzte Detail erzählen, wie Sie das Blut gefunden haben, warum Sie es untersuchen wollten, anstatt es uns zu übergeben, und was gestern Abend im Unilabor geschehen ist.«

Es dauerte eine knappe Stunde, bis der Hauptkommissar sie entließ. Hajo fuhr mit Verena nach Erlangen, denn sie bestand darauf, ihr Auto vom Uniparkplatz zu holen. Danach wollte sie ins Krankenhaus, um sich nach ihrer Freundin zu erkundigen. Hajo hätte sie am liebsten begleitet, doch sie wollte lieber allein gehen, zumal sie nicht wusste, ob sie überhaupt zu Jane gelassen wurde. Das arme Mädchen wusste wahrscheinlich bis jetzt nicht einmal, in was sie da hineingeraten war und warum ein Mann versucht hatte, sie und Verena umzubringen.

Hajo bestand aber zumindest darauf, dass Verena für vierzig Euro einen Blumenstrauß erwarb, den sie Jane als erste Kompensation mitbringen sollte. Das war zwar nur ein Tropfen auf den heißen Stein, und es bedurfte bestimmt einiger Erklärungen, wer ihr aus welchem Grund ein florales Präsent überbringen ließ, aber es war immerhin ein Anfang.

Als er Verena abgesetzt hatte, fuhr Hajo schnurstracks nach Hause. Er hatte erst darüber nachgedacht, in der Innenstadt von Erlangen nach weiteren Geschenken für die jungen Frauen zu schauen, verwarf diese Idee allerdings schnell als lächerlichen Aktionismus.

Stattdessen überlegte er auf dem Heimweg, wie er das unweigerlich zu tätigende Telefongespräch führen sollte. Er musste seine Schwester anrufen und ihr beichten, dass Verena wegen seiner Dummheit in Gefahr geraten und verletzt worden war.

Ihre Tochter hatte Margot wohl schon Bescheid gegeben und kurz mit ihr gesprochen, aber Hajo wusste, dass er seiner Schwester genauere Erklärungen schuldete, warum es zu dem Vorfall gekommen war. Das schlechte Gewissen nagte an ihm. Wenn er es erleichtern wollte, musste er dafür durchs Feuer gehen und Schmerzen auf sich nehmen, die bei aller Reue dennoch keineswegs diejenigen der Verletzten aufwogen.

Zu Hause angekommen, war ihm immer noch keine angemessene Taktik für das Gespräch eingefallen. Geistesabwesend stellte er sich auf die Straße vor seiner Einfahrt, die von Frau Batzens grünem Corsa blockiert wurde.

»Allmechd, Herr Schrögg, do sinds ja endlich. Häddns hald an Zeddl doglossn, dass ned do sin.«

»Macht ja nichts, Frau Batz«, gab Hajo zurück. »Ihnen wird ja auch ohne mich nicht langweilig.« Er rang nach einem Lächeln, das jedoch nur gequält über die Lippen kam.

»Räächd hamms. Ich muss heid buzzn und speeder eikaafm.«

Hajo legte hundert Euro und den Autoschlüssel auf den Tisch. »Hier, Frau Batz, holen Sie das, von dem Sie meinen, dass ich es benötige. Sie finden schon das Richtige. Nehmen Sie mein Auto, kaufen Sie ein. Ich leg mich hin.«

Damit ließ er die verwirrte Frau Batz im Esszimmer stehen. Er wollte jetzt nicht über das Wie und Wo seiner Tageseinkäufe diskutieren, denn er brauchte nun dringend ein paar Stunden Schlaf.

Die ungewöhnliche Ruhephase mitten am helllichten Tag tat Hajo gut. Im Gegensatz zu manchem seiner Bekannten hielt er nicht regelmäßig einen Mittagsschlaf. Zum einen ging es gut ohne, zum anderen war dies auch eine Frage der Selbstachtung: Er fühlte sich schlicht noch zu jung dafür. Abgesehen davon hatte er so auch mehr Zeit, sich ausführlich den Lokalzeitungen zu widmen oder andere Dinge von Interesse durchzuarbeiten.

Seine Gedanken kreisten nach wie vor um die Ereignisse des vorherigen Tages, allein schon, weil er sich immer noch nicht getraut hatte, Margot anzurufen. Doch jetzt musste die Aufschieberei ein Ende haben. Vorsichtig, als könne er das Gerät dabei beschädigen, suchte er die Nummer aus der Kontaktliste seines Handys heraus und drückte auf die grüne Hörertaste des Nokia.

Wenige Augenblicke später hörte er die Stimme seiner Schwester.

»Ja?«

Sie klang ungehalten. Natürlich. Wer konnte es ihr verdenken? Immerhin nahm sie das Gespräch überhaupt an, also konnte sie nicht wirklich wütend auf ihn sein, dachte Hajo. In einem solchen Fall wurde er gemeinhin mit Ignoranz bestraft.

»Hajo, wenn du nichts sagst, lege ich gleich wieder auf.«

Er wurde sich bewusst, dass er überhaupt noch nicht gesprochen hatte bis jetzt. »Hallo, Margot. Hier ist Hajo.«

»Natürlich, das weiß ich doch.«

»Margot … ich weiß gar nicht, was ich sagen soll. Es tut mir leid, was geschehen ist. Ich wollte doch nicht, dass Verena etwas zustößt! Hätte ich bloß gewusst, was geschehen kann, hätte ich ihr doch niemals …«

»Lass gut sein, Hajo. Natürlich wolltest du das nicht, das steht ja außer Frage. Verena hat mir schon alles erzählt«, unterbrach ihn seine Schwester. »Sie hat dich ausdrücklich in Schutz genommen.«

»Hat sie?«

»Ja. Trotzdem danke ich dir für deine Entschuldigung. Dass du ein schlechtes Gewissen hast, beweist, dass dir zumindest klar ist, dass dich eine gewisse Schuld an der Situation trifft, auch wenn es nicht deine Absicht war, jemanden in Gefahr zu bringen.«

»Ich bin froh, dass du nicht wütend auf mich bist. Das waren keine einfachen Stunden für mich, glaub mir das. Es hat mir ein wenig die Augen geöffnet.«

»Hoffentlich hat das alles wenigstens etwas gebracht, und sie schnappen den Kerl bald.«

»Dein Wort in Gottes Ohr«, stimmte Hajo zu. »Hör mal, wenn ich noch was für Verena tun kann ... Sie kann natürlich noch einmal bei mir schlafen, bis ihr morgen zurückkehrt. Ich kann sie heute Abend auch zum Essen einladen. Egal wo, ob in den Ochsen oder zum Bayerischen Hof oder sonst wo. Ich fahre auch mit ihr nach Erlangen. Das macht es alles nicht wieder gut, aber vielleicht lindert es den Schmerz etwas. Ihre Freundin möchte ich ebenfalls noch besuchen, die hat es ja leider noch schlimmer erwischt.«

»Danke, Hajo, aber wir sind schon zu Hause. Wir sind gleich heute Morgen losgefahren. Verena ist gerade schon im Krankenhaus bei Jane. Heute Abend koche ich für sie, so kann sie am besten zur Ruhe kommen.«

»Ach so ...« Hajo wusste nicht recht, was er noch sagen wollte. »Trotzdem, wenn ich irgendwas tun kann ...«

»Magst du nicht auch zu uns zum Essen kommen? Du musst ja nicht den ganzen Tag zu Hause sitzen und Trübsal blasen.«

»Ich will mich aber nicht aufdrängen, weißt du?«

»Unsinn. Komm runter. In solchen Situationen muss die Familie zusammenstehen. Das braucht niemand mit sich allein ausmachen.«

Hajo schluckte. Er war gerührt.

»Halb sieben, okay?«

»Okay.« Er schnaufte tief durch und musste tatsächlich eine Träne verdrücken. »Margot?«

»Ja?«

»Danke.«

Damit legte er auf. Er starrte zum Fenster hinaus. Auf dem Sportplatz spielten Kinder Fußball, doch er nahm sie gar nicht wahr. Es dauerte eine ganze Weile, bis er die Emotionen im Griff hatte, die ihn überkamen. Wenngleich sowohl Verena als auch ihre Mutter ihm es nicht nachtrugen, dass er das Ganze erst mit seinem Beharren auf dieser Spur ausgelöst hatte, fühlte er sich nur bedingt besser.

Aber er konnte es drehen und wenden, wie er wollte. Es ließ ihm keine Ruhe, dass der Mörder immer noch da draußen herumlief. Nach der erneuten Gewalttat, die zwar keinen Toten, aber zwei Verletzte gefordert hatte, war er wieder ungestraft davongekommen. Und eine solche Gefahr, erkannt oder gar gefasst zu werden, war er zuvor nicht eingegangen. Das war für Hajo mehr als ein Indiz dafür, dass es sich beim Blut im Gras um das von Hermann handelte. Da konnte der Kerl die ganzen Klingenwiesen abfackeln, diesen Beleg konnte er ihnen nicht mehr nehmen. Und das wiederum hieß: Die Wahrscheinlichkeit, dass der Mörder aus dem Verein der Brutzler stammte, war enorm gestiegen.

Bewiesen war es dennoch nicht.

Hajo versuchte sich zu erinnern, was Verena gesagt hatte. »Groß und kräftig« sei der Angreifer gewesen. Kräftig im Sinne von muskulös, wenn er es richtig verstanden hatte.

Hajo war nun bislang drei Grillvereinskameraden persönlich begegnet. Der Mann namens Dieter und der Bichler Schorsch waren nicht sonderlich groß, vielleicht etwas über einen Meter siebzig. Hajo war froh darum, denn beide waren ihm nicht unsympathisch gewesen, und er war erleichtert, dass sie damit wohl als Täter ausschieden und ihn seine Menschenkenntnis in ihrem Fall nicht im Stich gelassen hatte.

Ludde dagegen war größer, aber war der wirklich eins

neunzig? Oder hatte Verena das alles verzerrt wahrgenommen und sich verschätzt?

Und was war mit den beiden anderen von Georg erwähnten Namen?

Hajo hatte sie sich doch aufgeschrieben! Er konnte sich erinnern, den Zettel irgendwo in seinem Wust auf dem Esstisch abgelegt zu haben. Er wühlte hektisch darin herum, wurde jedoch nicht fündig.

Wütend schlug er mit der Faust auf die Tischplatte.

»Wie hieß der eine noch gleich? Franz«, murmelte er. »Oder zumindest so ähnlich. Herrschaft noch einmal, das kann doch nicht wahr sein!« Der Name des anderen Brutzlers wollte ihm allerdings partout nicht einfallen, auch nicht annähernd. Also schnappte er sich das aktuelle TV-Magazin, das der Tageszeitung beilag, und machte sich an die Rätsel, um so die Blockade in seinem Hirn zu lösen.

Kurze Zeit später kehrte Frau Batz zurück. Wie so oft schleppte sie sich mit zwei schweren Einkaufstüten durch den Flur und stemmte sie schnaufend auf den Küchentresen.

Hajo blickte kurz auf und widmete sich dann wieder seinem Kreuzworträtsel. Er war gerade im Fluss (in Hessen, mit vier Buchstaben = Eder) und wollte diese Phase nutzen, um rasch auf das Lösungswort zu kommen. Wer weiß, vielleicht hatte diese kompensatorische Denkübung ja noch seine Vorteile, und er gewann am Ende diesen tragbaren silbernen Computer, den sie dort verlosten. Dann konnte Frau Batz den mobilen Rechner bald als Arbeitsgerät nutzen, vielleicht sogar im vergleichsweise kühlen Keller. Andererseits konnte er auch einen zweiten Handventilator für einen Fünfer beim Ellwanger am Marktplatz erwerben, wenn es schiefging, dachte er.

»Herr Schrögg, ich sogs ganz ehrlich«, riss Frau Batz ihn kurz darauf aus dem Grübeln über die südostasiatische Affenart mit sechs Buchstaben.

»Ja, Frau Batz?«

»Des wor wergli ka Absicht, iss a ned arch schlimm, obber – allmechd – ich hobb ihr Audo okraddsd.«

Hajo schnürte es augenblicklich die Luftröhre zu. »Sie haben … was?«, japste er.

»Solliss eds dreimal sogn? Ich hobb Ihr Audo ogstossn, und eds hodds a glaana Delln. Des is einfach zu groß für den Pargpladds do undn. Des is scho midd mein klaan Audo immer rechd eng, und dann fohrn mancha Leid wie die Henker übern Stellblads.«

Hajo suchte etwas, um sich Luft zuzufächeln. »Haben Sie das Fahrzeug von jemand anderem etwa ebenfalls beschädigt?«

»Naa, Herr Schrögg. Ich bin rüggwerdsgfohrn und hob so an Einkaufswogn derwischd. Die stenn ja immer rechd weid in der Fohrbohn, wall die Leid zu faul sinn, die Dinger widder am Eingang abzustelln, wo sies herghabbt ham.«

»Na, immerhin nicht auch noch ein Haftpflichtschaden«, sagte Hajo und merkte, wie sich sein Puls langsam beruhigte.

»Mer sichd ja a so schlechd, wo Ihr Audo aufherd!«

»Haftpflicht mit Ihnen als Fahrerin hätten wir gleich vergessen können. Da wär's dann teuer geworden unter Umständen.«

»Solcha Limusina – scho gloor, warum mer die heidzudoch nimmer fehrd. Unpraggdisch bis zum Gehdnedmehr.«

»Das Auto steht seit über dreißig Jahren wie eine Eins da. Wissen Sie, wie teuer Originalteile dafür sind? Besorgen Sie mal eine Kofferraumklappe für einen top gepflegten Senator Baujahr 1987.«

»Wos denggns denn scho widder? Die Delln is doch ned so groß, mer sichds zwor, a wemmers ned waaß, obber …«

»Ich weiß ja nicht, was bei Ihnen so unter ›Delle‹ läuft, Frau Batz. Das kann ja von einem marginalen Ei im Blech bis zum Totalschaden alles sein. Aber lassen Sie mich erst mal einen Blick drauf werfen. Vielleicht kann man es ausbeulen.«

Hajo erhob sich und lief nach draußen. Der Senator stand gegenüber der Einfahrt, lediglich mit einem halben Meter Abstand zur gegenüberliegenden Hecke. Er ignorierte diese schon an Mutwilligkeit grenzende Teilblockade der Adalbert-Stifter-Straße und besah sich den Schaden. Die Plastikabdeckung eines Rücklichts war gesplittert, der hintere Kotflügel etwas eingedellt, der Lack zerkratzt. Alles in allem aber tatsächlich nicht so wild.

Hajo strich über das Kennzeichen seines lieb gewonnenen Opels und kehrte ins Haus zurück. »Keine Sorge, Frau Batz, das kann man ausbeulen. Und ein neues Licht bekomm ich auch ohne Weiteres. Dann ein bisschen beipolieren, das müsste reichen.«

»Werd des … arch deier?« Frau Batz schien es ein wenig mit der Angst zu tun zu bekommen. »Ich hob ja bloß des klaana Geld vo do und mei glaana Rendn.«

»Na ja, ich habe jemanden, der das günstig einbaut, eine freie Werkstatt unten in Fürth. Die sind an sich günstig mit so was.«

»Hoff mers, dass des gud glabbt. Ich will Innern ja kaan Kummer machen, Herr Schrögg.«

»Nein, das ziehen wir Ihnen dann einfach vom … Was haben Sie gerade gesagt, Frau Batz?«

Die Hausverwalterin blickte Hajo fragend an. »Dass ich fei nedd so viel Geld hob?«

»Nein, das danach.«

Sie überlegte kurz. »Dass i Innern kaan Kummer machen will.«

Hajos Zeigefinger schoss nach oben, als habe er eine Erleuchtung. »Heureka, Frau Batz, wie der Gelehrte sagt! Genau das ist es!«

»Eds kabier i gor nix mehr.«

»Müssen Sie nicht, Frau Batz. Müssen Sie auch gar nicht.« Hajo wühlte in seinen Unterlagen auf dem Esstisch herum. Die GEZ-Mahnungen und andere Korrespondenz fielen dabei auf den Boden, bevor er endlich zum Vorschein brachte, wonach er gesucht hatte.

Das Telefonbuch.

»Wos machmern eds mid den Schodn?«, fragte Frau Batz, als Hajo nichts mehr sagte, sondern in dem dicken Verzeichnis herumblätterte.

»Lassen Sie's einfach gut sein, Frau Batz«, murmelte er. »Es gibt doch Wichtigeres als so eine dämliche Delle im Auto.«

Frau Batz grunzte in einer Mischung aus Unglauben und Zustimmung. »Danggschee, Herr Schrögg. Do machi doch Ihr Bolonees die Wochn glei bsonders würzich.«

»Jajaja.«

Hajo suchte mit dem Finger nach dem richtigen Namen. Dann hatte er ihn gefunden.

»Hab ich dich!«

Zwischenspiel

Kommissar Ritzmann gähnte lautstark und streckte sich dabei so ausdauernd, dass man denken konnte, er wolle nun den restlichen Abend in dieser Pose verharren.

»Soll das ein Ausdauertest werden?«, fragte Kommissarin Schmidt-Pölzig, die ihm gegenübersaß.

Ritzmann lachte und nahm wieder eine normale Sitzposition ein. »Was denn für ein Ausdauertest?«

»Wie diese Typen in Indien. Fakire? Yogis? Wie heißen die? Da gab's doch mal einen, der vor dreißig Jahren beschlossen hat, seinen Arm nicht mehr herunterzunehmen. Seitdem wächst dem der Arm senkrecht nach oben wie ein knorriger Ast.«

»Wahrscheinlich inklusive Vogelnest«, überlegte Ritzmann.

»Das ist nicht auszuschließen.«

»Sie müssen sich keine Sorgen machen, Janina. Eher renke ich mir dabei etwas aus, und Sie dürfen mich ins Krankenhaus fahren.«

»Dienstunfall beim Gähnen – was wohl der Dienstherr dazu sagt?« Die junge Polizistin schmunzelte.

»Lassen Sie es uns lieber nicht herausfinden. Ich bin derartig müde nach der vergangenen Nacht. Vielleicht hab ich zwei oder drei Stunden geschlafen, wenn überhaupt. Die Spurensicherung hat mich noch ganz schön auf Trab gehalten wegen dieser Sache im Biologikum.«

»Sind Sie denn weitergekommen?«

»Nicht wesentlich. Da gibt es ja massenweise Spuren von Personen, die das Labor benutzen. Selbst wenn der Angreifer dort Fingerabdrücke, Haare oder anderes hinterlassen hat, können wir diese nicht wirklich aus den vielen unbekannten Rückständen herausfiltern. Das wird allenfalls im Verfahren eine Rolle spielen, um ihm den Angriff auf die Studentinnen nachzuweisen.«

»Falls wir herausfinden, wer es war.«

»Ihr Wort in Gottes Gehörgang.« Ritzmann seufzte. »Auch bei der Nürnberger Spur sind wir nicht weitergekommen. Wir wissen, dass Enrico Haffner Schulden hatte, die offenbar kurz vor der Vollstreckung standen, er das Geld aber nicht besaß. Ganz im Gegenteil: Er hatte weitere Außenstände, bei denen er ebenfalls mitunter säumig war.«

»Hatte er viel Geld bei sich? Wurde er ausgeraubt?«

»Das scheint die wahrscheinlichste Spur zu sein. Raubmord. Er hatte eine Umhängetasche dabei, die war bis auf ein paar persönliche Gegenstände leer. Da hätte ohne Weiteres eine größere Menge Bargeld hineingepasst. Wenn also jemand wusste, dass er an diesem Abend mit viel Geld in der Tasche unterwegs gewesen ist, könnte er die Gelegenheit erkannt und zugeschlagen haben.«

»Also könnte der Mörder ebenfalls unter Geldproblemen leiden? Aber soweit wir wissen, lag dem ersten Mord doch kein Raub zugrunde. Glocker hatte seinen Geldbeutel ja bei sich, inklusive Geld.«

»Da kommen wir eben nicht zusammen. Das Motiv war dann hier ein anderes.«

»Oder der Täter war ein anderer, während man bei Haffner nur den Eindruck erwecken wollte, dass es sich um denselben handelt«, überlegte Schmidt-Pölzig.

Ritzmann nickte und rieb sich die Augen. »Es gibt einfach noch immer viel zu viele Möglichkeiten, zu viele Konjunktive. Und ich fürchte, ich kann bald nicht mehr geradeaus denken.« Er schnaufte und richtete sich dann in seinem Bürostuhl auf. »Hilft ja nichts. Holen Sie uns doch zwei doppelte Espressi, danach gehen wir alles noch mal durch. Ohne echte Spuren werden nicht plötzlich Beweise vom Himmel fallen, aber ich will wenigstens ausschließen, dass wir den Fehler machen und den Wald vor lauter Bäumen nicht sehen.«

Seine Kollegin nickte und verließ das Büro.

Ritzmann schloss die Augen und faltete die Hände am Hinterkopf. Gab es wirklich keine weiteren Anhaltspunkte?

Hatten sie bislang etwas übersehen? Oder stellte letztlich doch die neue Spur des Herzogenauracher »Privatermittlers« Hans-Joachim Schröck die beste Möglichkeit dar, dem Mörder auf die Schliche zu kommen?

»Herr Ritzmann, haben Sie einen Moment Zeit? Die Ergebnisse von dem Gras sind da.«

Ritzmann fuhr auf und hätte dabei fast das Gleichgewicht mit seinem Stuhl verloren. »Herr Schramm! Na endlich!«

Der Forensiker kam herein und setzte sich auf Schmidt-Pölzigs Stuhl. »Wir haben das Blut auf den Grashalmen mit dem der beiden Mordopfer verglichen. Eine Vermutung, die ja bereits an dem Ort geäußert wurde, von dem diese Probe stammen soll, können wir bestätigen: Es handelt sich dabei um das Blut von Hermann Glocker.«

Im selben Moment kam die junge Kommissarin zurück und stellte Ritzmann eine Tasse hin. Den letzten Satz hatte sie offenbar mitbekommen. »Na, dann kennen wir damit jetzt wohl zumindest den Tatort, wie schön.«

»In den Klingenwiesen erdolcht ... Einen passenderen Ort hätte sich der Kerl nicht aussuchen können«, schmunzelte Schramm. »Oder hat's da drüben in Herzi einen Galgenhügel?«

»Dann hätte er ja am Baum hängen müssen«, wandte Schmidt-Pölzig ein.

Kommissar Ritzmann ignorierte die Bemerkungen. »Glocker wurde dort unten erledigt und weggeschafft, um möglichst keine Verbindung zwischen der Leiche und dem Tatort herstellen zu können. Unsere Grundannahme war falsch, dass er keine Spuren hinterlassen und keinen Fehler gemacht hat, denn das Blut in der Wiese hat er nicht komplett beseitigt, wenngleich er sich darum bemüht hat.«

»Zumindest nicht, bevor Herr Schröck es gefunden hat. Womöglich wollte er auch nicht mit Brandlöchern oder anderen auffälligen Rasenschäden vorzeitig den Blick auf das Gelände des Grillvereins ziehen. Und wurde erst tätig, als er keine andere Möglichkeit mehr besaß.«

Ritzmann nickte. »Er wollte verhindern, dass jemand eins und eins zusammenzählt, was ihm vorerst ja auch ganz gut gelungen ist. Doch dann wurde er in die Enge getrieben, und mit der Verzweiflungsaktion in der Uni hat er seinen zweiten Fehler begangen, denn nun haben wir erstmals eine halbwegs brauchbare Täterbeschreibung, weil Schröcks Nichte ihm die Mütze vom Kopf gerissen hat.«

Schramm lächelte, auch Schmidt-Pölzigs Miene hellte sich merklich auf.

»Dann sollte es jetzt ja ein Kinderspiel sein, ihn zu finden.« Die Ironie in ihrer Stimme war nicht zu überhören.

»Bei allem, was recht ist – der Herr Schröck lag mit seinen Vermutungen von Anfang an richtig und hat uns jetzt die nötigen Indizien an die Hand gegeben, um den Kreis der Verdächtigen einzuengen. Der Mörder stammt mit großer Wahrscheinlichkeit aus dem Grillsportverein Herzogenaurach.«

»Damit kommt immer noch ein gutes Dutzend Täter in Betracht«, sagte Schmidt-Pölzig. »Am besten nehmen wir die Alibis dieser Herren noch einmal genauer unter die Lupe.«

Ritzmann lächelte. »Die haben geglaubt, sie können uns für dumm verkaufen, aber da haben sie sich getäuscht. Wir werden jetzt die Schlinge so eng ziehen, dass dem Täter die Luft wegbleibt.«

Audi und Karamellpudding

Hajo stieg aus dem Senator. Bewusst hatte er einige Häuser weiter unten geparkt. Hier oben in der Von-Weber-Straße zweigten eine Menge Stichstraßen ab, die in Sackgassen endeten und zu den Zufahrten weiterer Häuser führten.

Am Rande einer solchen fand Hajo schließlich nach einiger Suche die Adresse, wegen der er hier herübergefahren war. Kannte man sich hier oben nicht aus, konnte man schnell den Überblick verlieren. Lattenzäune, blickdichte Gärten und Wintergärten mit gepflegtem Bewuchs, hinter denen sich Einfamilien- und Doppelhäuser verbargen, die in den letzten Jahrzehnten vor der Jahrtausendwende errichtet worden waren. Die eine oder andere träge herunterhängende Frankenfahne am Mast machte deutlich, dass sich in der Siedlung mitnichten nur Zugezogene niedergelassen hatten, die bei den großen Unternehmen in der Stadt arbeiteten.

Alles in allem eine schönere Gegend hier oben am Schaefflerberg als bei mir drüben mit den Nachkriegsbunkern, dachte Hajo.

Es war ruhig hier, selten einmal fuhr ein Auto vorbei, und die Idylle wurde lediglich von dem Güllegeruch gestört, der von den nicht allzu weit entfernten Feldern herüberwehte. Doch von dem waren die meisten Wohngebiete in Herzogenaurach im Sommer betroffen.

Hajo stand vor der Einfahrt des gepflegten Einfamilienhauses. Die vier Ringe eines Audi blickten ihm vom Stellplatz vor dem Carport entgegen, zwischen dem Haus und der Unterstellmöglichkeit waren Holzscheite für den Winter aufgestapelt. Neben den fünf Eingangsstufen befanden sich gepflegte Blumenbeete. Ein Kinderlaufrad lehnte hinten an der Wand. Wenig auf diesem Grundstück unterschied sich von den unzähligen anderen Häusern in den ausgedehnten Außenbezirken von Herzogenaurach.

Hajo vergewisserte sich noch einmal, dass er tatsächlich vor der richtigen Hausnummer stand, und betrat dann das Grundstück.

Audi A6, vielleicht drei Jahre alt, dieser Sven Kummerer muss ganz ordentlich verdienen, wenn er sich so eine Kiste leisten kann, dachte Hajo. Sicher war er bei einer der drei großen Firmen angestellt oder arbeitete bei Siemens in Erlangen in einer höheren Position.

Als Hajo noch kurz den Blick über das Heck und das hintere Nummernschild von Kummerers Wagen schweifen lassen wollte, hörte er Schreie aus dem Haus. Er hielt inne und lauschte.

Zu hören waren ein Mann und eine Frau, allerdings konnte er nicht verstehen, was sie sich verbal an den Kopf warfen, und auch nicht, worum es bei dem Streit ging, den sie offenkundig gerade austrugen. Er spitzte die Ohren und wartete noch eine Weile ab, verstand aber wenig mehr als ein paar Wörter und Beleidigungen.

»Na wunderbar. Jetzt platze ich hier mitten in einen Ehekrach«, murmelte Hajo, als er die Stufen hinaufstieg. Er zögerte, auf die Klingel zu drücken, tat es dann aber doch. Vielleicht tat er einem oder gar beiden einen Gefallen, dass er sie als unangekündigter Besucher aus der unangenehmen Situation riss.

Kaum dass die Klingel ertönt war, kehrte Ruhe ein.

Es dauerte einen Moment, bis sich innen etwas tat, als könnten sich die beiden nicht entscheiden, wer zur Tür gehen sollte. Letztlich öffnete sie sich doch.

Eine junge Frau stand vor Hajo, vielleicht Anfang dreißig, nicht sonderlich groß, ein weinendes Kleinkind auf dem Arm. Auch ihre Augen sahen verheult aus. »Ja, bitte?«

»Guten Abend. Mein Name ist Hans-Joachim Schröck. Ist Ihr …« Er wurde vom Geschrei des kleinen Mädchens unterbrochen, wartete einen Augenblick und setzte neu an. »Ist Ihr Mann vielleicht zu sprechen?«

Bei der Erwähnung ihres Gatten verfinsterte sich das Gesicht der Frau. »Ja. Leider.« Ohne ein weiteres Wort drehte sie sich um. Im Flur hinter ihr wartete ein Mann, den sie mit einem Nicken zur Tür schickte. Daneben standen ein großer und ein kleiner Koffer, so als wollte die Familie gerade in den Urlaub aufbrechen.

Ihr Gatte trat in die Tür und zog sie hinter sich zu. Seine Miene war noch düsterer, er hatte seine Frau im Vorbeigehen keines Blickes gewürdigt, fixierte Hajo aber umso genauer.

Groß war er zumindest.

»Was wollen Sie?«

»Guten Abend, entschuldigen Sie die Störung. Sie kennen mich nicht, mein Name ist Hans-Joachim Schröck, ich bin ein Freund von Hermann. Gewesen. Also ich wäre es noch, wenn nicht ...«

»Hermann Glocker?«

»Ja. Im Grillverein sagte man mir, dass Sie ihn ganz gut gekannt haben.«

Hermanns Vereinskollege warf einen Blick über Hajos Schulter in den Hof. »Sind Sie von der Polizei?«

Hajo drehte sich um, da er sich fragte, ob dort vielleicht noch jemand anderes vorgefahren war. »Nein ... wie gesagt, ich war ein Freund von Hermann. Da man immer noch nicht viel herausgefunden hat, wer für den schrecklichen Mord verantwortlich ist, gehe ich der Kripo ein bisschen zur Hand.« Was ich ja eigentlich tunlichst unterlassen sollte, fügte er in Gedanken hinzu. »Wie ich von Ihrem Grillvereinskameraden Schorsch Bichler erfahren habe, haben Sie den Hermann öfter mal mit hier hoch genommen – er wohnte ja drüben in der Dr.-Daßler-Straße.«

»Kann schon sein. Aber kommen Sie endlich zur Sache, Mann! Was wollen Sie von mir?«

»Ich frage mich, ob Sie Hermann noch gesehen haben, bevor er ...«

»Das habe ich doch schon alles der Polizei erzählt.«

»Also haben Sie ihn an dem Abend noch gesehen, bevor er starb?«

»Nein, eben nicht. Ich war hier mit meiner Frau, und die hat das auch gegenüber diesem Kommissar Hitzmann …«

»Ritzmann«, verbesserte Hajo.

»Wie auch immer. Jedenfalls hat sie es bestätigt.«

Hajo runzelte die Stirn. »Wissen Sie denn sonst noch irgendetwas? Vielleicht, ob …«

»Das reicht. Ich habe keine Lust, Ihnen hier Rede und Antwort zu stehen, wenn Sie nicht von der Polizei sind«, wiegelte der Kerl ihn ab. »Ich habe mich um Frau und Kind zu kümmern.«

»Aber …«

»Auf Wiedersehen, Herr Schmöck!«

»Ich heiße …«

Schon schlug die Haustür vor Hajo zu.

Etwas verdutzt stand er noch einige Augenblicke vor dem Eingang, schüttelte dann den Kopf und wandte sich zum Gehen. Alles umsonst, er war nicht klüger als zuvor.

Bleibt nur noch dieser letzte Brutzler, der an dem Abend im Vereinsheim gewesen sein soll. Soll ich den überhaupt noch aufsuchen? Hajo war alles andere als optimistisch, dass ein weiterer Besuch endlich die gewünschten Ergebnisse zutage förderte.

Mehr aus Routine denn aus wirklichem Interesse warf er noch einmal einen Blick auf das hintere Nummernschild des schicken schwarzen Wagens. Er wäre beinahe weitergelaufen, wäre ihm nicht ein winziges Detail ins Auge gefallen. Irgendetwas hatte ihn auf dem Hinweg schon an dem Fahrzeug der Ingolstädter Marke gestört, und nun sah er auch, was.

Die Stoßstange wies hinten rechts der Mitte eine kleine Beule auf, völlig unpassend zu der ansonsten so gepflegten Limousine. Hajo ging in die Knie und betastete den Schaden, der offenbar vom Aufprall eines stumpfen Gegenstands herrührte. Anders als bei Frau Batzens Begegnung mit dem Einkaufswagen war der Lack hier unbeschädigt.

»Das kann von allem Möglichen stammen, warum sollte

das von Belang sein?«, murmelte Hajo und runzelte die Stirn. Der Blick hinüber zum Kennzeichen verstärkte jedoch sein merkwürdiges Gefühl. Auch dieses hatte einen Schlag abbekommen. Jemand hatte es wieder geradezubiegen versucht, aber Blech, das einmal zerdellt war, ließ sich nicht einfach so von Hand wieder in den Ursprungszustand versetzen. Man sah ihm das immer an, erst recht mit geschultem Auge.

Der Grillkamerad schien ein ordnungsliebender Mensch zu sein. Alles hier war sauber und gepflegt, die Blumen akkurat in Reih und Glied gepflanzt, die Sträucher geschnitten, das Auto offenbar frisch gewaschen. Da stachen diese Makel am Fahrzeug erst recht ins Auge. Hajo untersuchte weiter das Heck und entdeckte noch etwas. Im Schlitz zwischen Kofferraumdeckel und Stoßstange war eine feine dunkle Linie zu erkennen.

»Ist das … Blut?«

Hajo war sich nicht sicher, ganz im Gegensatz zu seinem Fund auf den Klingenwiesen. Wollte er hier unbedingt etwas finden und interpretierte Mordhinweise in einen Dreckrand?

Hin- und hergerissen hockte Hajo weiter dort. Drinnen wurde der Streit fortgesetzt, diesmal noch lauter.

Hermanns Leiche war von den Klingenwiesen weggeschafft worden. Womit, wenn nicht mit einem Auto? Wenn er dort ermordet worden war, wenn er schon in der Wiese so viel Blut verloren hatte, musste das auch an einem Fahrzeug Spuren hinterlassen haben. Und diese mussten beseitigt werden. Doch kam man nicht in jede Ritze an einem Auto, es sei denn, man machte sich die Mühe, mit einer feinen Bürste selbst den kleinsten Schlitz aufwendig zu säubern.

Hajos Herz begann auf einmal schneller zu schlagen. Hektisch holte er das Nokia 6310i hervor. Es gab einen Anruf in Abwesenheit, doch der interessierte ihn gerade nicht. Die Nummer von Ritzmann hatte er natürlich nicht eingespeichert, und dessen Karte lag irgendwo in dem Papierhaufen auf dem Boden des Esszimmers.

Also schrieb er stattdessen Verena mit zittrigen Fingern

eine Nachricht und mühte sich noch mehr als sonst mit den Tasten ab.

Mitteilung senden.

Plötzlich trat jemand neben ihn.

»Was zur Hölle machen Sie an meinem Auto?«

Hajo erschrak derart, dass ihm das Handy aus der Hand fiel und er selbst das Gleichgewicht verlor. Im nächsten Moment saß er auf dem Hosenboden.

Wie aus dem Nichts war der Besitzer des Wagens aufgetaucht, in der Hand seinen Autoschlüssel. Groß und drohend ragte er über Hajo auf. Der alarmierte, nur mit Mühe beherrschte Gesichtsausdruck, eine Schwellung am linken Jochbein, als habe ihn jemand geschlagen – all das fiel Hajo erst jetzt auf.

Das ist doch der Typ vom Marktplatz! Der, der den Teller fallen gelassen hat! Auf einmal war er sich hundertprozentig sicher, dass vor ihm der Mörder von Hermann Glocker und damit der Mann stand, der Verena in der Uni angegriffen hatte.

»Sie sind der große Kerl, von dem Verena gesprochen hat. Sie waren gestern in der Uni. Und … Sie haben Hermann umgebracht!«, flüsterte Hajo.

Das Gesicht des Angesprochenen verzog sich erst ungläubig, wirkte dann kurz panisch, bevor es zur wütenden Fratze wurde, alles in wenigen Sekunden. Ein merkwürdiger Glanz trat in seine Augen, den Hajo nicht deuten konnte.

Langsam kroch er von dem Mann weg, der ihm mit schweren Schritten näher kam.

»Niemand hätte davon Wind bekommen. Niemand!« Die Stimme des Mannes überschlug sich fast. Unbändiger Zorn hatte von ihm Besitz ergriffen. »Es ging sich wahrhaftig aus, und dann kommst plötzlich du daher und machst alles kaputt!«

Hajo kroch noch weiter zurück. Seine Augen weiteten sich in Todesangst, als der Mörder plötzlich ein Kantholz in der Hand hielt und zum Schlag ausholte.

Verena hatte den Nachmittag über geschlafen. Nach dem Besuch bei Jane hatte ihr Körper diese Ruhephase eingefordert. Noch immer tat ihr fast alles weh, zudem hatten sie hämmernde Kopfschmerzen geplagt.

Als sie aufstand, ging es ihr deutlich besser, wenngleich es sicher noch Wochen dauerte, bis die Prellungen an Schultern, Oberschenkeln und Rücken abgeklungen waren, von der Wunde am Hals ganz zu schweigen. Zum Glück hatten auch die Tabletten gegen das Brummen im Schädel geholfen.

Ihre Eltern waren einen Tag früher aus dem Wellnessurlaub wiedergekehrt, wie von ihr nicht anders erwartet. Eigentlich war sie auch ganz froh darüber, denn bei allem Bemühen war Hajo nicht in der Lage, ihr auch nur annähernd den Wohlfühlfaktor zu bieten, wie es ihre Mutter vermochte. Sie wurde darin bestätigt, als sie nach unten lief und ihr Essensgeruch in die Nase strömte. Ihre Mutter hatte Geschnetzeltes mit Pfeffersoße und Spätzle gemacht, eines ihrer Lieblingsessen.

»Das riecht aber gut«, stellte sie fest, als sie die Küche betrat.

Ihre Mutter lächelte und nahm sie in den Arm. »Ich dachte, du brauchst neben ein wenig Ruhe noch etwas Balsam für die Seele.«

Auch ihr Vater kam nun herein. Er hatte im Garten gearbeitet, sie aber offenbar gehört. »Rena, du siehst schon besser aus«, stellte er fest, bevor er sie ebenfalls in den Arm nahm. »Heute Morgen warst du blass wie ein Leichentuch.«

»Ganz so schlimm war es zum Glück nicht, aber ich musste einfach erst mal schlafen. Bei Hajo ging das ja nur ein paar Stunden, und dann kam schon wieder die Kripo vorbei.«

Ihre Mutter schüttelte den Kopf. »Wo seid ihr da nur hineingeraten?«

»Nein, wo hat *er* dich da nur hineingezogen?«, berichtigte Verenas Vater seine Frau. »Der wird noch ein paar Worte von mir zu hören kriegen, wenn er gleich zum Essen kommt. Unverantwortlich und egoistisch, dich so einer Gefahr auszusetzen! Das passt zu ihm.«

»Sei bitte nicht zu hart zu ihm, Papa«, sagte Verena. »Er

konnte doch nicht wissen, was das Ganze für Auswirkungen hat. Es hat ihn ja keiner ernst genommen, ich ebenso wenig wie die Polizei. Wir konnten nicht ahnen, dass er damit genau in das Wespennest sticht, nach dem alle die ganze Woche gesucht haben.«

»Was hat er dort auch herumzuschnüffeln? Kann er die Polizei nicht einfach ihre Arbeit machen lassen? Immer muss er sich in den Vordergrund spielen.«

»Da hast du sicher nicht ganz unrecht, Papa, aber er wollte doch niemandem was Böses tun, sondern im Gegenteil dabei helfen, zwei grausame Verbrechen aufzuklären. Und dass der Mord an einem Freund einen nicht kaltlässt, ist doch verständlich.«

Verenas Mutter schaltete sich ins Gespräch ein. »Ich glaube, er leidet ganz schön darunter, Rainer. Er hat sich heute Morgen entschuldigt. Das allein ist schon bemerkenswert. Ich glaube, das letzte Mal hat er sich bei mir für etwas entschuldigt, als er mit vierzehn einen Jungen verprügelt hat, den ich mochte, weil er ihn mir gegenüber als aufdringlich empfand.«

»Echt? Hajo hat jemanden verprügelt?« Verena konnte sich ein Grinsen nicht verkneifen.

Ihre Mutter nickte. »Er hatte eigentlich immer einen ausgeprägten Beschützerinstinkt. Allein deshalb nehme ich ihm schon ab, dass er dir nichts Böses wollte.«

»Es war trotzdem einfach dumm, wie er sich jetzt benommen hat. Dumm und naiv.«

»Das war es, ja. Aber ich glaube, das ist ihm bewusst. Es wird noch lange an ihm nagen, denn er nimmt so etwas nicht auf die leichte Schulter«, erklärte ihre Mutter. »Heute Morgen am Telefon wirkte er den Tränen nahe. Und das letzte Mal geheult hat er am Grab von Oma Gerda.«

»Mir doch egal. Hajo ist nicht das Opfer hier! Es musste offenbar erst fast jemand sterben, bis er mal zur Besinnung kommt und darüber nachdenkt, was er mit seiner Egozentrik alles auslöst.« Damit stapfte Verenas Vater wieder in den Garten.

Verena wusste, dass dieses Thema noch lange nicht ausgestanden war, denn ihr Vater konnte ähnlich sturköpfig sein wie der Onkel.

»Der beruhigt sich schon wieder«, sagte ihre Mutter.

»Ich hoffe einfach, dass sie den Kerl bald finden und dann Ruhe herrscht. Vorher wird Hajo nicht damit aufhören, sich in die Dinge der Polizei einzumischen, obwohl sie es ihm verboten haben.«

»Wie kommst du darauf? Ich dachte, er hat seine Lektion jetzt gelernt?«, wunderte sich ihre Mutter.

»Na ja, du hast doch selbst eben gesagt, dass er ein Sturkopf ist. Klar nagt es an ihm. Er hat ein schlechtes Gewissen von hier bis nach sonst wo, und so niedergeschlagen und reumütig habe ich ihn noch nie gesehen. Aber ich fürchte, dass dieser Beschützerinstinkt, von dem du sprichst, dazu führt, dass er die Sache jetzt erst recht aufklären will.«

Ihre Mutter runzelte die Stirn. »Damit hast du vielleicht recht. Du lässt dich aber nicht wieder mit hineinziehen, haben wir uns verstanden?«

»Keine Sorge, das musst du mir nicht zweimal sagen.« Verena holte sich eine Zitronenlimo aus dem Kühlschrank und setzte sich auf ihren Platz am Esstisch.

Wenig später gab es Essen. Natürlich drehte sich das Gespräch bald wieder um die Vorfälle im Labor, und Verena berichtete noch einmal minutiös von den Vorgängen und den Erkenntnissen, die sie gemeinsam mit der Polizei am Morgen am Vereinsheim der Griller gewonnen hatten. Hajo war nicht zum Abendessen aufgetaucht, doch die Familie war so ins Gespräch vertieft, dass sie sich keine weiteren Gedanken darüber machte.

Verena berichtete auch von ihrer Freundin Jane, mit der sie sich nach dem Aufstehen bereits per WhatsApp ausgetauscht hatte. Zum Glück ging es ihr schon wesentlich besser. Natürlich musste sie wegen der Gehirnerschütterung noch einige Tage im Krankenhaus bleiben, und darüber hinaus würde es eine ganze Weile dauern, bis ihre gebrochene Nase vollends verheilt war, aber der zuständige Arzt prognostizierte, dass sie aufgrund des glatten Bruchs keinerlei Nachwirkungen zu befürchten hatte.

Verena war erleichtert, denn auch sie hatte ihrer Freundin gegenüber ein schlechtes Gewissen. Wenn sie wieder gesund waren, würde sie Jane auf jeden Fall etwas ganz besonders Gutes tun, und wenn es eine Lastwagenladung Hugo war, die sie ihr als Dank für die Hilfe in die WG liefern ließ.

Jane hatte ihr schließlich das Leben gerettet.

Bei dem Gedanken daran schnürte es Verena jedes Mal die Kehle zu. Entsprechend dankbar war sie, als ihre Mutter mit dem Nachtisch an den Tisch trat und sie ablenkte.

»Boah, super, das ist ja Karamellpudding!«

»Habe ich dir früher als Kind immer gemacht, wenn du krank warst, weißt du noch?«

»Natürlich weiß ich das noch.«

»Heute gibt es das volle Programm«, sagte ihre Mutter und lächelte.

Verena nahm sich reichlich, ihr war es egal, wie viel Kalorien das Zeug hatte. Den Halbmarathon konnte sie eh vergessen.

Beim Nachtisch kamen angenehmere Themen zur Sprache. Die Eltern berichteten von dem Wellnesshotel nahe Plattling im Bayerischen Wald, gingen dabei aber für Verenas Geschmack etwas zu ausführlich auf den Sauna- und FKK-Bereich ein, in dem sich Kohorten an Midlifern und Rentnern ihrer Körperlichkeit bewusst wurden. Dort hatten sie angeblich ein nettes Paar aus Sachsen kennengelernt, mit denen sie sich wieder treffen wollten.

Verena verkniff sich die Assoziationen, die sich ihr aufgrund der Zweideutigkeit dieser Aussage boten, und verbannte das aufflackernde Kopfkino in die niemals wieder zu betretenden Bereiche ihrer Vorstellungswelt.

Nach dem Essen verzog sich ihr Vater zum Sträucherwässern in den Garten, während ihre Mutter aufräumte. Auf dem Sofa liegend dachte Verena gerade darüber nach, ob sie einen

Film schauen sollte, und wenn ja, welchen, als ihr Smartphone vibrierte.

Eine Kurznachricht.

Es gab wie immer nur einen Kandidaten, der als Absender in Frage kam.

Verena öffnete die Textnachricht in der Erwartung einer weiteren unbeholfenen Entschuldigung von Hajo, erstarrte dann aber, als sie die Zeilen las.

»HILFE HAB MÖRDE GEFUMDEN BLUTT AN AUTO RUF POIZEI VONWEBERING KOMM SCHNE«

Offenbar hatte er die Nachricht in großer Hast geschrieben und mittendrin abgebrochen.

Von einer auf die andere Sekunde läuteten sämtliche Alarmglocken in Verena. Für einen Wimpernschlag wollte sie der in ihr aufwallenden Hilflosigkeit nachgeben, doch im selben Moment zwang sie sich, stattdessen zu funktionieren und das zu tun, was in diesem Augenblick das Beste war, wenngleich es den nur wenige Minuten zuvor abgegebenen Versprechungen diametral entgegenstand.

Sie sprang auf, rannte in den Flur und schnappte sich den Autoschlüssel.

»Wo willst du denn hin?«, rief ihre Mutter ihr zu, als Verena hektisch in die Schuhe schlüpfte.

»Ich muss noch mal weg«, brüllte sie als Antwort und stürmte zur Haustür hinaus.

Bevor sie den Polo erreichte, hatte sie bereits die 110 gewählt.

Sven Kummerer war außer sich vor Wut. »Du musstest deine Nase ja unbedingt in diese Sache stecken! Konntest es nicht einfach auf sich beruhen lassen, wie?«

Der Schlag mit dem Kantholz ging ins Leere.

Hajo legte in Anbetracht der Todesgefahr eine Gewandtheit an den Tag, die er selbst nicht für möglich gehalten hätte. Er kroch nach wie vor auf dem Hintern sitzend weiter in den Carport hinein. Ihm war klar, dass er hier in der Falle saß, doch eine andere Möglichkeit blieb ihm nicht.

»Und jetzt? Bringen Sie mich um? Bringen Sie alle um, die herausfinden, was geschehen ist? Damit kommen Sie doch nicht durch, Kummerer!«

»Was glaubst du«, der zweite Schlag verfehlte ihn schon knapper, »womit ich alles durchkomme?«

Der dritte traf Hajo am Knöchel.

Schmerz durchzuckte ihn, und er schrie auf. Er rutschte weiter von dem Mörder fort, sein Fuß nahezu betäubt von dem Schlag.

»Wollen Sie mir den Schädel einschlagen – und dann?«, brüllte er. »Fahren Sie mich in den Dohnwald und schmeißen mich unter einen Busch wie den Hermann?«

»Die dumme Sau hatte es nicht anders verdient, genauso wie du, du mieser Schnüffler«, kam es zurück. Kummerer ließ von ihm ab, wieder war dieser Glanz in seinen Augen zu sehen, den Hajo sonst allenfalls bei einem religiösen Fanatiker vermuten würde. Vielleicht konnte er dem Mörder entlocken, was der Grund für seine Bluttaten gewesen war.

Vor allem hoffte er damit Zeit zu gewinnen, bis Hilfe eintraf.

»Was hat Hermann Ihnen angetan, dass Sie ihn aufgeschnitten haben wie ein Schwein? Nichts rechtfertigt eine solche Tat!«

»Hermann war ein mieses Arschloch, das wusste jeder! Das Schwarze unter dem Fingernagel hat er einem nicht gegönnt. Ich war der Erste, der ihm das gesagt hat, und das hat er nicht vertragen. Er wollte mich fertigmachen.«

»Aber warum?«

»Weil ich mir ... weil die scheißverdammten Dreckszahlen nicht gestimmt haben im Kassenbericht!« Kummerers Stimme war jetzt schrill geworden. »Das muss man sich mal vorstellen! Wegen ein paar tau... hundert Euro wollte er mich aus dem Verein schmeißen! Als ob *er* der Grillkönig von Herzogenaurach ist! Dabei hat er überhaupt keine Ahnung gehabt von dem, was wir da machen. Vollgefressen hat er sich, und gesoffen hat er wie ein Loch, ja. Und als er entdeckt hat, dass Geld aus der Vereinskasse fehlt, hat er mir gedroht. Ruinieren wollte er mich, keinen Fuß werde ich in Herzi mehr auf die Erde bekommen, hat er gesagt! Dabei habe ich ... hat er ...« Kummerer stockte. Er schniefte und wischte sich rasch eine Träne aus dem Augenwinkel. »Dieses ... dieses Arschloch wollte meine Familie, meine Existenz zerstören. Aber da hat er sich verrechnet.« Kummerers Gesicht wurde zu einer hassverzerrten Fratze. »Niemand droht meiner Familie!«

Der nächste Schlag kam so schnell, dass Hajo ihm nicht ausweichen konnte.

Verena trat das Gaspedal ihres kleinen VW Polo voll durch.

Adrenalin pumpte durch ihren Körper, von den Schmerzen war nichts mehr zu spüren. Sie raste die Hans-Maier-Straße hinunter, der Tacho zeigte fast eine dreistellige Geschwindigkeit an. Trotz Gegenverkehr überholte sie zweimal, bevor ihr An der Bieg keine Möglichkeit mehr blieb, als kurz an der Ampel zu warten. Auf dem Weg den Berg hinauf am Festgelände des Weihersbachs vorbei knackte sie die hundert Sachen.

Hier oben am Hang ging die Ansbacher Straße bald in die Kreisstraße nach Dondörflein über, auf der rechten Seite endete bereits die Bebauung oberhalb des Bachs mit seinen wie an einer Perlenkette aufgereihten Weihern und Tümpeln, während gegenüber die beiden Fußballplätze an ihr vorbeiflogen.

Mit quietschenden Reifen bog Verena in die Haydnstraße ein, wich einigen Fußgängern aus, die ihr kopfschüttelnd den Vogel zeigten, und versuchte erneut, bis zur nächsten Abzweigung möglichst viel Geschwindigkeit aufzunehmen.

Sie bog scharf um die Ecke in die Von-Weber-Straße und wich erst im letzten Augenblick dem Stadtbus aus, der dort gerade anfuhr.

»Wie soll ich den hier finden? Die fucking Straße ist so scheißlang!«, schimpfte sie, als bereits die ersten Stichstraßen vor ihr auftauchten. »Wo ist er? Wo ist er, verdammt noch mal?«

Es blieb Verena nichts anderes übrig, als die Geschwindigkeit zu drosseln. Ganz abgesehen davon, dass sie nicht durch ein Wohngebiet rasen konnte, als wäre es eine Hochgeschwindigkeitsstrecke, würde sie dabei auch alle Hinweise auf Hajo übersehen. Und sich den Polo von einem aus der Nebenstraße abbiegenden Rentner zu Schrott fahren lassen, weil sie die Vorfahrtsregeln ignorierte, kam ohnehin nicht in Frage.

Plötzlich erblickte sie den Opel Senator. Mit einer Vollbremsung blieb Verena neben der betagten Limousine stehen und spähte in die nächstgelegene Einfahrt.

Nichts.

Auch gegenüber war niemand zu sehen, einzig eine alte Frau, die das Fenster öffnete, um nachzusehen, wer dort vor ihrem Haus eine formschöne Reifenspur auf den Asphalt gezaubert hatte.

War er im Haus? War er fortgelaufen? Was sollte sie tun?

»Scheiße!«, brüllte Verena und schlug auf das Lenkrad.

Wo verdammt steckte ihr Onkel?

Hajo schrie. Der nächste Hieb hatte seinen Oberschenkel getroffen. Er krümmte sich, hielt sich die Seite, war dem Mörder nun schutzlos ausgeliefert.

Jeden Augenblick rechnete er mit dem todbringenden

Schlag auf den Kopf. Den Hieb, der die schrecklichen Geheimnisse des Sven Kummerer für eine unbestimmte Zeit länger bewahren würde.

Doch dieser erfolgte nicht.

Stattdessen hörte er eine Frauenstimme.

»Sven, was … Oh, mein Gott!«

Hajo blinzelte durch ein tränenverschleiertes Auge in Richtung Einfahrt. Frau Kummerer war hinzugetreten, die Tochter auf dem Arm.

»Lisa, ich …«

Der Gesichtsausdruck seiner Frau spiegelte ihren offensichtlichen Unglauben wieder, den der Anblick bei ihr auslösen musste.

»Was ist hier los?«

Das könnte ich dir genau sagen, dachte Hajo. Dein Mann versucht im Carport eures Einfamilienhauses einen Wildfremden mit einem Sechser-Kantholz zu erschlagen. Hajo wollte ihr die Problematik genauer erläutern, brachte jedoch nur ein gequältes Stöhnen zustande.

»Dieser Kerl hat uns bedroht!«, antwortete Kummerer mit Verzögerung. »Ich musste … Das lasse ich nicht zu. Niemand bedroht meine Familie.«

Seine Gattin schien ihm die halbherzig vorgetragene Schutzbehauptung nicht abzunehmen. Ungläubig starrte sie von Kummerer, der immer noch das Kantholz umklammert hielt, zu dem Verletzten, der in ihrer Einfahrt lag.

»Lügner!«, presste Hajo dennoch hervor, um ihren Zweifel weiter zu nähren. »Lügner und Mörder!« Mehr brachte er nicht heraus.

»Ich habe … das alles nur für uns getan. Um uns zu beschützen, um uns zu retten.«

Seine Frau sah ihn tränenüberströmt an. »Du hast gar niemanden gerettet. Jetzt hast du endgültig alles kaputtgemacht.«

Kummerer drehte sich vollends zu seiner Frau mit dem Kind auf dem Arm um und ging ein paar Schritte auf sie zu. Sie wich augenblicklich zurück.

»Nein, es war alles nur für uns. Um uns zu schützen.«
Seine Tochter fing hemmungslos an zu weinen.
In Hajo stieg Panik auf. Der Kerl war völlig wahnsinnig geworden! Kummerer kannte offenbar weder Freund noch Feind. Schließlich hatte Hajo schon zuvor mitbekommen, wie er seine Frau angebrüllt hatte. Vielleicht hatte er sie auch geschlagen. Was, wenn er seiner Familie etwas antat?
Das durfte Hajo nicht zulassen. Mit einem Stöhnen versuchte er auf die Beine zu kommen.
Der Mörder ging einen weiteren Schritt auf seine Frau zu, die jetzt ebenfalls zu schreien begann.
»Nur für uns, Lisa. Es wird alles wieder gut, wenn ...«
Dann hielt Kummerer plötzlich inne. Ungläubig wandte er sich um, und Hajo konnte so etwas wie Erkenntnis in seinem Gesicht aufblitzen sehen. Die Erkenntnis darüber, dass seine Frau recht hatte. Er hatte tatsächlich alles zerstört, was er schützen wollte. Kummerer ließ das Kantholz fallen, zögerte einen Augenblick, und schneller, als Hajo reagieren konnte, überwand er mit wenigen Schritten die Distanz zu seinem Wagen.
Als Hajo sich fast bis zu Frau Kummerer geschleppt hatte, raste der Mörder von Hermann Glocker schon mit quietschenden Reifen aus der Einfahrt.

Verena starrte nach links und rechts. Noch immer keine Spur von Hajo oder demjenigen, den er in der SMS als Mörder bezeichnet hatte. Die Schimpftiraden, die sie von sich gab, wurden vulgärer, als ob diese Steigerung sie einem Erfolg näher brächten.
Gerade als sie Hajo anrufen wollte, schon um vielleicht seinen überlauten Nokia-Klingelton der Jahrtausendwendezeit irgendwo zu hören, kam plötzlich ein schwarzer Audi aus der Einfahrt rechts vor ihr geschossen.
Verena erschrak und blickte der Limousine nach, die mit wahnwitziger Geschwindigkeit in Richtung Dr.-Daßler-Straße beschleunigte.

Sie hatte keine Zeit mehr, um länger darüber nachzudenken, als auch Hajo in ihr Blickfeld kam. Er humpelte auf den Bürgersteig und gestikulierte dem Wagen hinterher.

Verena gab Gas und kam direkt neben ihm zum Stehen.

Hajo drehte sich zu ihr, sein Antlitz war von Schmerz verzerrt. Mit einer Hand hielt er sich das Bein. Dennoch hellte sich sein Gesicht auf, als er Verenas Auto erkannte. Sie öffnete die Beifahrertür, und er stieg unbeholfen zu ihr in den Wagen.

»Hinterher, Mädchen, hinterher! Er darf uns nicht entkommen.«

»Bist du irre?«

Verena gab dennoch Gas, kaum dass ihr Onkel eingestiegen war, und raste, soweit der Kleinwagen dazu in der Lage war, dem flüchtenden Audi hinterher.

Hajo stöhnte vor Schmerzen. »Hast du die Polizei gerufen?«, presste er hervor.

»Ja«, sagte Verena. Sie wich gerade einem parkenden Auto aus, das die leeren Parkbuchten wie zum Hohn ignoriert hatte. Ohne das Stoppschild zu beachten, bog sie auf die Dr.-Daßler-Straße ein und jagte Richtung Tal.

Als sie über die Kuppe schoss, kam der Audi, der zwischenzeitlich von einem anderen Fahrzeug aufgehalten worden war, wieder in Sicht.

Die Straße wurde abschüssiger. Verena beschleunigte noch einmal, als der Flüchtende das Auto überholte, das ihn aufgehalten hatte, als befände er sich auf einer ausgebauten Bundesstraße anstatt in einem Wohngebiet.

»Whhhhoooaaaa … Scheißeeeee!«, entfuhr es ihr.

»Da ist er!«, rief Hajo. »Gib Gas!«

»Was glaubst du, was ich hier mache?«

Auch Verena traf nun auf den Ford, der ordnungsgemäß mit angepasster Geschwindigkeit die Straße hinabschlich.

Ohne lange zu fackeln, setzte sie zum Überholen an. Im selben Moment erschien ein Auto auf der gegenüberliegenden Fahrbahn.

Gefühlt viel zu langsam passierten sie den Ford, der Gegenverkehr blendete bereits auf, ging aber offensichtlich in die Eisen. Im letzten Moment schlängelte sich der Polo in die Lücke und kehrte auf die rechte Straßenseite zurück.

»Puuuuuhh …«, entfuhr es Hajo, der sich am Griff in der Beifahrertür verhakt hatte, als säße er in einer Achterbahn.

»Alter Verwalter!«, brummte Verena, deren Herz im Stakkato in ihrer Brust hämmerte.

Doch sie hatten keine Zeit, sich zu beruhigen. Der Audi setzte unten erneut zum Überholen an. Vorbei an der Schlange aus einem halben Dutzend Autos, die an der roten Ampel stand.

»Ist der bescheuert?«, entfuhr es Verena.

»Der ist völlig wahnsinnig«, sagte Hajo. »Der hat versucht, mich umzubringen!«

Verena hatte noch drei Sekunden Zeit, zu entscheiden, ob sie ein ähnlich lebensgefährliches Manöver hinlegen wollte wie der nach Hajos Angaben flüchtige Mörder.

Wir haben beide schon dem Tod ins Auge geschaut, also was soll's?, dachte sie und riss das Lenkrad herum.

Einen Wimpernschlag später sprang die Ampel auf Grün. Die Autos fuhren an, während Verena mit knapp siebzig Sachen an ihnen vorbeiraste.

Kummerer hatte versucht, nach rechts in die Hans-Maier-Straße abzubiegen, wurde jedoch von einem Lastwagen blockiert. Er musste bremsen und beschleunigte jetzt über die Aurachbrücke in Richtung des Kreisels.

Verena und Hajo hatten aufgeholt.

»Wo bleibt bloß die Bullerei?«, schimpfte Verena, die wusste, dass sie am Kreisel am Revier vorbeikamen.

»Wenn wir Glück haben, fangen sie ihn vorne ab«, keuchte Hajo.

Doch sie hatten kein Glück. Nach wie vor war kein Polizeiwagen zu sehen, zumindest nicht, als sie auf den Kreisel zuhielten.

Kummerer ignorierte die Fahrzeuge auf der rechten Seite und bog einfach nach links in den Kreisverkehr ein. Dabei rammte er fast einen Fahrradfahrer, der auswich, den Lenker dabei verriss und auf den Bürgersteig stürzte.

»War das der Bürgermeister?«, fragte Hajo.

»Scheiße, Scheiße, Scheiße!«, stammelte Verena, während sie Kummerers Manöver imitierte. Am liebsten hätte sie die Augen zugekniffen, doch jetzt war ihre ganze Konzentration gefordert. Sie ging vom Gas und bewältigte den Kreiselparcours in einer fließenden Bewegung. Beim Abbiegen in die Erlanger streifte sie allerdings das Verkehrsschild auf der Insel in der Straßenmitte.

Hajo wurde im Sitz hin- und hergeworfen. »Das war der Kotflügel«, stellte er fest.

Unmittelbar darauf hörten sie Polizeisirenen.

»Na endlich«, seufzte Verena. Es war allerdings kein Einsatzwagen zu sehen.

»Die stehen im Hinterhof und haben mal sporadisch das Blaulicht eingeschaltet«, stammelte Hajo.

Erst als Kummerer im letzten Moment den Wagen herumriss und nicht in die Straße Zum Flughafen einbog, sondern stattdessen in die Hauptstraße zur Fußgängerzone, konnte Verena das Geräusch verorten.

Ein Polizeiwagen kam mit Blaulicht und in hoher Geschwindigkeit die Flughafenstraße herunter. Er hatte Kummerer wohl im letzten Moment von seinem Plan abgebracht, den Berg hinauf zu flüchten. Der Streifenwagen bremste scharf und kam erst nach der Abzweigung zum Stehen.

Verena passierte ihn, und Hajo gab den Beamten wild gestikulierend zu verstehen, dass sie ihnen folgen sollten.

»Der wird doch nicht …«, murmelte Verena, als Kummerer auf die Fußgängerzone zuhielt.

»Oh doch«, entfuhr es Hajo.

Der Audi raste ohne zu bremsen auf das Kopfsteinpflaster der Hauptstraße zu und passierte den katholischen Pfarrhof mit der darüber befindlichen alten Stadtkirche. Zur Linken begann die Zeile aus Fachwerkhäusern, die die Fußgängerzone zur Schütt hin begrenzte.

Zum Glück waren die Geschäfte bereits zum Großteil geschlossen, und nur wenige Menschen waren um diese Zeit hier unterwegs. Sie stoben auseinander, als die beiden Autos in den verkehrsberuhigten Bereich eindrangen.

Kurz darauf kam bereits der Fehnturm in Sicht. Rechts davon war die Durchfahrt durch die Fußgängerzone sehr eng, was Kummerer nicht daran hinderte, mit Höchstgeschwindigkeit darauf zuzuhalten. Leute sprangen zur Seite, flüchteten mit ihren Kindern in den Eingangsbereich der Drogerie und des gleichnamigen Fotogeschäfts, die sich links vom Turm befanden. Ein Fahrradfahrer stürzte in einen Stapel aufblasbarer Schwimmtiere in der Auslage des Drogeriemarkts, sodass Verena erschrocken auf die Bremse trat.

»Oha, das war jetzt tatsächlich der Bürgermeister«, stellte Hajo fest.

»Hast du das an seinen zwei unterschiedlichen Sportschuhen erkannt?«, fragte Verena grinsend, als sie wieder aufs Gaspedal drückte, und sah im Rückspiegel, dass die Polizei sich auf ihre Fersen gesetzt hatte.

»Sie folgen uns!«, rief sie Hajo zu.

»Dann ist Kummerer erledigt«, konstatierte dieser knapp. »Denen wird er nicht entkommen.«

Einen Wimpernschlag später ertönte ein Knall. Der Audi hatte das am Rand der Fußgängerzone befindliche Klappschild des Buch-Cafés gerammt, das in hohem Bogen durch die Luft flog und bei der Sparkasse aufschlug, wo es von der Limousine überrollt wurde.

Verena erkannte im Vorbeifahren den völlig fassungslosen Betreiber des Cafés, der gerade dabei gewesen war, Stühle und Tische hineinzuräumen.

Zwei Häuser weiter riss Kummerer bereits den Wagen herum, um bergan am Marktplatz vorbei die Altstadt zu verlassen.

»Langsam nervt es«, keuchte Verena, als sie bei ihrem waghalsigen Abbiegemanöver um neunzig Grad erneut im Auto herumgeworfen wurden.

Wieder trat sie das Gaspedal gefühlt bis zum Kopfsteinpflaster durch. Sie ließen die Cocktailbar und das Gasthaus Zum Roten Ochsen hinter sich. Das Pflaster endete, und sie folgten Kummerer mit starker Beschleunigung in den engen Steinweg hinein.

Der mutmaßliche Mörder von Hermann Glocker fuhr weiter so, als wäre ihm der Teufel auf den Fersen, doch Verena ließ sich nicht abschütteln, ebenso wenig die Polizei, die ihr im Heck hing.

Die Abzweigung in die Hintere Gasse am Hubmannshaus schnitt sie so radikal, dass sie sich fast den linken Rückspiegel an der Hausecke abrasierte. Hajo prallte dabei mit dem Kopf gegen die Scheibe.

»Aua!«, beschwerte er sich.

Im nächsten Moment riss Verena das Auto schon wieder herum, rechts hinein in die Bamberger Straße. Die Tempodreißig-Markierung auf dem Asphalt flog an ihnen vorbei, und der Motor des kleinen Volkswagens röhrte auf, als Verena den zweiten Gang bis zum Anschlag ausfuhr.

Kummerer hatte bereits beschleunigt, und hier in der Straße, die bergan aus der Altstadt hinaus in das Gewerbegebiet Nord und weiter auf die Umgehungsstraße des Hans-Ort-Rings führte, machte sich die überlegene Motorisierung des Audi endgültig bemerkbar.

Während Verena und Hajo mit dem Polo nach ihrem Gefühl nicht recht vom Fleck kamen, jagte die Limousine den Berg hinauf und vergrößerte mit jeder Sekunde ihren Vorsprung.

»Wir verlieren ihn! Mach doch was, verdammt noch mal!«, schrie Hajo.

»Mach ich doch! Du kannst ja aussteigen und schieben!« Verenas Fuß presste das Gaspedal krampfhaft auf den Boden, und die Hände hielten das Lenkrad umklammert, als hinge ihr Leben davon ab, es nie wieder loszulassen.

Sie wollte gerade ihrer Wut und Enttäuschung mit einem Schrei Ausdruck verleihen, als sie ein Aufblitzen im Rückspiegel sah.

Die Polizei forderte sie per Lichthupe auf, sie vorbeizulassen. Verena zögerte einen Augenblick, ging dann vom Gas und fuhr etwas an die Seite, damit der Streifenwagen gefahrlos überholen konnte.

»Was war das denn? Du gibst auf?« Hajo war fassungslos.

»Das ist jetzt nicht mehr unsere Sache«, gab sie leise zurück.

Verena folgte dem Polizeiwagen in moderaterem Tempo vorbei an Ein- und Zweifamilienhäusern aus den Nachkriegsjahrzehnten den Berg hinauf. Die Straße wurde breiter, und auf der linken Seite tauchten einige der wenigen Wohnblocks von Herzogenaurach auf. Die neunstöckigen Gebäude waren die höchsten Wohnhäuser der Stadt, und die Bewohner konnten an diesem Abend einem besonderen Schauspiel beiwohnen, falls sie es sich in der lauen Abendluft auf dem Balkon bequem gemacht hatten.

Kummerer passierte die Häuser und hielt nach wie vor in Höchstgeschwindigkeit auf einen weiteren Kreisverkehr zu, der sich noch zwischen ihm und dem Kreuzungsbereich zur Umgehungsstraße befand.

»Wenn er es bis auf den Ring schafft, wird es schwierig, ihn zu kriegen«, sagte Verena. »Selbst für die Polizei.«

Diese hatte noch lange nicht aufgeschlossen, doch Kummerer musste bemerkt haben, dass ihm nun ein ebenbürtig motorisierter Gegner folgte, der im Gegensatz zu Verena über die Berechtigung für eine derartige Verfolgungsfahrt verfügte.

Noch wenige Meter trennten den Audi vom Kreisverkehr. Kummerer beabsichtigte offenbar, ihn mit maximaler Geschwindigkeit zu schneiden, sonst hätten die Bremslichter aufleuchten müssen, als er darauf zuhielt.

Im selben Augenblick bog allerdings ein überlanger Sattelschlepper aus der Zufahrt zu einem Firmengelände rechts des Kreisels in diesen ein.

Kummerer hatte kaum Zeit, darauf zu reagieren. Er entschied intuitiv, das Manöver aus der Innenstadt zu wiederholen, allerdings erst, als er bereits die Verkehrsinsel zu dessen Zufahrt passierte.

Trotz scharfen Bremsens reichte es nicht, um den Kreisverkehr gegen den Uhrzeigersinn zu durchqueren. Er berührte den Bordstein und riss das Lenkrad herum. Sein Fahrzeug stellte sich quer, dann hoben es die Fliehkräfte vom Boden. Der Audi überschlug sich, touchierte ein Mäuerchen und wurde in die Luft gewirbelt. Mit einer mehrfachen Schraube schlug er zwei Dutzend Meter weiter in die Glasfassade eines Autohauses ein, das sich linker Hand des Kreisels befand.

Ein Regen aus Glassplittern ging auf die Neuwagen auf dem Vorplatz nieder, dann war es still.

Der Streifenwagen bremste, um nicht in den Lastwagen zu prallen, der nun stehen blieb und den Kreisverkehr stadtauswärts blockierte.

Als die Beamten langsam auf den Parkplatz des Autohauses fuhren, hatten auch Verena und Hajo zu ihnen aufgeschlossen. Sie folgten der Polizei und hielten schließlich.

Während die Polizisten aus dem Auto sprangen und mit gezogenen Waffen den Parkplatz und die zerstörte Scheibe des Autohauses sicherten, blieben die beiden im Auto sitzen.

Verena hatte Angst, die Hand vom Lenkrad zu nehmen, bestimmt würde sie damit das unkontrollierte Zittern noch verstärken. Hajo starrte derweil mit offenem Mund hinüber zu der zerstörten Fassade und war offenbar nicht in der Lage, etwas herauszubringen.

Irgendwann fiel die Anspannung von Verena ab. Sie nahm die Hände vom Lenkrad, lehnte sich im Sitz zurück und schloss die Augen. »Wie krass!«, murmelte sie. »Wie krass! Das glaubt mir doch keine Sau.«

Hajo blieb weiterhin stumm.

Als das Martinshorn eines Krankenwagens zu hören war und weitere Einsatzkräfte auf den Parkplatz fuhren, kehrte auch er wieder in die Wirklichkeit zurück. Er schüttelte mehrmals den Kopf, als könne er immer noch nicht glauben, was hier gerade passiert war. »Wir haben ihn tatsächlich zur Strecke gebracht«, sagte er. »Den verdammten Schlitzer vom Aurachtal.«

»Ich habe überhaupt keine Ahnung, wer dieser Mann ist und wie du ihn überführt hast«, sagte Verena. »Das erzählst du mir gleich in Ruhe – und ich hoffe, du hast nicht schon wieder Scheiße gebaut! Diesmal wärst du nämlich so richtig am Arsch. Nein, ich hoffe, dass diese Geschichte jetzt endlich vorbei ist.«

»Das ist sie, Mädchen«, sagte Hajo und lächelte. »Ehrenwort. Hermann kann jetzt in Frieden ruhen.«

In Frieden ruhen

»Da haben Sie ja ganz schön was angerichtet«, sagte Kommissar Ritzmann. Er stand im Hausflur der Schmieds und betrachtete Hajo, Verena und ihre Mutter, die im Wohnzimmer beisammensaßen und bei einem Glas Wein über die Ereignisse des Abends sprachen.

Zuvor war auch Sekt geflossen. Hajo verspürte durchaus eine Berechtigung dafür, die Festnahme des Mörders Sven Kummerer zu feiern, doch nach Überschwang war ihm nicht zumute. Dazu hatte die ganze Geschichte einen zu faden Beigeschmack.

»*Wir* haben etwas angerichtet?«, fragte er deshalb in einer Mischung aus Erstaunen und Unmut. »Dass der sich da oben mit dem Wagen in das Schaufenster verabschiedet hat, war gewiss nicht unsere Schuld. *Ihr* Streifenwagen war ihm doch bis hoch zum Kreisel auf den Fersen. Da ist es wohl endgültig mit Kummerer durchgegangen. Bis dahin sind wir ihm einfach nur gefolgt, da Ihre Wachtmeister ja erst auf der Hälfte der Strecke zu uns gestoßen sind.«

»Auf der Sie die Verfolgungsfahrt dennoch nicht gestoppt haben«, wandte Ritzmann ein.

Verena schüttelte den Kopf. »Hören Sie mal, mein Onkel hat Ihren Wagen doch erst auf uns aufmerksam gemacht, als Kummerer schon in die Fußgängerzone gerast ist.«

»Schon gut, es ist ja glücklicherweise nur Sachschaden entstanden.« Ritzmann hob beschwichtigend die Hand. »Ich bin auch nicht hier, um Ihnen Vorhaltungen zu machen, wenngleich ich Sie darauf aufmerksam machen muss, dass da noch ein Nachspiel folgen könnte.«

»Na, das wäre ja eine Frechheit!«, entfuhr es Hajo. »Einen Orden sollte man uns verleihen, stattdessen bekommen wir am Ende ein Strafgeld aufgebrummt. So läuft es ja immer in diesem Land.«

»Setzen Sie sich doch, Herr Ritzmann«, sagte Verenas Mutter und bat den Kommissar ins Wohnzimmer. »Möchten Sie etwas trinken?«

Der Polizist winkte ab. »Nein, ich will mich nicht lange aufhalten. Trotz allem muss ich Ihnen danken, denn ohne Sie hätten wir wohl noch einige Zeit benötigt, um Kummerer als Mörder zu identifizieren und zu überführen. Er ist tatsächlich geständig und hat sowohl den Mord an Hermann Glocker als auch an Enrico Haffner zugegeben. Nachdem die Blutspuren an und vor allem in seinem Auto ebenfalls mit jenen von Hermann Glocker übereinstimmen, bestanden daran ohnehin nur wenige Zweifel.«

Hajo ballte die Faust vor Freude, Verena erwiderte sein Lächeln.

»Ebenso hat er zugegeben, dass er in das Unilabor eingedrungen ist, um die Beweise zu entwenden.«

»Warum hat er denn überhaupt diese Morde begangen, das würde mich erst mal grundlegend interessieren?«, fragte Verenas Vater.

Ritzmann nickte und setzte sich nun doch. »Wir kennen bislang natürlich nur seine Version, aber ich denke, Sie haben ein Recht darauf, es zu erfahren. Am Abend des Mordes an Hermann Glocker kam Kummerer noch spät zum Vereinsheim. Nach seiner Aussage ist er Glocker nach dessen Rückkehr im Vorbeifahren vor dessen Haus begegnet, und dieser bat darum, ihn und eine Kiste Akten spätabends zu holen, da die Kassenprüfung für die baldige Jahreshauptversammlung anstand. Glockers Auto hatte auf der Rückfahrt von seiner Schwester aus dem Ruhrgebiet angeblich einen Auspuffschaden erlitten. Kummerer sagt, er hat widerwillig zugestimmt und seine Frau und die kleine Tochter hätten schon geschlafen, als er aus dem Haus ging, um Glocker gegen Mitternacht abzuholen. Auf dem Parkplatz des Grillvereins ist es dann allerdings zum Streit gekommen: Glocker hatte herausgefunden, dass Kummerer sich an der Vereinskasse bedient hatte, seiner Aussage nach, um private Schulden zu begleichen. Aufgrund der finanziell schwierigen Lage habe auch seine Ehe in einer Krise gesteckt. Seine Frau hatte bereits mehr als einmal die Sachen gepackt, um auszuziehen.«

»In eine solche Auseinandersetzung bin ich ja hineingeraten«, sagte Hajo mit einem Nicken.

Ritzmann fuhr fort. »Glocker hat Kummerer wohl offenbart, dass er dessen Veruntreuung an die ganz große Glocke hängen will, ihn anzeigen und richtig fertigmachen, indem er ihn in der Stadt sozial ächtet. Dies hätte laut Kummerer das Ende seiner bürgerlichen Existenz und auch seiner Ehe bedeutet, um die er seit Jahren kämpfte. Er wollte zunächst einfach abhauen, doch Glocker hat sich nach Kummerers Aussage vor das Auto gestellt. Aus der Wut heraus habe er ihn zunächst lediglich angefahren. Glocker soll in die Wiese gestürzt, aber noch bei Bewusstsein gewesen sein und die Polizei rufen wollen. Erst dann hat Kummerer rotgesehen, eines der großen Grillmesser genommen, die er im Kofferraum hatte, und Glocker damit auf dem Grasstreifen die Kehle durchgeschnitten.«

»Dort, wo ich später das Blut entdeckt habe«, sagte Hajo.

Die Schmieds hingegen saßen nur gebannt da und lauschten den Ausführungen des Kommissars.

»Nach seiner Aussage ist diese Tat wie im Affekt geschehen. Einerseits will er nicht gewusst haben, was mit ihm vor sich geht, andererseits war er sich völlig darüber im Klaren, dass er die Leiche verschwinden lassen musste. Aus diesem Grund ist er zunächst ziellos umhergefahren, um Glockers Leiche schließlich oben im Dohnwald abzulegen. Er wollte möglichst keinen Zusammenhang zum Tatort herstellen. Damit seiner Frau nicht auffällt, dass er länger fort war, und sie womöglich sein Alibi gefährdet, konnte er die Leiche nicht weiter entfernt deponieren, sagt er.«

»Und der zweite Mord? Soll das auch ein Zufall oder Affekt gewesen sein?«, fragte Verena.

»Da sieht es in der Tat etwas anders aus«, erwiderte Ritzmann. »Kummerer hat sich wohl nach der ersten Tat in Sicherheit gewähnt, bis er plötzlich einen Erpresserbrief erhielt.

Darin forderte Enrico Haffner fünfzigtausend Euro, die er ihm auf dem Mittelalterfest übergeben sollte. Offenbar hatte Haffner, von dem wir wissen, dass er als Kleinkrimineller bei einer mafiösen Bande in Nürnberg verschuldet war, die nächtlichen Geschehnisse auf dem Parkplatz beobachtet und wollte Kummerer anschwärzen. Statt ihm das Geld zu übergeben, lauerte Kummerer ihm jedoch auf. Und auf der Steinernen Brücke ergab sich dann eine Gelegenheit. Ganz ungeplant, wie Kummerer behauptet. Er will diese Entscheidung spontan getroffen haben, weil er erkannt hatte, dass es in dem Moment keine Zeugen gab.«

»Also war der zweite Mord auf jeden Fall vorsätzlich, was immer er genau geplant hat und wann«, stellte Verena fest.

Ritzmann nickte. »Die Ereignisse danach sind Ihnen im Wesentlichen bekannt: Er war sich seiner Sache nun endgültig sicher, bedachte allerdings nicht, dass es noch die Blutspuren in der Wiese beim Vereinshaus gab. Den vorderen Bereich hat er angeblich mit einigen Eimern Wasser so weit gesäubert, damit einem bei oberflächlicher Betrachtung nichts auffallen konnte. Weiter hinten bei den Büschen hatte er jedoch Blutspritzer übersehen. Das war ihm nicht bewusst gewesen, bis er durch Sie, Herr Schröck, darauf aufmerksam gemacht wurde.«

Alle Blicke richteten sich auf Hajo.

»Durch mich?«

»Gestern Nachmittag muss er nach der Arbeit in der Vinothek in der Hauptstraße gewesen sein und hat dort mitbekommen, dass Sie angeblich eine ›heiße Spur‹ verfolgen.«

Hajo räusperte sich verlegen und spürte, wie ihm das Blut ins Gesicht schoss. »Da habe ich wohl … Da war ich wohl etwas …«

»Dumm wie fünf Meter Feldweg? Damit liegst du richtig!«, sagte Verena. »Nicht nur, dass du mir diese Tasche in besoffenem Kopf in die Hand drückst, nein, du musst dich auch noch in aller Öffentlichkeit damit brüsten.«

»Frau Schmied hat recht, Herr Schröck«, sagte Ritzmann. »Ich habe Ihnen meine zwei Cent zu dem Thema ja schon heute

Morgen mit auf den Weg gegeben, wenngleich Sie das mit Ihrer Schnüffelei direkt wieder in den Wind geschlagen haben.«

»Glauben Sie mir, den Fehler vor den Ereignissen im Labor begehe ich sicher nicht noch einmal«, antwortete Hajo kleinlaut. »Ich habe meine Lektion gelernt, und die Wahrscheinlichkeit, dass es hier erneut so ein Verbrechen gibt, ist ja nicht gerade besonders hoch. Wenn allerdings Gefahr im Verzug ist, wenn man nicht lange nachdenken kann, sondern handeln muss, wie in dem Moment, als dieser Kummerer flüchten wollte, muss man zur Tat schreiten. Da brauchte ich auch die tugendhafte Nichte nicht lange darum bitten, denn sie war mit dem Auto lange vor Ihren Einsatzkräften vor Ort und zögerte auch nicht, sich auf die Fersen dieses Lumpen zu setzen, als es darauf ankam.«

»Ich bin nicht viel besser, ich weiß, deswegen werfe ich dir das auch nicht vor«, gab Verena zu. »Aber jedenfalls war es so, wie wir vermutet haben: Durch die unerwartet aufgefundenen Spuren im Gras wurde Kummerer aus der Reserve gelockt. Vorher hatte er sich ja sicher gefühlt, wenn ich das richtig verstanden habe.«

Ritzmann nickte. »Ja, wir hatten ihn ja sogar bereits nach der ersten Tat befragt, wie alle anderen Mitglieder des Grillsportvereins. Seine Frau bestätigte sein Alibi für den Abend, da sie tatsächlich nicht wusste, dass er noch zu den Klingenwiesen gefahren war. Polizeibekannt war er ebenfalls nicht, also hatten wir ihn genauso viel oder wenig auf der Liste wie die anderen Vereinsmitglieder, die wir befragt haben.«

Der Kommissar erhob sich. »Ich will Sie nicht länger aufhalten. Es war mir nur wichtig, Sie ins Bild zu setzen, was die Festnahme letztlich an neuen Erkenntnissen gebracht hat. Ich wünsche Ihnen noch einen schönen Abend.«

Verenas Vater begleitete ihn zur Tür.

Hajo folgte ihnen. Er drehte sich noch einmal zu Verena und seiner Schwester Margot um. »Die Sache ist ausgestanden. Ich hoffe, ihr könnt endlich wieder ruhig schlafen. Zumindest das war ich euch nach der ganzen Aufregung schuldig.«

Epilog

Zwei Wochen waren seit der wilden Verfolgungsjagd quer durch Herzogenaurach vergangen. Bis vor wenigen Tagen waren die spektakuläre Fahrt und die Festnahme des »Schlitzers vom Aurachtal«, wie er von den meisten noch immer genannt wurde, in aller Munde gewesen. Jetzt normalisierte sich das Leben in der Kleinstadt an der Mittleren Aurach allmählich wieder. Es war auffallend ruhig, die Schulferien waren in der Mitte angelangt, weshalb viele Bürger im Urlaub waren und die meisten Einrichtungen für ein, zwei Wochen ihre Pforten geschlossen hatten.

Es war noch immer äußerst heiß, und Verena hatte den Nachmittag im Freibad auf der Aurachinsel verbracht, nachdem sie vorher bei ihrem Stammfriseur Ralf in der Altstadt endlich ihren herausgewachsenen Sidecut hatte nachrasieren lassen. Dort hatte sie natürlich noch einmal alles ausführlich zum Besten geben müssen, aber das hatte ihr nur wenig ausgemacht. Sie war sich vorgekommen wie eine professionelle Geschichtenerzählerin, so hatten die Friseure und Kunden an ihren Lippen gehangen.

Verenas Wunden waren fast verheilt, und die meiste Zeit konnte sie sich am Sommer erfreuen, ohne ständig an die schlimmen Ereignisse der Vorwochen zu denken.

Sie hatte sich gerade von ihrer Freundin Anna verabschiedet und ging zum Fahrradständer nahe dem Eingang, als ihr Smartphone vibrierte. Irritiert stellte sie eine Nachrichtenanfrage im Messenger fest, die sie bestätigte. Sie kam von Philipp, dem Nerd mit dem Schäferhund. Also hatte er sie doch online gefunden.

Verena seufzte und las sich durch, was er ihr schrieb, musste dann jedoch unwillkürlich lächeln.

Anstatt einer peinlichen Einladung ins Kino fragte er, ob sie zu einer Grillparty anlässlich seines Geburtstags vorbeikommen wollte. Sie könne auch Freunde mitbringen. Es war so liebenswert naiv geschrieben, dass Verena einfach nur »Ja, wir kommen! LG, V.« zurückschrieb. Wahrscheinlich würde sie es spätestens in einigen Tagen bereuen, aber ihrer guten Laune tat es erst mal keinen Abbruch.

Auch die nächste Begegnung mit der Person, die es mit schöner Regelmäßigkeit vermochte, ihr den Tag zu verhageln oder sie in lebensgefährliche Situationen zu bringen, brachte sie nicht aus dem inneren Gleichgewicht. Als Verena gerade ihr Fahrradschloss geöffnet hatte, tauchte nämlich ein allzu bekanntes Gesicht auf.

»Hajo! Was machst du denn hier? Seniorenschwimmen war heute Morgen um sieben.«

»Sehr witzig«, gab ihr Onkel zurück. »Wenn das mit dem Examen nichts wird, findest du vielleicht irgendwo eine Anstellung als Spaßvogel.«

Sie streckte ihm die Zunge heraus, musste aber lachen, denn rein optisch kam er dem Spaßvogel deutlich näher als sie. Hajo trug eine beige Buntfaltenhose und ein derart farbenprächtiges kurzärmliges Hemd mit Blütenmuster dazu, dass sie kurz daran zweifelte, ob alles mit seinem Augenlicht in Ordnung war.

Er musste ihr Starren bemerkt haben, denn er blickte auf den Stoff und strich ihn glatt. »Ist neu. Hat Frau Batz gekauft. Gar nicht so schlecht, oder?«

Verena verkniff sich einen spöttischen Kommentar und nickte nur eifrig. »Ja, ganz wunderbar. Ich nehme an, du gehst zu einem deiner Stammtische? Oder hat Frau Batz zu wenig Bolognese eingefroren und du schleppst dich mit Hungerast den Berg hinunter in Erwartung eines schönen Schnitzels oder Steaks?«

»So ähnlich und dennoch nicht ganz zutreffend«, sagte Hajo. »Ich bin hier, weil ich dich suche. Deine Mutter meinte, du bist im Schwimmbad, wolltest aber um sieben zu Hause sein, also habe ich dich genau abgepasst.«

»Aha, was gibt es denn so Wichtiges?«

»Ich will dich zum Essen einladen.«

»Wie komme ich denn zu der Ehre?« Verena war sich nicht sicher, ob sie es tatsächlich als Ehre betrachten sollte oder als Bürde, die ihr für den Abend auferlegt wurde.

»Ich sehne mich eben nach meiner Nichte«, sagte Hajo und lächelte. »Und das ist Teil meines Rehabilitierungsprogramms dir und deiner Freundin gegenüber.«

»Jane? Hast du die auch eingeladen?« Hoffnung keimte in Verena auf.

»An sich schon, aber sie hat nicht auf meine Nachricht reagiert.« Hajo runzelte die Stirn. »Wie auch immer, jedenfalls können wir sofort irgendwo hingehen. Ich habe nämlich Hung... also, falls du Hunger hast.«

Verena grinste. »Ja, das ist eine gute Idee. Argentinisches Rinderfilet, dazu ein schönes Guinness – und das alles nur wenige Meter von hier.« Sie wies über die Steinbrücke hinüber in Richtung Schütt, wo sich das Steakhaus befand, in das sie gern mit ihren Freunden einkehrte.

Hajo hatte seine Zweifel. »Ich dachte eher an ...«

Verenas kritischer Blick unterbrach ihn.

»Na gut, das hört sich doch vernünftig an. Ich bin zwar noch nie in diesem Steakhaus gewesen, und es liegt mir irgendwie auch ein wenig zu nah am Fundort der Aurachleiche, aber man soll sich ja von Vergangenem lösen und öfter mal was Neues probieren und so weiter.«

»Weise Worte, unerwartet aus unbelesenem Munde kundgetan. Besuchst du gerade einen Esoterikkurs oder so was?«

»Mach dich nur lustig.« Hajo gähnte herzhaft. »Es soll ja auch nicht so spät werden. Wollen wir dann?«

»Was bist du denn um diese Zeit schon so müde? Es ist kurz nach halb sieben, die Sonne scheint, der ganze Abend liegt noch vor uns. Du tust doch nichts außer herumlaufen und herumstänkern, das kann ja so anstrengend nicht sein.«

»Ich schlafe nachts derzeit immer sehr schlecht.«

»Warum?«, Verena schluckte. Sofort erinnerte es sie an die schweißgebadeten Momente, in denen sie das Geschehen im

Labor nacherlebte. Sie vergaß manchmal, dass Kummerer auch Hajo hatte erschlagen wollen. Das musste ihm ebenfalls noch zu schaffen machen »Wegen … dieser ganzen Sache?«, fragte sie vorsichtig nach.

»Nein.« Hajo schüttelte den Kopf. »Seit wir Kummerer dingfest gemacht haben, ist es, als hätte mein Geist gemeinsam mit Hermann Frieden gefunden. Das beschäftigt mich nicht sonderlich. Was mein Problem ist: die vermehrten Charterflüge vom Albrecht-Dürer-Flughafen in der Ferienzeit.«

»Bitte was?«

»Inzwischen manchmal auch nachts, da sind die Passagierzahlen ja deutlich gestiegen letzthin. Hinten überm Wald ist doch die Landeschneise, wenn sie von Westen kommen. Oder sie starten drüben über den Lohhof, das ist ja noch lauter. Wie auch immer, wenn nachts das Fenster offen ist, wache ich davon auf.«

»Na und, dann schläfst du halt wieder ein. Außerdem kommt das doch allenfalls ein-, zweimal vor in der Nacht. Wenn überhaupt.«

»Das ist natürlich wieder der Gesamtzusammenhang, der über deinen beschränkten Horizont hinausgeht, wenn ich das mal so offen sagen darf«, erwiderte Hajo. »Das zieht ja alles einen Rattenschwanz hinter sich her.«

»Jetzt kommt's«, murmelte Verena. »Soll ich schon mal einen Aluhut besorgen?«

»Aluhut? Eher einen Ohrenschützer. Aber ernsthaft, Mädchen, die Problematik ist doch folgende: Durch das Wachwerden muss ich auf die Toilette. Geschieht das regelmäßig, gewöhnt sich mein Körper daran, dass die Blase einmal nächtlich entleert wird. Nun haben viele Männer meines Alters nächtliche Blasenschwäche, das ist bekannt. Ich hingegen bin glücklicherweise bislang davon verschont geblieben. Durch die Flugbewegungen des Albrecht-Dürer-Flughafens befinde ich mich nun aber qua unfreiwilliger Gewöhnung auf dem besten Weg zu einer körperlichen Einschränkung, die man seinem schlimmsten Feind nicht wünscht.«

Verena wusste nicht, was sie sagen sollte. Sie schob einfach das Fahrrad neben sich her.

»Aber das lasse ich nicht auf mir sitzen. Die machen da wieder ihr Ding, ohne die Konsequenzen zu bedenken. Passagierzahlensteigerung, Infrastrukturmaßnahmen, Prestigeprojekte der Metropolregion, das zählt! Und wer ist am Ende wieder der Dumme?«

»Du wirst es mir sicherlich gleich sagen.«

»Genau. Ich! Der kleine Mann, der dann am Ende inkontinent ist, weil man ja unbedingt die Fluggastzahlen steigern musste. Aber das kann man mit mir nicht machen, das sag ich dir schon gleich.«

Verena konnte sich nicht beherrschen und schlug sich die Hand vor die Stirn. »Das ist nicht dein Ernst!«

»Doch, das ist mir sehr ernst. Es geht schließlich um meine Gesundheit. Um die Gesundheit aller Männer in und um Herzogenaurach. Montag werde ich am Flughafen vorstellig.«

»Am Flughafen? Was willst du denen denn erzählen?«

»Genau das, was ich dir gerade gesagt habe.«

»Die rufen eher die Männer mit den weißen Kitteln an, als dass sie dich ernst nehmen.«

Hajo lächelte. »Nein, Verena, wenn die mich nicht ernst nehmen, hänge ich das an die ganz große Glocke. Aber an die ganz große. Leserbriefe an NN und FT sind schon aufgesetzt!«

Danksagung

Die Idee, einen Krimi in Herzogenaurach anzusiedeln, entstand bei einem der zahllosen Gespräche in Bernd Grebers Buch-Café in der Altstadt von Herzogenaurach. Zunächst flachsend, dann mit immer mehr Ernst warfen wir uns die Bälle hin und her, was in Herzi für ein Verbrechen geschehen könnte. Bald war klar, dass sich die Wasser der Aurach rot färben sollten – wenngleich auf andere Weise, als es tatsächlich später im Roman geschah.

Damit war unser »Roman-Herzogenaurach« geboren und füllte sich langsam mit Bewohnern und Leben. Obwohl man in der Geschichte rund um den »Schlitzer vom Aurachtal« auf die eine oder andere Gestalt im Hintergrund trifft, die einem durchaus bekannt vorkommen könnte, sind die handelnden Protagonisten frei erfunden und bedienen sich keiner realen Vorlage.

Henning Mützlitz: Ich bedanke mich beim Team von Bücher, Medien & mehr, zuvörderst Bernds Ehefrau Stefanie Greber sowie daneben Nina, Li, Christiane, Miriam, Susanne, Eva und Alina für Kaffee und Tee in diversen Varianten sowie die moralische Unterstützung während des Schreibens im Buch-Café, in dem ein Großteil des Romans entstanden ist.

Wie immer geht der Dank darüber hinaus an die Autorengruppe »AKzwanzig13«, seit Jahren ein wichtiger Rückhalt bei vielen Fragen rund um das Schreiben und Veröffentlichen.

Vielen Dank auch an die Mitarbeiter/-innen bei Emons, allen voran Stefanie Rahnfeld, deren Bestärkung, auch den vermeintlich »kleinen« Schauplatz Herzogenaurach in den Mittelpunkt eines Regionalkrimis zu stellen, erst den Entstehungsprozess von »Tod an der Aurach« in Gang gebracht hat. Auch unserem Lektor Lothar Strüh sei für seine Arbeit und seine Anregungen gedankt.

Vielen Dank zum Schluss an meine Familie, die es mal wieder ertragen musste, dass ich eine Weile in einer parallelen Realität verbracht habe – wenngleich diese bei diesem Roman vermeintlich gar nicht so weit entfernt zu sein schien.

Bernd Greber: Mein erster Dank geht an Henning Mützlitz, der mir mit diesem Roman die Chance gegeben hat, einen lange gehegten und eigentlich ad acta gelegten Traum zu verwirklichen. Ernsthaft: Als zehnjähriger Knirps saß ich vor der über fünfzig Jahre alten Olympia-Schreibmaschine meiner Großeltern, schrieb kleine Geschichten und träumte davon, irgendwann meinen Namen auf dem Cover eines »echten« Buches zu sehen. Danke, Henning, es war wirklich lehrreich, spaßig und spannend!

Ein großes Dankeschön geht natürlich an das gesamte Team unserer kleinen Buchhandlung. Ohne euren Einsatz wäre dieses Buchprojekt und so vieles mehr nicht möglich!

Das größte »Danke!« geht an meine Frau Stefanie und meine Tochter Lena, die immer hinter, vor und neben mir stehen und mich jederzeit und in jeglichen Umständen unterstützen – ihr seid meine beiden Felsen in stürmischen Zeiten!